DIE EISKALTE KAMMER

THRILLER

CATHERINE SHEPHERD

Veröffentlichung Taschenbuchausgabe durch
Kafel Verlag,
KFL Verlag GmbH, Bonner Straße 12, 51379 Leverkusen

Lektorat: Gisa Marehn
Korrektorat: SW Korrekturen e.U. /
Mirjam Samira Volgmann

Covergestaltung: Alex Saskalidis
Covermotiv: © faestock / stock.adobe.com
© Marko Duca/ stock.adobe.com

Druck: GGP Media GmbH,
Karl-Marx-Straße 24, 07381 Pößneck

www.catherine-shepherd.com
kontakt@catherine-shepherd.com

ISBN: 978-3-944676-54-8

TITEL VON CATHERINE SHEPHERD

Zons-Thriller:

1. Der Puzzlemörder von Zons (Kafel Verlag April 2012)
2. Erntezeit (Früher: Der Sichelmörder von Zons; Kafel Verlag März 2013)
3. Kalter Zwilling (Kafel Verlag Dezember 2013)
4. Auf den Flügeln der Angst (Kafel Verlag August 2014)
5. Tiefschwarze Melodie (Kafel Verlag Mai 2015)
6. Seelenblind (Kafel Verlag April 2016)
7. Tränentod (Kafel Verlag April 2017)
8. Knochenschrei (Kafel Verlag April 2018)
9. Sündenkammer (Kafel Verlag April 2019)
10. Todgeweiht (Kafel Verlag April 2020)
11. Stummes Opfer (Kafel Verlag April 2021)
12. Die Rezeptur (Kafel Verlag April 2022)
13. Das Wiegenlied (Kafel Verlag April 2023)

Laura Kern-Thriller:

1. Krähenmutter (Piper Verlag Oktober 2016)

2. Engelsschlaf (Kafel Verlag Juli 2017)
3. Der Flüstermann (Kafel Verlag Juli 2018)
4. Der Blütenjäger (Kafel Verlag Juli 2019)
5. Der Behüter (Kafel Verlag Juli 2020)
6. Der böse Mann (Kafel Verlag Juli 2021)
7. Der Bewunderer (Kafel Verlag Juli 2022)
8. Der Lehrmeister (Kafel Verlag Juli 2023)

Julia Schwarz-Thriller:

1. Mooresschwärze (Kafel Verlag Oktober 2016)
2. Nachtspiel (Kafel Verlag November 2017)
3. Winterkalt (Kafel Verlag November 2018)
4. Dunkle Botschaft (Kafel Verlag November 2019)
5. Artiges Mädchen (Kafel Verlag November 2020)
6. Verloschen (Kafel Verlag November 2021)
7. Düsteres Wasser (Kafel Verlag November 2022)
8. Die eiskalte Kammer (Kafel Verlag November 2023)

Übersetzungen:

1. Fatal Puzzle - Zons Crime (Titel der deutschen Originalausgabe: Der

Puzzlemörder von Zons, AmazonCrossing Januar 2015)

2. The Reaper of Zons - Zons Crime (Titel der deutschen Originalausgabe: Erntezeit, AmazonCrossing Februar 2016)

Nichts vergeht

Jetzt wo die Schöpfung sich zur Ruhe legt,
und Frost sich über Herzen webt,
da leb ich wie ein Vogel, der versteht,
dass im Winter nichts vergeht.

M.B. Hermann

PROLOG

Mein Puls schießt in die Höhe, während ich immer wieder die Nachricht lese, die mir ein Unbekannter aufs Handy geschickt hat. Ich weiß, ich sollte mich nicht mit Fremden unterhalten und ihnen schon gar nicht vertrauen. Aber das, was da steht, kann ich einfach nicht ignorieren. Marlies ist seit mehr als zwei Jahren verschwunden, und ich wünsche mir nichts sehnlicher, als sie wiederzusehen. Ganz automatisch wähle ich die Nummer meiner Mutter, unterbreche jedoch im letzten Augenblick die Verbindung. Ich darf sie mit dieser Neuigkeit nicht behelligen. Zumindest so lange nicht, bis ich mir ein eigenes Urteil gebildet habe. Unnötige Aufregung verträgt Mama seit Marlies' Verschwinden nicht mehr. Deshalb rufe ich den Polizeibeamten an, der für ihren Fall zuständig ist. Als ich meinen Namen nenne, kann ich hören, wie er die Luft ausstößt. Wahrscheinlich verdreht er auch die Augen.

»Wir ermitteln weiter«, erklärt er in einem Tonfall, der

keinen Zweifel daran lässt, dass ich ihm auf die Nerven gehe. »Schicken Sie mir einfach die Textnachricht und ich kümmere mich darum. Vermutlich ist es wieder ein Spinner.«

Das mag sein, aber diese Nachricht ist anders als die vorherigen.

»Hier stehen eine konkrete Uhrzeit und eine Ortsangabe«, werfe ich ein, ernte jedoch nur Unverständnis.

»Ich rate Ihnen, nichts zu unternehmen. Erst letzte Woche hatten wir jemanden, der Ihre Schwester angeblich in einem Café gesehen hat. Sie hätte …«

Ich unterbreche ihn, weil mir diese Geschichte unangenehm ist.

»Ja, das Café ist seit einem Monat geschlossen, ich erinnere mich. Offenbar wollte dieser Kerl sich bloß wichtigtun. Aber …«

»Genau! Sie müssen aufhören, sich mit solchen Spinnern zu befassen. Vielleicht denken Sie einmal darüber nach, Ihre Telefonnummer zu ändern. Sie werden sonst nie zur Ruhe kommen. Ignorieren Sie die Nachricht am besten. Wir sind an dem Fall dran und tun alles, um Ihre Schwester zu finden. Sobald ich Neuigkeiten habe, melde ich mich bei Ihnen.«

Ich weiß, dass jedes weitere Wort sinnlos ist.

»Danke«, sage ich ernüchtert und lege auf.

Die Polizei wird mir nicht helfen. Sie haben zu viel zu tun und können einfach nicht jeder Spur nachgehen. Ja, es stimmt. Hin und wieder erhalte ich irreführende Hinweise zum Verbleib meiner Schwester. Durch eine Unvorsichtigkeit meinerseits ist neben meiner E-Mail-Adresse auch meine Handynummer im Internet gelandet. Einige entdecken sie und schreiben mir oder rufen an. Bisher hat keine dieser Informationen Marlies zurückgebracht. Doch die neue Nachricht ist anders, viel konkreter. Ich werde jede noch so kleine Chance nutzen, um meine Schwester zu finden. Vielleicht ist Marlies ja da, um zwanzig Uhr an der angegebenen Adresse in einem Gewerbegebiet im Kölner Westen. Ich werde hinfahren, egal, was die Polizei denkt. Die haben bis heute sowieso nichts zustande gebracht. Trotzdem leite ich die Nachricht an den Polizisten weiter und auch an Ilona, eine Bekannte, die im gleichen Haus wohnt und mit der ich mich aussprechen kann.

Die tun mal wieder nichts, schreibe ich unter die Nachricht und setze einen Smiley mit Tränen in den Augen dahinter.

Marlies ist verschwunden, einfach so, von einem Tag auf den anderen. Spurlos. Sie hat sich regelrecht in Luft aufgelöst. Aber irgendwo da draußen ist sie. Sie kann sich nicht melden, vielleicht weil sie festgehalten wird. Denkbar wäre auch, dass sie jemandem hilft. Marlies war immer die mit dem größeren Herzen von uns beiden. Während ich jeden Cent zweimal umdrehe und überlege, gibt sie ihr letztes Hemd her.

Abermals starre ich auf die Nachricht. Ob Marlies womöglich selbst dahintersteckt?

Ich glaube das nicht wirklich. Allerdings haben wir als Kinder oft so getan, als wären wir Geheimagenten. Ständig schlüpften wir in fremde Identitäten. Was, wenn Marlies in Schwierigkeiten geraten ist und meine Hilfe braucht? Dann müsste sie mir eine Botschaft schicken, mit der die

Polizei nichts anfangen kann. Aber ich könnte sie verstehen. Wer auch sonst? Schon immer waren wir ein Herz und eine Seele. Keine Worte können den Verlust beschreiben und wie es sich anfühlt, die große Schwester zu verlieren. Doch vielleicht habe ich das gar nicht. Zum ersten Mal seit zwei Jahren spüre ich Hoffnung. Werde ich Marlies doch noch wiedersehen?

Mir bleiben zwei Stunden. Ich tippe die Adresse in meinen Computer ein und finde heraus, dass ich knapp vierzig Minuten brauche, um dorthin zu kommen. Unschlüssig starre ich den Punkt auf der Straßenkarte an und frage mich, ob ich wirklich fahren soll. Was, wenn der Polizist recht hat und die Nachricht wieder von einem Spinner stammt? Ich würde nicht nur Zeit verschwenden, sondern wäre womöglich selbst in Gefahr. Andererseits, was sollte mir auf offener Straße schon passieren? Zwanzig Uhr ist nicht gerade mitten in der Nacht, selbst wenn es längst dunkel ist.

Triff deine Schwester heute um zwanzig Uhr, lese ich abermals und präge mir den Straßennamen und die Hausnummer ein, die hinter der Uhrzeit stehen.

Ich mustere jeden einzelnen Buchstaben und spüre den nagenden Zweifel, der sich wie ein lebendiges Wesen in meinen Eingeweiden festkrallt. Plötzlich habe ich eine Idee und tippe eine Antwort in den Messenger meines Handys.

Woher soll ich wissen, dass sie tatsächlich dort sein wird?

Ein Haken erscheint unter meiner Frage, der bestätigt, dass sie übermittelt wurde. Doch anscheinend hat der Empfänger sie noch nicht gesehen. Wie gebannt starre ich auf das Display. Als sich der Status erneut verändert und anzeigt, dass die Nachricht gelesen wurde, halte ich gespannt die Luft an. Es piept, als die Antwort eintrifft.

Wenn Du Deine Schwester sehen willst, dann sei da!

Wer sind Sie und wieso sollte ich Ihnen trauen?

Ich weiß, wie blöd meine Rückfrage klingt, habe sie aber bereits abgeschickt.

Der Empfänger liest sie, antwortet jedoch nicht. Zehn endlose Minuten vergehen, ohne dass etwas passiert. Ich überlege, den Polizisten noch einmal anzurufen, doch inzwischen ist es zu spät. Er hat sicherlich längst Feierabend. Trotzdem versuche ich es und lege gleich wieder auf, als der Anrufbeantworter anspringt. Ich schnappe meine Handtasche und verlasse die Wohnung. Wenn ich ein wenig früher dort bin, kann ich die Lage vorher auskundschaften.

Auf den Straßen herrscht kaum Verkehr, und je weiter ich mich der angegebenen Adresse nähere, desto einsamer wirkt die Gegend. Ich biege in das Gewerbegebiet ab und fahre an endlosen Zäunen vorbei, hinter denen sich riesige Hallen befinden, deren Umrisse ich nur erahnen kann. Ein herrenloser Hund schleicht am Straßenrand entlang und hebt müde den Kopf, als er mich bemerkt. Ich lenke den Wagen nach rechts und komme an einer Reihe geparkter Lkws vorbei. Von einem Fahrzeug hat sich die Plane gelöst, die im Wind flattert. Das Licht der Straßenlaternen erscheint mir dunkler als in der Innenstadt. Wahrscheinlich liegt das jedoch daran, dass hier keine Wohnblöcke mit hell erleuchteten Fenstern zusätzliches Licht spenden.

Ich verlangsame das Tempo und steuere auf eine Kreuzung zu. Eine Straßenlaterne ist ausgefallen, sodass ich das Straßenschild kaum lesen kann. Trotzdem weiß ich, dass ich angekommen bin. Die Stimme des Navigationssystems bestätigt, dass ich das Ziel erreicht habe.

Ich bleibe mitten auf der Straße stehen und sehe mich um. Die Kreuzung ist menschenleer. Weder rechts noch links fährt ein Auto und es kommt mir auch keines entgegen. Langsam trete ich wieder aufs Gaspedal, rolle an den Straßenrand und parke.

Mein Herz donnert gegen die Rippen, als wollte es herausspringen. Ein leichter Schwindel überkommt mich, trotzdem steige ich aus und schaue mich abermals um. Der Ort erscheint mir unwirklich. Es ist dunkel und kalt. Ein eisiger Wind umkreist mich und dringt unter meine Winterjacke. Ich habe Angst. Hätte Marlies sich diesen Ort wirklich für ein Treffen mit mir ausgesucht?

Ich kenne die Antwort. Doch ich blende sie aus und konzentriere mich stattdessen auf die Umgebung. Noch immer scheint niemand in der Nähe zu sein, und selbst in der Ferne erkenne ich keine Scheinwerfer, die ein Auto ankündigen würden. Gerade als ich mich wieder in den Wagen setzen will, klickt etwas hinter mir.

Entsetzt fahre ich herum und sehe die Warnblinker eines Fahrzeugs, das ungefähr fünfzig Meter entfernt am Straßenrand steht und mir bisher nicht aufgefallen ist.

»Marlies?«, flüstere ich und gehe auf das Fahrzeug zu.

Meine Hand tastet in der Jackentasche nach dem Taschenmesser und dem Pfefferspray, die ich immer bei mir trage. Ich bin schließlich nicht blöd, und seit Marlies verschwunden ist, habe ich Sicherheitsvorkehrungen getroffen.

»Marlies?«, rufe ich laut und bleibe fünf Meter vor dem Wagen stehen. Niemand antwortet. Langsam bewege ich mich auf die Fahrerseite zu. Die blinkenden Lichter blenden mich. Ich muss ganz dicht an das Auto herantreten, damit ich durch die Seitenscheibe ins Wageninnere sehen kann.

Mein Atem stockt, als mir klar wird, dass jemand hinter dem Steuer sitzt.

»Marlies?« Dann versagt meine Stimme ihren Dienst.

Ich schirme die Augen mit beiden Händen ab und starre in den Wagen. Für den Bruchteil einer Sekunde drohen mir die Beine wegzubrechen. Was ich erblicke, lässt mein Herz höher schlagen.

Marlies.

Sie ist es. Ich erkenne sie an ihren langen dunklen Haaren, ihrer geraden Nase und den fein geschwungenen Wangenknochen.

»Marlies«, brülle ich erfreut. Endlich!

Sie ist wieder da! Ich finde keine Worte und taumele vor Glück rückwärts.

»Marlies«, rufe ich abermals, fange mich wieder und klopfe an die Seitenscheibe.

Ich rüttele an der Wagentür, doch sie ist verschlossen und Marlies hört mich anscheinend nicht. Erst jetzt bemerke ich den Laternenpfahl, der vor der Motorhaube aufragt, und das demolierte Blech.

Verdammt! Marlies hatte einen Unfall und ist gegen die Laterne gefahren.

»Habe ich zu viel versprochen?«, fragt plötzlich eine raue Stimme in meinem Rücken und ich erstarre zu Eis.

Langsam, wie in Zeitlupe, drehe ich mich um. Dunkle Augen fixieren mich, und bevor ich irgendetwas machen kann, schießt eine Hand auf mich zu und packt mich am Hals. Ich will weglaufen. Schreien. Kämpfen.

Doch nichts funktioniert mehr. Wie eine leblose Marionette sacke ich zusammen und erhasche mit einer letzten Kopfdrehung einen flüchtigen Blick auf das Auto. Marlies bewegt sich noch immer nicht.

1

Julia hatte die Augen fest geschlossen. Trotzdem lag sie hellwach im Bett. Sophia, ihre vier Monate alte Tochter, schmiegte sich eng an sie. Vor einer halben Stunde hatte Julia ihr das letzte Fläschchen Milch gegeben. Wenn nichts dazwischenkam, hatte sie bis zum Morgen Ruhe, bevor Sophia aufwachte. Dennoch schaffte Julia es nicht, einzuschlafen. Nie zuvor in ihrem Leben hatte sie so viel Glück empfunden wie in jenem Moment, da sie Sophia zum ersten Mal in den Armen gehalten hatte. Immer wieder musste sie daran denken. Und genauso wenig hatte sie sich vorstellen können, wie anstrengend der Alltag als Mutter war. Vor vier Wochen hatte sie ihre Tätigkeit im rechtsmedizinischen Institut wieder aufgenommen, und inzwischen fragte sie sich, ob das ein Fehler gewesen war. Tagsüber hatte sie das Gefühl, wie ein Geist durch die Autopsiesäle des Instituts zu wandeln. Nur mit dem Skalpell in der Hand fühlte sie sich wie früher. Dann übernahm die Leiterin des rechtsmedizinischen Institutes in ihr die Kontrolle. Der Umgang mit den Toten brachte zwar so manche Überraschung zutage, dennoch war er absolut planbar. Ganz im Gegensatz zu den Bedürfnissen eines Babys, die nur wenig berechenbar waren. Julia liebte ihre Tochter über alles. Trotzdem fühlte sie sich erschöpft und irgendwie zweigeteilt. Da gab es die Mutter in ihr, die sich um das Baby kümmerte. Es fütterte, wusch, anzog und umsorgte. Aber da war auch die Rechtsmedizinerin Julia Schwarz, die an ihrem Beruf hing. Die sich sorgte, um die Abläufe im Institut und um die Toten, die durch sie zum letzten Mal eine Stimme bekamen. Wenn sie versagte, nahmen sie ihre Geheimnisse mit ins Grab. Endgültig.

Sophia regte sich in ihrem Arm, und für einen Moment befürchtete Julia, sie könnte aufwachen. Doch Sophia schlief friedlich weiter und lutschte an ihrem Daumen. Plötzlich schrillte Florians Handy los. Er fuhr hoch und tastete unbeholfen nach dem Telefon, das vom Nachttisch fiel und mit einem lauten Knall auf dem Boden landete.

»Kessler«, nuschelte er verschlafen, nachdem er es aufgehoben hatte.

Julia betrachtete sein markantes Profil, das vom Display angeleuchtet wurde. Noch immer hatte sie Schwierigkeiten, zu fassen, dass sie jetzt in einer Familie lebte. Früher hatte sie geglaubt, dass die Toten jeden Mann davon abhielten, mit ihr zusammen zu sein. Doch Florian hatte sich von ihrem Job nie abschrecken lassen. Er hatte sie vom ersten Tag an gewollt und wich seitdem nicht mehr von ihrer Seite. Noch vor Sophias Geburt war

Julia zu ihm gezogen. Aber manchmal gab es Momente, da vermisste sie ihr altes Leben. Die Möglichkeit, allein zu sein und gedankenverloren auf der Couch zu lümmeln. Florians verärgerte Stimme riss sie aus ihren Gedanken.

»Leute, seid ihr verrückt? Ich bin bei der Kripo und nicht für Verkehrsunfälle zuständig.«

Er lauschte ins Telefon und schüttelte den Kopf.

»Was?«, fragte er und verstummte, als er bemerkte, dass Julia ihn anblickte. Er legte die Hand auf das Handy und brummte: »Tut mir leid, ich wollte dich nicht wecken.«

Bevor Julia etwas erwidern konnte, sprang Florian auf.

»Und da seid ihr sicher?«, rief er in sein Handy.

Was auch immer die Person am anderen Ende der Leitung erwiderte, es führte dazu, dass Florian sich hektisch anzog, während er das Handy zwischen Kinn und Schulter balancierte.

»Schick mir die Adresse aufs Handy«, bat er und legte auf.

»Was ist los?«, fragte Julia leise.

»Keine Ahnung. Man hat eine Tote gefunden und es gibt wohl einen Zusammenhang zu einem alten Fall. Ich schaue mir das jetzt an. Schlaf noch ein bisschen.« Florian drückte ihr einen Kuss auf die Stirn und strich Sophia zärtlich über die Wange.

Julia schloss die Augen wieder, nachdem Florian das Schlafzimmer verlassen hatte, und versuchte einzuschlafen. Doch in ihrem Kopf begannen die Gedanken erneut zu kreisen. Für den nächsten Tag standen drei Obduktionen an. Ein neuer Bewerber hatte ein Vorstellungsgespräch für eine offene Stelle als Rechtsmediziner und mit

Lenja wollte sie zudem einen Vortrag für einen anstehenden Fachkongress vorbereiten. Dirk Possnitz, der vor ungefähr einem Jahr zu ihnen gestoßen war, sollte auf schwierigere und komplexere Obduktionen vorbereitet werden, die er zukünftig allein übernehmen sollte. Das würde eine erhebliche Entlastung bedeuten, doch bis dahin kostete es Zeit. Davon hatte sie nicht sonderlich viel, denn sie arbeitete meist nur noch sechs Stunden am Tag, damit sie sich anschließend um Sophia kümmern konnte.

Julia atmete tief ein und aus. Sie versuchte, Ordnung in ihre Gedanken zu bringen. Es brachte nichts, sich verrückt zu machen und unnötig zu stressen. Es war mitten in der Nacht und sie musste schlafen. Jetzt konnte sie sowieso keinen einzigen Punkt auf ihrer langen Aufgabenliste erledigen. Allmählich spürte sie, wie sie sich entspannte und langsam in eine Traumwelt glitt.

Irgendwann später stieß Sophia einen Schluchzer aus und Julia schlug in derselben Sekunde die Augen auf. Erstaunt stellte sie fest, dass es bereits hell war. Ihr Handy klingelte schrill und brachte die kleine Sophia zum Schreien. Hastig nahm Julia den Anruf entgegen. Sophia beruhigte sich augenblicklich.

»Es ist neun Uhr. Ich wundere mich, wo ihr bleibt«, sagte Ulrich Schwarz besorgt.

»Ich habe verschlafen«, nuschelte Julia und konnte förmlich spüren, wie sich auf der Stirn ihres Vaters eine Falte bildete.

»Du verschläfst doch sonst nie. Hast du keinen Wecker gestellt?«

Ihr Blick huschte zur Uhr. Offenbar hatte sie den Alarm ausgeschaltet, ohne es zu merken.

»Ich habe ihn wohl überhört.«

Am anderen Ende der Leitung herrschte Schweigen. Am liebsten hätte Julia erklärt, dass die ständigen nächtlichen Schlafunterbrechungen bei ihr Spuren hinterließen. Doch sie verkniff sich jeglichen Kommentar. Das hätte ihr Vater nicht verdient, denn er meinte es immer gut mit ihr.

»Gib mir ein paar Minuten, dann mache ich mich auf den Weg und bringe Sophia vorbei.«

Wie zur Bekräftigung begann ihre Tochter abermals laut zu schreien.

»Hast du ihr schon das Fläschchen gegeben?«, fragte ihr Vater.

»Ich beeile mich«, entgegnete Julia und legte auf.

Sie hastete mit dem Baby im Arm in die Küche und gab Milchpulver in ein Fläschchen, das sie mit Wasser füllte und aufwärmte.

Sophias kleines Gesicht hatte sich inzwischen dunkelrot gefärbt.

»Gleich bekommst du deine Milch«, versuchte Julia ihre Tochter zu beruhigen.

Doch Sophia beachtete sie nicht. Sie hatte den Mund weit aufgerissen und brüllte, als ginge es um ihr Leben. Julia lief mit ihr in der Küche auf und ab und zählte die Sekunden, die es noch brauchte, bis die Milch endlich warm war. Aber die Zeit schien stehen geblieben zu sein und Sophias Schreie erlangten ungeahnte Höhen. Als der leise Piepton des Flaschenwärmers meldete, dass die richtige Temperatur erreicht war, atmete Julia erleichtert auf und lächelte, weil ihre Tochter zufrieden am Nuckel saugte und wieder Stille einkehrte.

Eine halbe Stunde später parkte sie in der Einfahrt vor dem Haus ihrer Eltern, wo Ulrich Schwarz sie bereits erwartete.

»Da seid ihr ja endlich«, sagte er, die Augen auf die kleine Sophia gerichtet. »Da ist meine Enkeltochter.« Er nahm Sophia in den Arm und wiegte sie sanft hin und her.

Julia holte einen Rucksack mit Windeln und Wechselsachen von der Rückbank ihres Wagens.

»Komm doch noch kurz rein und trink einen Kaffee«, schlug ihr Vater vor und marschierte hüpfend zur Haustür. Bei jedem seiner Schritte lachte Sophia vergnügt.

»Da ist ja mein Liebling.« Hannelore stand im Türrahmen und nahm ihm das Baby ab. »Du hast heute aber lange gebraucht, um herzukommen. Hat deine Mama etwa verschlafen?« Sie warf Julia einen flüchtigen Blick zu und verschwand mit Sophia im Haus.

Julia brachte die Sachen in den Flur und schloss die Haustür.

»Ich bin spät dran«, verkündete sie, doch niemand nahm Notiz von ihr. Sophia hatte die gesamte Aufmerksamkeit ihrer Eltern auf sich gezogen. Sie saßen am Esstisch und zogen Grimassen, als ginge es um einen Wettbewerb. Sophia strahlte beide abwechselnd an.

»Ich muss wieder los, ich …« Julia hielt abrupt inne und betrachtete den Esstisch, der anders aussah als sonst.

»Was ist denn hier passiert?«

Hannelore blickte sie erstaunt an. »Was meinst du?«

Julia deutete auf Michaels Stuhl. Normalerweise war

der Platz ihres Bruders immer gedeckt, und das, obwohl er seit fast zwanzig Jahren nicht mehr lebte. Mit zwölf war er entführt, missbraucht und ermordet worden. Erst vor ein paar Jahren war es Julia gelungen, seinen Mörder zu überführen. Mario Kimpel saß im Gefängnis und er würde es mit ziemlicher Sicherheit bis zu seinem Lebensende nicht wieder verlassen.

»Wo ist Michaels Teller?«, fragte Julia.

Ein Schatten huschte über das Gesicht ihrer Mutter. Sie räusperte sich umständlich.

»Ich habe ihn weggeräumt«, erklärte sie schließlich und verschwand mit Sophia in der Küche.

Julia sah ihren Vater fragend an.

Ulrich Schwarz zuckte mit den Schultern. »Wir haben beschlossen, dass die kleine Sophia unbeschwert aufwachsen soll. Früher oder später würde sie nach Michaels Teller fragen und was sollten wir dann antworten? Dein Onkel wurde als kleiner Junge von einem perversen Killer ermordet?« Er schüttelte heftig den Kopf. »Nein. Das wollen wir auf keinen Fall. Es ist jetzt neunzehn Jahre her, und auch deine Mutter möchte nicht, dass die kleine Sophia deswegen Schaden nimmt.«

Ungläubig starrte Julia auf Michaels leeren Platz. Sie hatte mit allem gerechnet, jedoch nicht damit, dass ihre Eltern sich jemals zu diesem Schritt durchringen würden. Insbesondere ihre Mutter hatte große Schwierigkeiten, mit Michaels Tod abzuschließen.

»Das finde ich gut«, erwiderte sie, ohne den Blick von Michaels Platz zu heben. »Sophia muss noch nicht erfahren, wie grausam das Leben sein kann. Sie wird es ohnehin früh genug herausfinden. Spätestens, wenn sie mit meinem Beruf konfrontiert wird.«

Aus der Küche hörte Julia ihre Mutter. Sie redete sanft auf Sophia ein.

»Ich muss los. Es gibt viel zu tun«, sagte sie und umarmte ihren Vater.

»Lass dir Zeit. Wir passen gerne auf Sophia auf.«

Julia ging in die Küche und gab ihrer Tochter einen langen Kuss auf die Stirn. Dann verabschiedete sie sich von ihrer Mutter und begab sich auf den Weg zum rechtsmedizinischen Institut.

2

Florian betrachtete die Beule in der Motorhaube, die beim Aufprall auf die Straßenlaterne entstanden war, und lauschte ungläubig den Schilderungen der jungen Polizistin.

»Wir sollten die Rechtsmedizin hinzuziehen«, erklärte sie und fuchtelte dabei aufgeregt mit den Armen in der Luft. »Die Todesursache ist unklar, und bisher können wir nicht nachvollziehen, wie diese Frau auf den Fahrersitz gelangt ist. Aber während des Aufpralls kann sie nicht im Wagen gesessen haben. Das meinte jedenfalls der Notarzt.«

»Und wie kam er darauf?«, fragte Florian.

Die Polizistin sah ihn mit großen Augen an.

»Weil sie schon tot war, als der Unfall passierte. Sie kann den Wagen nicht gefahren haben.«

Florian beugte sich zweifelnd vor und leuchtete mit seiner Taschenlampe das Gesicht der jungen Frau ab. Ihr Kopf lehnte an der Nackenstütze und war leicht nach links geneigt. Sie hatte die Lider geschlossen, so als schliefe sie nur. Doch es gab keinen Zweifel daran, dass sie tot war. Sie atmete nicht mehr und ihre Haut wirkte bleich, fast ein wenig grau. Der Notarzt hatte ihren Tod vor knapp einer Stunde bescheinigt, genau zu dem Zeitpunkt, als Florian zum Fundort gerufen wurde. Der Arzt hatte die Leiche nicht bewegt. Ihr Tod und die Auffindesituation passten nicht zusammen. Das war ein Grund, der die Kollegen von der Streifenpolizei dazu bewogen hatte, die Kripo zu alarmieren. Ein weiterer war die Tatsache, dass es sich bei der Toten um eine seit zwei Jahren vermisste Frau handelte.

»Und das Portemonnaie befand sich auf ihrem Schoß?«, fragte Florian und betrachtete die dunkelrote Lederbörse, in der die Polizei neben ein wenig Bargeld den Personalausweis der Toten gefunden hatte. Bei dem Aufprall hätte das Portemonnaie eigentlich nach vorn in den Fußraum geschleudert werden müssen. Doch es lag auf den Oberschenkeln der toten Frau, als hätte es jemand im Nachhinein dort platziert. Es sprach einiges dafür, dass die Leiche erst später in das Auto gesetzt wurde. Aber wer hatte es dann gefahren?

»Ja, und wie Sie sehen, hat sie nicht eine Schramme davongetragen.« Die Stimme der Polizistin überschlug sich. »Jemand hat sie hinters Steuer verfrachtet. Und zwar erst hinterher. Das denkt auch mein Partner.« Sie deutete mit einem Nicken zu einem kräftigen Mann, der ein wenig abseits von ihnen auf und ab lief, wobei er ein Handy an sein Ohr presste.

Florian konnte nicht viel mehr als seine Silhouette erkennen. Hinter dem Polizisten löste sich ein Schatten.

Ein großer Mann mit einer Taschenlampe in der Hand kam auf sie zu. Der Schein des Lichtes tanzte über den Boden. Martin Saathoff blieb vor Florian stehen und zückte sein Handy.

»Die Akte gibt nicht viel her«, erklärte er und wischte über das Display. »Marlies Köhler, vierundzwanzig Jahre alt und seit zwei Jahren unauffindbar. Die Kollegen gehen nicht von einem Gewaltverbrechen aus, da sich keinerlei Spuren oder Hinweise dafür fanden. Ein Nachbar hatte sie am Morgen ihres Verschwindens gesehen, als sie das Haus verließ. Jedoch ist sie nicht bei ihrer Arbeitsstelle in einer Bäckerei angekommen. Die Eltern und die Schwester haben keine Erklärung für Marlies Köhlers Verschwinden. Sie war nicht depressiv oder sonst irgendwie erkrankt. Es gab keinen Freund und auch keinen Ex, mit dem es Streitigkeiten gegeben hätte.«

»Und heute taucht sie urplötzlich in diesem Auto auf«, erwiderte Florian nachdenklich und betrachtete den Hals, die Hände und die Beine der toten Frau. Dann richtete er sich auf und trat einen Schritt vom Fahrzeug zurück. »Sie ist angeschnallt, aber der Airbag hat nicht ausgelöst. Der Wagen kann also nicht mit allzu großer Geschwindigkeit gegen den Laternenpfahl geprallt sein.«

Martin stimmte ihm zu. »Der Unfall ist sicherlich nicht todesursächlich. Ist Julia denn unterwegs?«

Florian kniff die Lippen zusammen. Er hatte bereits die Frage der Polizistin nach der Rechtsmedizin ignoriert. Ausgerechnet jetzt musste auch noch sein Partner Julia ins Spiel bringen. Sie hatte so blass und müde ausgesehen, als er aufgebrochen war. Er hatte ein schlechtes Gewissen, dass er sie überhaupt geweckt hatte, und deshalb wollte er sie nicht auch noch an diesen Fundort bitten. Julia brauchte Schlaf. Das Baby war ein Vollzeitjob. Tag und Nacht. Er spürte die durchlöcherten Nächte ebenso, wenn er an der Reihe war, Sophia das Fläschchen zu geben.

Martin durchbohrte ihn mit einem fragenden Blick.

»Ich könnte Lenja fragen«, überlegte Florian und griff zum Handy. »Wir hatten heute eine unruhige Nacht.«

Sein Partner verzog keine Miene. Florian wählte Lenjas Nummer und bat sie, herzukommen. Anschließend beorderte er das Team der Spurensicherung an den Fundort. Zwar stand momentan keineswegs fest, ob die Frau Opfer eines Gewaltverbrechens geworden war, aber die Umstände erschienen ihm in der Tat äußerst merkwürdig.

»Wo ist der Mann, der das Auto entdeckt hat?«, fragte Florian die Polizistin, nachdem er aufgelegt hatte.

»Er musste zur Arbeit.« Ihr Blick ging zu einer großen Industriehalle, hinter der langsam die Morgendämmerung hervorbrach. »Herr Walter hat mir seine Handynummer hiergelassen. Sie können ihn jederzeit erreichen.« Sie streckte Florian einen zerfetzten Zettel entgegen, auf dem sie die Nummer notiert hatte.

Er seufzte. Eigentlich hätte die Streifenpolizei den Zeugen bis zur Befragung hierbehalten müssen. Vermutlich wusste mittlerweile das halbe Gewerbegebiet von dem Leichenfund an der Zufahrtsstraße. Fehlte nur noch, dass ihnen deshalb die Presse auf die Pelle rückte. Er unterdrückte einen weiteren Seufzer und wählte die Nummer des Zeugen.

»Spreche ich mit Herrn Timo Walter?«, fragte er, als er

eine tiefe Männerstimme am anderen Ende der Leitung nuscheln hörte.

»Ja, der bin ich.«

»Hier spricht Florian Kessler von der Kriminalpolizei Köln. Wir möchten mit Ihnen reden. Am besten sofort.«

»Ich bin gerade noch mit einer Maschine beschäftigt. Dauert fünf Minuten. Soll ich zu Ihnen kommen?«

»Nein. Wir treffen uns an Ihrem Arbeitsplatz«, entgegnete Florian. Er musste verhindern, dass der Fundort weiter kontaminiert wurde. Der Mann erklärte ihm, durch welches Tor sie in die Halle gelangen konnten.

Florian gab der Polizistin den Zettel zurück. »Sperren Sie hier bitte weiträumig ab. Die Spurensicherung sollte innerhalb der nächsten Stunde eintreffen. Und geben Sie mir Bescheid, sobald die Rechtsmedizin hier ist.«

Die Polizistin nickte geschäftig und holte eine Rolle rot-weißes Absperrband aus dem Kofferraum des Streifenwagens.

Florian begab sich mit Martin die Straße hinauf zu der Industriehalle. Sie überquerten einen weitläufigen Platz, auf dem einige Lkws parkten. Ein kleiner Lieferwagen schoss mit viel zu hoher Geschwindigkeit an ihnen vorbei. Am Ende der Halle erblickte Florian ein großes Eingangstor, durch das sie eintraten. Ein Geruch nach Metall und Öl schlug ihnen entgegen. Männer in dunkelblauen Overalls und Schutzbrillen wuselten im vorderen Bereich der Halle um eine Maschine, die offenbar nicht so funktionierte wie vorgesehen. Ein hagerer Arbeiter erteilte barsche Anweisungen. Seine Wangen leuchteten rot und der Ärger stand ihm ins Gesicht geschrieben.

»Na los, beeilen Sie sich mal. Produktionsbeginn war vor einer halben Stunde. Bringen Sie mir das Ersatzkabel, und zwar sofort!«

Ein untersetzter, kahlköpfiger Kerl löste sich aus der Gruppe und eilte auf die andere Seite der Halle. Als der Arbeiter mit den roten Wangen Florian und Martin bemerkte, wies er einen älteren Mann an, ihn zu vertreten.

»Sind Sie von der Kripo?«, fragte er und winkte sie mit sich, als sie nickten.

»Ich bin Timo Walter. Kommen Sie in mein Büro. Dort können wir in Ruhe sprechen.« Er wischte sich über die schweißnasse Stirn. »Eine Maschine ist heute Morgen ausgefallen. Das hat mir gerade noch gefehlt. Wir sind sowieso im Rückstand mit der Produktion und ausgerechnet jetzt gibt das Ding seinen Geist auf!«, schimpfte er und öffnete eine Metalltür, auf der ein dreckiges Schild mit der Aufschrift *Büro* klebte.

Er drückte auf den Lichtschalter, woraufhin über ihnen kaltes blaues Licht aufflackerte.

»Setzen Sie sich«, sagte Walter und deutete auf zwei dunkelblaue Plastikstühle, die ihre besten Tage lange hinter sich hatten.

»Wie kann ich helfen?« Er ließ sich ihnen gegenüber auf einen dritten Stuhl fallen, der zwar mit Leder bezogen war, jedoch auch nicht viel neuer aussah.

»Sie haben heute Morgen den Wagen mit einer verunglückten Frau an der Zufahrtsstraße zu Ihrer Arbeitsstätte entdeckt und den Notruf gewählt. Können Sie uns bitte noch einmal genau beschreiben, um wie viel Uhr das war und was Ihnen alles aufgefallen ist?«

Timo Walter richtete sich in seinem Stuhl auf. Seine Augen funkelten zufrieden über den immer noch geröteten Wangen.

»Ich trete jeden Tag um fünf Uhr zwanzig meinen Dienst an. Seit zehn Jahren leite ich die Abteilung für die Montage von Staubsaugern. Wir sind eines der wenigen Unternehmen, die ihre Produktion nicht nach China ausgelagert haben und trotzdem profitabel sind.« Er grinste selbstgefällig und fuhr fort: »Heute Morgen habe ich den Wagen neben der Straße bemerkt. Wir haben vor der Halle eine riesige Parkfläche und auch die angrenzenden Firmen verfügen über ausreichend Parkplätze, sodass hier niemand am Straßenrand oder illegal parken muss. Deshalb ist mir dieses Auto natürlich sofort ins Auge gesprungen. Ich habe gleich daneben angehalten und nachgeschaut. Der Wagen war in die Straßenlaterne gekracht und hinter dem Steuer saß eine Frau. Ich habe an die Scheibe geklopft, aber sie hat nicht reagiert. Die Fahrertür ließ sich nicht öffnen, keine Ahnung warum. Ich habe nicht lange überlegt und die *Eins-eins-zwei* gewählt.«

»Ist Ihnen vielleicht jemand in der Nähe des Unfallwagens aufgefallen?«, fragte Florian und notierte sich die Uhrzeit auf seinem Notizblock.

Timo Walter hielt kurz inne und schürzte nachdenklich die Lippen. Dann sprach er weiter: »Ich bin wie gesagt seit zehn Jahren jeden Arbeitstag um fünf Uhr zwanzig hier. Die Kollegen treffen in der Regel eine Viertelstunde später ein. Bis dahin schaue ich nach dem Rechten und überprüfe die Tagespläne. Außer dem Wagen an der Laterne ist mir niemand aufgefallen. Ringsum in den anderen Firmen geht morgens die Arbeit meist erst gegen acht Uhr los.«

»Verstehe«, erwiderte Florian. »Wie lange haben Sie auf den Rettungsdienst gewartet?«

»Das ging rasend schnell. Die waren innerhalb von sieben oder acht Minuten hier. Einer der Sanitäter hat die Tür des Wagens aufgehebelt und der Notarzt begann sofort mit der Untersuchung der Fahrerin. Allerdings hat er nach wenigen Sekunden schon wieder aufgehört. Er meinte, sie könnten nichts mehr für die Frau tun. Vermutlich hat sie vor einigen Stunden einen Herzstillstand erlitten. Die Polizei war da übrigens auch schon hier. Ich bin dann los, weil ich zur Arbeit musste.«

»Und Ihre Kollegen waren bereits in der Halle, als Sie hier ankamen?«, wollte Martin wissen.

»Die meisten, ja«, antwortete Timo Walter und runzelte die Stirn. »Aber Haberland, der kam heute zu spät, und das, obwohl sein Wagen schon auf dem Parkplatz stand. Hat irgendwas von einem Zwischenfall erzählt. Der traf mit einer völlig verschmierten Hose hier ein.«

»Haberland? Wie lautet denn der vollständige Name?«, fragte Florian. In Gedanken eröffnete er eine Liste der Verdächtigen.

»Adrian Haberland. Der Kollege ist noch relativ neu hier. Hat vorher bei der Firma schräg gegenüber gearbeitet. Wir haben ihn öfter in der Mittagspause bei Rudolf getroffen und abgeworben.« Als Timo Walter Florians fragenden Blick bemerkte, fügte er hinzu: »Rudolf steht jeden Mittwoch mit seiner Currywurstbude hier.«

»Und dieser Adrian Haberland hat sich verspätet? Können Sie sagen, wie lange?«

Timo Walter holte einen schmalen Block aus der Brusttasche seines dunkelblauen Overalls. Er blätterte darin und schnalzte schließlich zufrieden mit der Zunge.

»Zehn nach sechs war er hier. Normalerweise kommt der mit dem Bus, aber heute parkte wie gesagt sein Auto vor der Halle.«

»Er könnte doch noch eine geraucht haben«, warf Martin ein.

»Kann sein.«

»Und was fährt er für einen Wagen?«

»Einen hellgrauen Audi mit seinen Initialen im Kennzeichen.«

»Sind Ihnen weitere Besonderheiten aufgefallen? Vielleicht auch schon in den letzten Tagen? Gab es zum Beispiel Fremde, die sich hier umgesehen haben?«

»Tagsüber bin ich meist in der Halle oder draußen auf dem Gelände. Nur in der Mittagspause verlassen wir ab und zu das Grundstück, um was zu essen. Aber da habe ich nichts bemerkt. Nein. Ich kann Ihnen leider nicht weiterhelfen.«

»Vielen Dank. Es kann gut sein, dass wir mit weiteren Fragen erneut auf Sie zukommen. Kontaktieren Sie uns bitte, falls Ihnen noch etwas einfällt.«

»Das mache ich«, versprach Timo Walter. »Was ist denn nun mit dieser Frau?«

»Wie meinen Sie das?« Florian betrachtete den Mann argwöhnisch.

Timo Walter beugte sich zu ihm vor und flüsterte

aufgeregt: »Ich bin nur neugierig. Die ganze Zeit steht die Polizei um den Wagen herum. Sie ist bestimmt ermordet worden, oder?«

»Wir können dazu nichts sagen. Die Ermittlungen laufen gerade erst an«, sagte Florian ausweichend und erhob sich von seinem klebrigen Plastikstuhl.

»Wie erfahre ich denn mehr darüber, was passiert ist?« In Timo Walters Augen funkelte es. »Meine Kollegen werden mich gleich ausquetschen, falls Sie verstehen.« Er hob vielsagend die Augenbrauen. Offenbar brauchte er eine Geschichte, mit der er prahlen konnte.

»Tut mir leid, Herr Walter. Momentan kann ich nicht mehr sagen.« Florian bewegte sich auf die Tür zu und öffnete sie.

»Na dann vielleicht beim nächsten Mal. Bekomme ich eine Visitenkarte?«

Martin Saathoff drückte ihm eine in die Hand. Zufrieden schob Timo Walter sie in seine Brusttasche und folgte ihnen hinaus in die Halle.

»Wo steckt Haberland schon wieder?«, rief er dem Glatzkopf zu, der vor der defekten Maschine hockte und versuchte, ein Kabel anzuschließen.

»Der hat sich vor zehn Minuten krankgemeldet«, brummte der Mann, ohne aufzusehen.

Timo Walter fluchte. Dann sah er zu Florian. »Ich kann Ihnen seine Adresse geben, wenn Sie wollen.«

3

Julia war keine fünfhundert Meter weit gefahren, als ihr Handy klingelte und Lenjas Name im Display erschien.

»Guten Morgen«, murmelte sie.

»Wo steckst du?«, fragte Lenja mit ihrem finnischen Akzent.

»Ich habe gerade Sophia zu meinen Eltern gebracht. Ich müsste in einer Viertelstunde im Institut sein. Gibt es etwas Wichtiges?«

»Ich … also …«

Julia hörte, wie sich ihre Assistentin am anderen Ende der Leitung räusperte. Normalerweise redete Lenja wie ein Wasserfall. Irgendetwas ging da vor sich.

»Nun rück schon mit der Sprache raus. Was ist los?«, forderte Julia sie auf und schaffte es gerade noch bei Gelb über die Kreuzung.

»Florian hat mich angerufen«, teilte Lenja ihr mit.

Vor Julia fuhr ein Lieferwagen, der sich offenbar nicht

für eine Spur entscheiden konnte. Als sie links zum Überholvorgang ansetzte, zog er ebenfalls nach links und versperrte ihr den Weg. Es dauerte einige Sekunden, bis Lenjas Worte in ihrem Gehirn ankamen.

»Na und? Was wollte er denn?«

»Er hat mich zu einem Tatort gebeten. Ich habe mich schon ein bisschen gewundert, warum er mich anruft und nicht dich. Dann dachte ich, du wärst mit dem Baby beschäftigt und wüsstest Bescheid.« Den letzten Satz flüsterte Lenja nur noch ins Telefon, doch Julia verstand jedes Wort.

»Ja, wieso hat er mich nicht angerufen? Ich bin heute früh wach geworden, als er den Anruf von der Zentrale bekam.« Der Lieferwagen vor ihr schwenkte wieder auf die rechte Spur. Augenblicklich beschleunigte sie und überholte das Fahrzeug.

»Ich weiß nicht.« Lenja holte tief Luft. »Wahrscheinlich wollte er dich nicht belasten.«

»Nicht belasten?«, entfuhr es Julia. Sie wusste nicht, was sie von Florians Aktion halten sollte. Er konnte doch nicht einfach ihre Assistentin zu einem Tatort bestellen, ohne sie zumindest vorher zu fragen. Sie war die Leiterin der Rechtsmedizin und musste entscheiden, wen sie zu einem Tatort schickte und wer besser im Institut blieb.

»Ich habe jedenfalls kein Auto. Die Adresse liegt irgendwo im Westen von Köln in einem Gewerbegebiet. Kannst du mich mitnehmen?« Lenja machte eine kurze Pause, bevor sie weitersprach. »Du fährst doch trotzdem dorthin, oder nicht?«

Julia verkniff sich einen Fluch. Sie wollte ihre Sorgen

nicht vor Lenja ausbreiten und biss sich deshalb auf die Zunge.

»Ich hole dich ab«, erwiderte sie nur und gab Gas.

Als sie am Gebäude ankam, wartete Lenja bereits auf sie. Die hochgewachsene blonde Frau lächelte, als Julia neben ihr hielt.

»Spring rein«, rief Julia und öffnete ihr die Tür zur Beifahrerseite.

»Guten Morgen«, sagte Lenja und ließ sich auf den Sitz sinken. Sie schnallte sich an und lehnte sich zurück. »Ich bin echt gespannt auf unseren neuen Fall.«

»Hat Florian denn erwähnt, worum es geht?«, fragte Julia. »Ich habe noch mit Sophia im Bett gelegen und heute früh nicht viel mitbekommen.«

»Es gibt eine Tote. Er sprach von einem Autounfall, der jedoch laut Notarzt nicht todesursächlich war. Es geht um eine junge Frau.«

»Verstehe«, erwiderte Julia einsilbig. Sie fragte sich immer noch, warum Florian ihre Assistentin und nicht sie angerufen hatte. Vermutlich wollte er ihr tatsächlich nicht zu viel aufbürden. Doch sie war nun einmal die Leiterin des rechtsmedizinischen Institutes und nur, weil sie jetzt ein Baby hatten, musste er sie nicht in Watte packen.

Sie ließ sich von ihrem Navigationssystem durch ein paar Nebenstraßen führen, weil die Hauptstraßen aufgrund des Berufsverkehrs verstopft waren. Allmählich schaffte Julia es, ihre Gedanken unter Kontrolle zu bringen. Sie musste sich auf ihren Job konzentrieren. Egal, warum Florian sie nicht zum Tatort gerufen hatte, er meinte es in jedem Fall nicht böse. Für Spekulationen war

Julia nicht geschaffen. Sie baute auf Fakten, denn auf diesem Gebiet fühlte sie sich sicher. Fakten logen nicht. Sie waren eindeutig und ließen keinen Raum für Vermutungen. Deshalb fiel es Julia auch nicht schwer, sich jeden Tag mit Toten zu umgeben. Jeder Körper war von innen gleich aufgebaut. Selbst Krankheiten konnten anhand spezifischer Kriterien zugeordnet werden. Sie musste sich nicht mit komplexen Verhaltensweisen irgendeines durchgeknallten Täters herumschlagen, so wie Florian, der permanent versuchte, sich in die Rolle von Straftätern oder Opfern hineinzuversetzen.

»Da vorne ist es«, rief Lenja aufgeregt und deutete auf die Einsatzfahrzeuge der Spurensicherung, die mit eingeschalteter Warnblinkanlage am Straßenrand standen. Julia parkte ihren Wagen dahinter, holte aus dem Kofferraum einen Aluminiumkoffer mit ihren Utensilien heraus und begab sich mit Lenja zu dem Polizisten vor dem Absperrband.

»Können Sie sich ausweisen?«, fragte er mit strenger Stimme.

Julia zeigte ihm ihren Institutsausweis. »Kriminalkommissar Florian Kessler hat unsere Unterstützung angefordert«, erklärte sie und schlüpfte unter dem Absperrband hindurch, das der Polizist nach einem prüfenden Blick auf ihre Papiere hochhielt.

»Es handelt sich um den Wagen da vorne an der Straßenlaterne«, sagte er und schenkte Lenja ein auffälliges Lächeln.

Julia marschierte schnurstracks auf den grauen Kleinwagen zu, der frontal gegen den Mast der Laterne gefahren war. In weiß gekleidete Mitarbeiter der Spurensicherung huschten um das Fahrzeug herum. Von Florian oder seinem Partner Martin Saathoff war weit und breit nichts zu sehen. Eine Frau pinselte an der Fahrertür, um Fingerabdrücke sicherzustellen. Als sie Julia bemerkte, erhob sie sich.

»Doktor Schwarz, schön, dass Sie da sind. Wir haben extra nichts verändert.« Sie machte einen Schritt zur Seite und ließ Julia näher treten.

»Der Notarzt hat darum gebeten, Sie hinzuzuziehen. Die Todesursache ist unklar. Der Aufprall hat noch nicht einmal die Airbags ausgelöst und kann eigentlich nicht todesursächlich sein. Wir wissen nicht, woran sie gestorben ist und ob sie während des Unfalls überhaupt im Auto gesessen hat.«

»Lassen Sie mich mal sehen«, erwiderte Julia und inspizierte die Frau, deren Haut im Gesicht ungewöhnlich rau und ein wenig aufgequollen wirkte. Ihre geschlossenen Lider waren eingefallen, so als ob sie bereits vor längerer Zeit gestorben wäre.

»Kannst du mir eine Pinzette geben?«, bat sie Lenja und zupfte vorsichtig damit am linken Augenlid der Toten, bis sie die Pupille sah.

»Die Linse ist eingetrübt«, stellte Julia nachdenklich fest und betrachtete die stumpfen Haare. Sie ergriff einen Arm und prüfte die Beweglichkeit der Gelenke.

»Keine Totenstarre«, erklärte sie und warf einen Blick auf die eingetrockneten Lippen.

»Sieht nicht unmittelbar nach einem Herzstillstand aus«, sagte Lenja, die sich neben Julia gezwängt hatte und das Fußgelenk der Toten untersuchte. »Trotz der Stiefel ist das Gelenk frei beweglich.« Sie schob das Bein zurück in den Wagen, ging herum zur Beifahrerseite und setzte sich. Dann ergriff sie die rechte Hand der Toten.

»Schau dir das mal an. Ich denke, das Gelenk ist gebrochen.«

Julia inspizierte das Handgelenk. Es ließ sich nach hinten überstrecken, ohne dass etwas knirschte. »Das sollten wir röntgen.«

Sie erhob sich. »Ich möchte die Tote sofort zu uns in die Rechtsmedizin überführen. Ist der Leichenwagen schon da?«

Die Mitarbeiterin von der Spurensicherung nickte. »Gerade eingetroffen.«

Sie deutete auf zwei kräftige Männer, die sich in diesem Moment näherten.

»Wir sollen die Leiche abholen«, brummte der Größere von ihnen.

»Richtig. Bringen Sie den Leichnam bitte umgehend in die Rechtsmedizin. Doktor Schwarz wird die Obduktion durchführen.«

»Alles klar.« Die beiden Männer machten auf dem Absatz kehrt und kamen kurz darauf mit einer Transportliege zurück. Sie verfrachteten die Tote vorsichtig in einen Leichensack, legten sie auf die Liege und schoben sie in den Kofferraum des Transportfahrzeugs. Julia schaute sich unterdessen den Wagen genauer an. Sie ging um das Auto herum zur Beifahrerseite und blickte hinein.

»Wonach suchst du?«, fragte Lenja.

»Weiß ich auch nicht.« Julia schaute ins Handschuhfach, in dem üblicherweise das Serviceheft aufbewahrt wurde. Doch es war leer.

»Den Wagen haben wir bereits gründlich durchsucht«, erklärte die Mitarbeiterin der Spurensicherung. »Im Handschuhfach lag nur der Vertrag für den Mietwagen.«

»Sonst nichts?«, erkundigte sich Julia. »Ich frage mich nämlich, ob die Tote irgendwelche Medikamente eingenommen hat.«

»Schauen Sie dort vorne in der gelben Kiste nach. Da haben wir alle Beweisstücke gelagert. Aber Medikamente sind nicht darunter.«

Lenja ging trotzdem zu der Kiste und sah sich die in Asservatentüten abgepackten Fundstücke an. Julia folgte ihr nachdenklich. Irgendetwas stimmte mit dieser Toten nicht. Es brannte ihr unter den Nägeln, endlich mit der Obduktion zu beginnen.

»Ein Warndreieck, eine Weste, eine Packung Papiertaschentücher und eine halb volle Wasserflasche. Das ist alles.« Lenja klang enttäuscht.

»Lass uns hinter dem Leichentransport herfahren und sofort mit der Autopsie anfangen«, schlug Julia vor, während sich in ihrem Magen ein ungutes Gefühl verstärkte.

4

»Marlies!«, rief Valerie und öffnete die Augen. Dunkelheit umfing sie, sodass sie nicht das Geringste erkennen konnte.

»Marlies?«, fragte sie ängstlich und richtete sich auf. Ihre Fingerspitzen streiften den glatten, eiskalten Boden, auf dem sie gelegen hatte. Sie blinzelte ein paarmal, doch die Finsternis war undurchdringlich. Trotzdem sah sie noch immer ihre Schwester vor sich. Endlich hatte sie Marlies wiedergefunden. Aber ihr fehlte die Erinnerung von dem Moment an, als sie Marlies in diesem Wagen gesehen hatte.

Was war bloß seitdem passiert und wo zum Teufel befand sie sich hier?

Valerie versuchte aufzustehen, doch ihr linker Knöchel schmerzte. Außerdem fühlte sie sich merkwürdig müde. Wacklig kroch sie auf allen vieren vorwärts, wobei sie eine Hand immer wieder nach vorn ausstreckte, um sich nicht zu stoßen. Der Raum erschien riesig. Eine Ewigkeit verging, bis sie auf eine raue Wand traf, die sich ebenso kalt anfühlte wie der Boden. Sie erhob sich und hüpfte auf dem unversehrten Bein an der Wand entlang, bis sie eine Ecke erreichte. Langsam arbeitete sie sich weiter voran und plötzlich ertastete sie etwas Glattes. Das war keine Wand mehr. Vielleicht war es ein Spiegel.

Nein, fuhr es Valerie durch den Kopf, als sie mit der rechten Hand gegen den Türknauf stieß. Es musste eine Glastür oder Ähnliches sein. Sie drehte an dem Knauf, aber nichts passierte. Möglicherweise lag das an ihren klammen Fingern, die immer wieder von dem Metall abrutschten. Sie legte ein Stückchen ihres Pullovers über den Knauf und versuchte es erneut. Er ließ sich drehen, doch die Tür öffnete sich nicht. Offenbar war sie abgeschlossen. Valerie überlegte, den restlichen Raum abzusuchen, als in der Entfernung hinter der Scheibe ein Licht aufflackerte. Es war rund und grell und kam langsam näher. Sie drückte die Nase gegen das Türglas, um mehr zu erkennen. Schlagartig erinnerte sich Valerie an den Mann.

»Habe ich dir zu viel versprochen?«, hallte seine dunkle Stimme durch ihren Kopf.

Die Angst schlug zu wie ein Tsunami. Hastig sprang sie zur Seite, denn das Licht hatte sie fast erreicht. Schon hörte sie seine dumpfen Schritte. Valerie presste sich mit dem Rücken gegen die kalte Wand und überlegte krampfhaft, was sie tun könnte. Doch sie war ratlos. Die Panik hatte sie voll im Griff. Sie war erstarrt wie das Kaninchen vor der Schlange. Selbst das Atmen fiel ihr schwer. Also blieb sie regungslos stehen.

Langsam drehte sich der Schlüssel im Schloss herum. Als die Tür aufging, schlug Valerie die Augen nieder. Sie wusste, dass sie sterben würde, und sie wollte ihren Mörder nicht sehen.

Zuerst fixierte sie der helle Lichtstrahl. Er hatte ihn direkt auf ihr Gesicht gerichtet. Kleine weiße Punkte tanzten unter ihren geschlossenen Lidern. Dann hörte sie, wie seine Stiefel knarrten. Er kam näher und näher, bis sie ihn riechen konnte. Schweiß, Zigarettenrauch und eine unheimliche dunkle Note krochen ihr in die Nase. Zuletzt spürte Valerie die Wärme seines Körpers und in diesem Moment riss sie die Augen auf.

5

Julia stand in der kalten Stille des Autopsiesaales vor dem Obduktionstisch, auf dem die Tote lag. Sie hatten den Leichensack bereits entfernt. Während Lenja der toten Frau die Stiefel auszog, diktierte Julia in das Aufnahmegerät, was ihr bei der äußeren Leichenschau ins Auge fiel:

»Marlies Köhler, vierundzwanzig Jahre alt, bekleidet mit einem dunkelgrauen Stoffmantel, beigem Pullover, Jeans und braunen Lederstiefeln. Die Kleidung wirkt unversehrt und sauber.« Julia wartete, bis Lenja die Stiefel in einer Plastikbox verstaut und die Socken von den Füßen der Frau entfernt hatte.

»Gräulich bläuliche Verfärbungen der Haut auf der Oberseite«, stellte Julia fest und legte das Diktiergerät beiseite.

Gemeinsam entkleideten sie die Tote, bis sie vollständig nackt vor ihnen lag. Julia musterte die Leichenflecke an den Schulterblättern und am Gesäß, die eine hellrote Farbe aufwiesen.

»Das Erscheinungsbild der Leiche, insbesondere die Verfärbungen der Haut, darunterliegende Eintrocknungen sowie die bereits wieder gelöste Totenstarre deuten auf einen länger zurückliegenden Todeszeitpunkt hin«, diktierte Julia weiter.

Sie betrachtete den Oberkörper, an dem der Sicherheitsgurt angelegt war.

»Der Zusammenstoß mit der Laterne hat keine offensichtlichen Verletzungen herbeigeführt.« Julia fuhr mit dem Finger die Diagonale von der linken Schulter der Frau hinunter und ihre rechte Hüfte entlang. Beim Aufprall hätte sich der Sicherheitsgurt fest zugezogen. Zumindest ein paar Rötungen auf der Haut müssten sichtbar sein, doch es gab keinerlei Abdrücke des Gurtes auf dem Oberkörper.

»Was ist mit ihrem gebrochenen Handgelenk?«, warf Lenja ein. »Das könnte eine Folge des Autounfalls sein.«

Julia kräuselte zweifelnd die Stirn. »Wir röntgen am besten sofort, dann können wir feststellen, ob es wirklich gebrochen ist. Die Fraktur erscheint mir allerdings zu isoliert. Sie müsste äußerlich Abschürfungen oder wenigstens eine Schwellung am Handgelenk haben, aber da kann ich nichts sehen. Ehrlich gesagt habe ich den Eindruck, dass der Knochenbruch post mortem entstanden ist.«

Lenja musterte die Hand eingehend und stimmte Julia zu. »Lass uns nachschauen«, sagte sie und löste die Bremse des Obduktionstisches.

Sie schoben die Tote in einen Nebenraum, in dem das

Röntgengerät stand. Bereits nach zehn Minuten schauten sie sich das Ergebnis auf dem Computer an.

»Das ist eine komplizierte Radiusfraktur«, stellte Julia fest, besah sich beide Arme genauer und diktierte die Befunde ins Aufnahmegerät.

»Der Bruch entstand aber nicht beim Autounfall, sondern post mortem, keine äußeren Verletzungen, die Lage der Leichenflecken deutet auf eine liegende Position nach Eintritt des Todes hin. Sie kann demzufolge nicht im Wagen gesessen haben, als er gegen den Laternenpfahl prallte«, fasste Lenja die bisherigen Ergebnisse zusammen. »Ihre Pupillen, die am gesamten Körper verfärbte Haut und die Eintrocknungen lassen darauf schließen, dass sie nicht in diesem Auto gestorben ist. Jedenfalls nicht bei dem Unfall, sondern wesentlich früher. Du hast doch bestimmt bereits eine Vermutung, was den Todeszeitpunkt und die Ursache angeht?«

»Das ist richtig«, murmelte Julia. »Hast du die Einstiche in der rechten Achselhöhle bemerkt?«

Sofort hob Lenja den Arm der Toten hoch. »Hier sind mehrere Einstiche. Ihr könnten Drogen injiziert worden sein.« Lenja verstummte kurz und warf Julia einen durchdringenden Blick zu. »Ich gehe jedenfalls davon aus. An den typischen Stellen, die Drogenabhängige für Injektionen nutzen, finde ich keine Einstichstellen. Außerdem scheint sie Rechtshänderin zu sein, was es ihr unmöglich macht, mit der rechten Hand die Vene in der Achselhöhle zu erreichen.«

»Sehr gut kombiniert«, lobte Julia sie. »Aufgrund der Einstiche vermute ich eine Überdosierung mit Drogen oder Beruhigungsmitteln. Da wir bisher keine anderen todesursächlichen Verletzungen entdeckt haben, wäre es das Naheliegendste.«

Julia beugte sich über die Tote und eröffnete die Bauchhöhle mit dem Skalpell.

»Was den Todeszeitpunkt anbelangt, bin ich mir auch noch nicht sicher.«

Julia entnahm eine Gewebeprobe, platzierte sie auf einem Glasobjektträger und legte sie unter das Mikroskop. Ihre Augen fixierten den Bildschirm, der die Vergrößerung des Mikroskops zeigte. Sie war auf der Suche nach Anzeichen von Zellschäden, die ihre Vermutung bestätigten. Sie hatte die hellroten Totenflecken im Sinn, die auf eine Kälteexposition hindeuten könnten. Normalerweise waren Totenflecken bläulich bis violett gefärbt. Die rote Farbe sprach für eine Vergiftung oder eine Kälteexposition. Um Letzteres zu beweisen, musste Julia das Zellgewebe durch ein Mikroskop betrachten. Sie sah genau das, was sie erwartet hatte: Zellen, die aufgebrochen waren und deren intrazelluläre Flüssigkeit ausgelaufen war. Solche Schäden waren typisch für Gewebe, das eingefroren und dann wieder aufgetaut wurde. Sie entnahm zur Sicherheit noch eine zweite Probe und stellte dieselben Schädigungen fest.

»Was hast du entdeckt?«, fragte Lenja neugierig.

»Ich denke, die Frau war längere Zeit eingefroren und wurde erst vor ein paar Tagen aufgetaut«, erwiderte Julia, wandte sich wieder dem Obduktionstisch zu und öffnete den Magen.

Lenja sah sie an, als hätte sie einen Geist gesehen.

»Du glaubst, dass sie nach ihrem Tod in eine Tiefkühltruhe gelegt wurde?«

»Ich weiß nicht, ob es eine Tiefkühltruhe war oder etwas anderes. Aber ja, der Körper lag auf Eis. Die hellroten Totenflecken und der Blick durch das Mikroskop beweisen es.«

Lenja starrte auf den Bildschirm des Mikroskops. »Ich finde die Vorstellung, bei Minusgraden irgendwo gelagert zu werden, egal ob tot oder lebendig, wirklich gruselig.«

»Fest steht jedenfalls, dass wir es hier nicht mit einem natürlichen Todesfall zu tun haben«, erklärte Julia und deutete auf den Mageninhalt. »Marlies Köhler hat kurz vor ihrem Tod eine Mahlzeit zu sich genommen, die noch fast unverdaut in ihrem Magen liegt. Jemand muss sie bald danach getötet und anschließend tiefgefroren haben.«

In diesem Moment öffnete sich die Tür des Autopsiesaals. Florian und Martin Saathoff traten ein.

»Guten Tag, die Damen, wir haben uns, so schnell wie es ging, auf den Weg gemacht«, begrüßte sie Saathoff und zwirbelte an seinem Schnauzbart.

Florian kam zu Julia um den Obduktionstisch herum und legte seine Hand auf ihre Schulter.

»Wie geht es dir? Konntest du noch ein wenig schlafen?« In seinen blauen Augen stand eine Mischung aus Mitgefühl und Zuneigung. Im ersten Moment wollte Julia sich über seinen Anruf bei Lenja beschweren, doch bereits im nächsten Augenblick biss sie sich auf die Zunge. Er hatte es nur gut gemeint, sagte sie sich und brachte ein zögerliches Lächeln zustande.

»Wir haben es aller Wahrscheinlichkeit nach mit einem Mord zu tun«, erklärte sie und zeigte Martin Saathoff und Florian die Einstichstellen in der rechten Achselhöhle.

»Wir vermuten, dass sie an einer Überdosis Drogen oder Medikamente starb. Die genaue Substanz ist uns noch unbekannt. Wir müssen die Laborergebnisse abwarten. Bemerkenswert ist allerdings, dass die Frau nach Eintritt des Todes recht zeitnah tiefgekühlt und erst kürzlich wieder aufgetaut wurde.«

»Sie wurde eingefroren?«, stießen Florian und Martin Saathoff gleichzeitig aus.

»Ich dachte, sie wäre vielleicht kurz vor dem Autounfall gestorben«, fügte Saathoff ungläubig hinzu.

Julia schüttelte den Kopf und betrachtete abermals die zerstörten Zellen der Gewebeprobe, die auf dem Monitor deutlich zu erkennen waren. Aufgrund des Ausmaßes der Zellzerstörung schätzte sie, dass die Tote mindestens ein Jahr lang eingefroren war. Vielleicht auch zwei. Genauere Ergebnisse würde sie hoffentlich aus dem Labor erhalten, was jedoch dauern konnte.

»Was wissen wir über die Tote?«, fragte sie und fuhr mit der Untersuchung der inneren Organe fort.

Martin Saathoff verzog das Gesicht und blickte auf die gegenüberliegende Wand des Autopsiesaals. Florian vermied ebenfalls, den toten Körper auf dem Tisch anzusehen. Er betrachtete seine Schuhspitzen und räusperte sich angestrengt.

»Bisher wissen wir nicht viel«, stieß er gequält aus. »Marlies Köhler hat in einer Bäckerei gearbeitet und ist vor zwei Jahren ohne Vorwarnung von einem auf den anderen Tag verschwunden. Ihre Familie und die

Ermittler glauben, sie ist noch am Leben. Ihre Wohnung wurde damals durchsucht und Geld, Ausweis, die Handtasche und ihr Handy fehlten. Es fand eine große Suchaktion statt, die von der Familie unterstützt wurde, aber eine heiße Spur gab es bis heute nicht.« Florian räusperte sich abermals. »Na ja. Eine tolle Spur ist es auch heute nicht. Wir haben ihre Leiche gefunden.« Er warf einen Blick auf die Uhr. »Wir müssen es wohl bald ihren Angehörigen beibringen.«

Sein Gesicht sagte alles. Weder er noch sein Partner wollten die schreckliche Botschaft überbringen.

»Was schätzt du denn, wie lange sie bereits tot ist?«, fragte Florian, nach wie vor bemüht, die Tote nicht anzusehen.

»Anhand der Zellschäden, die ihr auf dem Bildschirm dort drüben sehen könnt, schätzen wir, dass die Frau mindestens ein Jahr lang, womöglich auch zwei, tiefgefroren war. Genaueres müssen wir abwarten.«

Hinter Florians Stirn arbeitete es. »Ihr glaubt, sie ist gleich nach ihrem Verschwinden ermordet worden?«

Julia zuckte mit der Schulter. »Schwer zu sagen. Ich kann es nicht ausschließen. Das Labor wird uns einen genaueren Zeitraum nennen können. Aber wenn ich den Allgemeinzustand der Leiche betrachte, dann musste die Frau nicht lange leiden. Äußerlich sind keine großen Abschürfungen oder Wunden zu erkennen. Das rechte Handgelenk ist gebrochen, jedoch ist die Fraktur erst nach ihrem Tod erfolgt. Sie ist nicht unterernährt und es sind keine Spuren von Dehydrierung vorhanden. Wenn sie vom Täter über einen längeren Zeitraum festgehalten wurde, hat er, so merkwürdig es klingt, auf ihr körperliches Wohlergehen geachtet.« Sie atmete kurz aus. »Bis er sie dann ermordet hat.«

»War sie denn nicht gefesselt?«, wollte Martin Saathoff wissen.

»Ich kann keine Fesselmale an Handgelenken oder Füßen feststellen. Der könnte aber zum Beispiel Bandagen oder weichen Stoff unter dem Fesselwerkzeug verwendet haben, um solche Spuren zu vermeiden. Es wäre auch denkbar, dass sie unter Drogen gesetzt wurde und deshalb gar nicht erst versucht hat, sich zu befreien.«

»Moment mal. Das geht mir alles ein wenig zu schnell«, warf Florian ein. »Heute Morgen wurde ich zu einem Autounfall gerufen, weil der Notarzt die Todesursache nicht bestimmen konnte und die Tote am Steuer seit zwei Jahren als vermisst galt. Nun sprechen wir von einer Frau, die vor über einem Jahr ermordet wurde, vermutlich durch eine Überdosis. Anschließend wurde ihr Leichnam tiefgekühlt. Meiner Erfahrung nach hat jemand also ihre Leiche versteckt. Wo auch immer sie in dieser Zeit gelagert wurde, niemand hat sie entdeckt.« Florian machte eine kurze Pause und kratzte sich nachdenklich am Kinn. »Warum in aller Welt sollte ihr Mörder sie auftauen und in dieses Auto setzen? Und dann auch noch mit ihrem Portemonnaie, sodass wir sofort wussten, um wen es sich handelt?«

Florians Fragen hinterließen ein unangenehmes Schweigen im Raum. Niemand hatte eine Antwort, denn das Verhalten des Täters war überhaupt nicht nachvollziehbar.

Lenja unterbrach die Stille als Erste. »Vielleicht hatte er Mitleid auf einmal mit der Familie und wollte ihr wenigstens Klarheit verschaffen?«

Martin Saathoff warf ihr einen bewundernden Blick zu. »Das wäre wirklich ein edles Motiv.« Doch dann schüttelte er den Kopf. »Die meisten Täter denken bloß an sich selbst und wollen nicht erwischt werden. Sogar wenn sie im Knast sitzen, gestehen sie nur, um Vorteile einzuheimsen. Die Familien ihrer Opfer sind ihnen meist völlig egal.«

»Nun, es könnte zahlreiche andere Gründe geben«, sagte Julia, verfrachtete die Organe zurück in die Bauchhöhle und begann, sie mit Nadel und Faden zu verschließen, wobei Lenja ihr half. »Vielleicht ist er pleite und kann sich keinen Kühlraum oder keine Kühltruhe mehr leisten. Es könnte ihm jemand den Strom abgestellt haben. Oder er brauchte mehr Platz für ein neues Opfer. Er fand keinen Gefallen mehr an Marlies Köhler und hat sie deshalb entsorgt. Ich könnte die Liste endlos fortführen. Aber in der Tat ist es merkwürdig, dass er das Portemonnaie auf ihren Schoß gelegt hat. Und dass er zuerst das Auto gegen eine Laterne fährt und anschließend die Tote auf den Fahrersitz verfrachtet, ist ebenfalls seltsam.«

»Den Unfall hat er vielleicht fingiert, um Aufmerksamkeit zu erlangen«, erwiderte Florian. »Und es muss auch nicht der Täter sein, der sie ins Auto gesetzt hat. Womöglich hat jemand anderes die Leiche gefunden und wollte sie auf die Art anonym loswerden.«

»Habt ihr denn Zeugen?«, fragte Julia und setzte den letzten Stich. Dann legte sie die Nadel beiseite und zog die Schutzhandschuhe aus.

Lenja packte die Proben von Blut, Gewebe und Mageninhalt in eine Box für das Labor, während Florian antwortete: »Wir haben uns in den umliegenden Firmen umgehört. Es gab nur einen Zeugen, der den Wagen an der Laterne gesehen hat, als er frühmorgens zur Arbeit fuhr. Bisher tappen wir noch komplett im Dunkeln, aber wir sind auf dem Weg zu einem weiteren Zeugen, der sich kurz nach unserem Eintreffen krankgemeldet hat. Wir wollen ihm zu Hause einen Besuch abstatten. Vielleicht hat er etwas Wichtiges bemerkt.«

»Interessant«, entgegnete Julia und wartete darauf, dass Florian sie bat, mitzukommen, doch er schien nicht daran zu denken.

Stattdessen sagte er: »Ich finde es sehr hilfreich, dass wir jetzt wissen, dass die Frau ermordet und offenbar tiefgefroren wurde. Das sollte uns bei der Suche nach ihrem Mörder helfen. Sobald die Laborergebnisse da sind, gebt uns Bescheid. Wir müssen los.«

Martin Saathoff zwinkerte Lenja zu und Florian drückte Julia kurz an sich. Als die beiden den Autopsiesaal verlassen hatten, starrte Julia noch eine ganze Weile lang zur Tür, während Lenja ihren Schutzkittel auszog. Bildete sich Julia das bloß ein oder wollte Florian sie bei seinen Ermittlungen nicht mehr dabeihaben?

Unschlüssig verfrachtete sie die Tote wieder in den Leichensack und schob sie mit Lenja zusammen hinüber in den Kühlraum, wo sie in Fach drei des ersten Schrankes aufbewahrt wurde. Lenja schien trotz der schlimmen Erkenntnisse wie immer relativ unbeschwert, nur sie blieb mit einem unguten Gefühl zurück.

6

»Lassen Sie mich los!«, kreischte Valerie und schlug wild um sich. »Ich will hier raus!«

»Sei endlich still, du kleines Miststück!«, zischte die tiefe Stimme des Mannes, der sein Gesicht hinter einer grässlichen Schimpansenmaske versteckte.

Seine Faust traf sie hart am Kinn. Ihr Kopf explodierte. Lichtblitze tanzten vor ihren Augen. Ein metallischer Geschmack breitete sich in ihrem Mund aus. Sie rang nach Luft, aber ihre Lungen verweigerten den Dienst. Ein gurgelndes Geräusch drang aus ihrer Kehle hervor. Und noch bevor sie ein zweites Mal versuchte einzuatmen, packte der Mann sie am Hinterkopf. Er schleuderte sie zu Boden und drehte sie auf die Seite. Mit präzisen Griffen stabilisierte er sie und öffnete ihren Mund.

»Langsam einatmen«, befahl er und tatsächlich funktionierte es wieder.

»Noch einmal!«

Valerie tat, wie ihr geheißen. Das grelle Licht vor ihren

Augen verblasste allmählich. Nur der Geschmack nach Blut in ihrem Mund und der pochende Schmerz am Unterkiefer blieben. »Geht es wieder?«, fragte der Mann und betrachtete sie mit dunklen, beinahe schwarzen Augen.

In seinem Blick lag so viel Böses, wie sie es nie in ihrem Leben gesehen hatte. Es war, als hätte sich das Tor zur Hölle geöffnet. Hastig senkte sie die Lider und nickte.

»Ist wieder gut«, krächzte sie und schluckte das Blut hinunter.

»Du benimmst dich jetzt. Verstanden!«

Der Mann musste nicht weiterreden. Sie kapierte auch so, dass sie stillhalten sollte.

»Du hast dir den Knöchel verstaucht«, erklärte er ihr nun, als wäre sie ein kleines Mädchen. »Wir schauen uns das einmal an und dann lege ich dir einen Eisbeutel auf die Stelle. In ein paar Stunden bist du wie neu.« Ein merkwürdiger Glanz trat in seine Augen. Er fixierte sie so intensiv, dass sie sich nackt vor ihm fühlte.

»Du gehörst jetzt mir«, flüsterte er und plötzlich beugte er sich über sie. Seine grässliche Schimpansenmaske kratzte an ihren Wangen. »Du bist ein kleiner Wildfang, ganz anders als deine Schwester.«

Marlies, schoss es Valerie durch den Kopf. Sie wollte ihn fragen, wo ihre Schwester war. Aber sie traute sich nicht. Außerdem schmerzte ihr Unterkiefer so sehr, dass sie die Zähne nicht auseinanderbekam.

»So ist es gut«, raunte er ihr ins Ohr und ließ sie langsam los. »Nicht rühren. Verstanden?«

Sie nickte vorsichtig. Er erhob sich und verließ den

Raum. Hinter der Glastür brannte noch Licht. Valerie sah sich hektisch um. Sie befand sich in einem leeren Zimmer, von der Matratze und dem Eimer einmal abgesehen. Es gab keine Fenster, und die Decke über ihr wirkte niedrig, so als wäre sie in einem Kellerraum gefangen. Sie hockte frierend auf den eiskalten weißen Fliesen. Die Wände waren ebenfalls weiß angestrichen. Entsetzt musterte sie einige dunkelrote Spritzer neben der Tür. Übelkeit schoss in ihr hoch, als sie erkannte, dass es Blut sein musste.

Und es war nicht von ihr.

Valeries Blick huschte zu der Matratze, auf der sich eine tiefe Kuhle gebildet hatte. Flecken unterschiedlicher Größe und Farben bedeckten sie. Schlagartig wurde ihr klar, dass sie möglicherweise nicht die erste Frau war, die hier unten gefangen gehalten wurde.

»Marlies«, flüsterte sie leise und wischte sich eine Träne aus dem Augenwinkel. War ihre Schwester all die Zeit über hier in diesem kalten Zimmer gewesen?

Und wo war sie jetzt? Saß sie noch in diesem Auto? Die Bilder von Marlies kreisten durch ihren Geist, und ängstlich fragte sich Valerie, wie schwer sie sich bei dem Aufprall des Wagens am Laternenpfahl verletzt hatte. War Marlies nur ohnmächtig gewesen oder war es etwas Schlimmeres?

Ein erdrückendes Gefühl der Angst breitete sich in ihr aus. Eiskalte Finger schienen an ihr hochzuwandern und in sie einzudringen. Sie begann am ganzen Körper zu zittern und schlug fröstelnd die Arme um den Leib. Aus der Ferne vernahm sie Geräusche. Ein Klirren. Vielleicht von den Eiswürfeln, die der Mann holen wollte.

Stille trat ein und dann hörte sie seine Schritte. Durch die Glastür sah sie, wie er eine Treppe hinabstieg. Er hielt einen großen Beutel mit Eiswürfeln in der einen Hand und in der anderen trug er ebenfalls etwas. Valerie blinzelte, weil sie Schwierigkeiten hatte, den Gegenstand zu erkennen. Als er im Türrahmen stand, setzte ihr Atem schlagartig aus, denn seine Finger umfassten ein riesengroßes Messer.

7

Adrian Haberland trug trotz der winterlichen Temperaturen ein T-Shirt. Er hockte breitbeinig auf dem Sofa in seinem Wohnzimmer und zog an einer Zigarette. Florian atmete nur flach. Er hasste den Gestank von Tabak. Für einen Mann, der sich am Morgen krankgemeldet hatte, machte Adrian Haberland einen ziemlich fitten Eindruck.

»Darf ich das Fenster öffnen?«, fragte Martin, der bereits aufgesprungen war und am Griff der Balkontür drehte.

»Nur zu«, erwiderte Haberland und kratzte sich am Hals. Aus dem Kragen seines Shirts schossen massenhaft schwarze Haare hervor. Überhaupt schien der Kerl, was Haare anging, von der Natur bevorzugt zu sein. Auch auf seinem Kopf wallte die ganze Pracht dunkler Locken, die ihm bis auf die Schultern fielen. Haberland wäre gut als Rockstar durchgegangen, aber offenbar hatte ihn das

Schicksal in die Montageabteilung einer Staubsaugerfabrik verschlagen.

Er drückte die Zigarette aus und sagte: »Ich kann auch aufhören damit. Ist sowieso nicht gesund.« Er verzog die Lippen zu einem schiefen Grinsen. »Ich dachte immer, Cops wie ihr qualmen ohne Pause.«

»Lassen Sie sich nicht von Vorurteilen beeinflussen«, entgegnete Florian und tippte mit dem Kugelschreiber auf seinen Notizblock.

»Ich fasse Ihre Aussage noch einmal kurz zusammen. Sie waren heute erst später als normalerweise in der Firma und haben auch nicht den Bus, sondern Ihr Auto genommen. Gab es dafür einen bestimmten Grund?«

»Ich habe verschlafen, weil es mir nicht gut ging. Magenprobleme«, antwortete Adrian Haberland, wobei er sich die Hand auf den Bauch legte. »Passiert bei mir ab und an mal.«

Florian entging das nervöse Zucken von Haberlands rechter Augenbraue nicht.

»Wie kommt es dann, dass Ihr Vorgesetzter Ihren Wagen bereits um fünf Uhr zwanzig auf dem Parkplatz vor der Fabrikhalle gesehen hat?« Florian bemühte sich um einen freundlichen Tonfall. Aus Erfahrung wusste er, dass zu viel Druck einen Zeugen zum Schweigen bringen konnte. Tatsächlich schien sich Haberland ein wenig zu entspannen. Er zog die Stirn in Falten und brauchte eine Weile, bevor er antwortete: »Wissen Sie, Timo Walter und ich sind nicht gerade die besten Kumpels. Ich bin ja noch nicht lange in dem Laden und wir haben bisher keine richtige Basis gefunden.« Er beugte sich zu Florian nach vorn und schaute ihn durchdringend an. »Wenn Sie mich fragen, trinkt der abends öfter mal über den Durst und sieht dann Dinge, die gar nicht da sind.«

Martin ließ sich neben Florian auf den Sessel plumpsen. »Sie wollen also sagen, dass Ihr Auto nicht da war.«

»Genau«, stieß Adrian Haberland aus. »Sie haben es erfasst. Ich war zu spät und konnte deshalb nicht so früh da sein.«

»Haben Sie Zeugen für Ihre Aussage?«, fragte Florian. »Vielleicht einen Nachbarn oder einen Kollegen?«

Haberland pfiff durch die Zähne. »Nein. Zu dieser Uhrzeit liegen die meisten Nachbarn noch im Bett. Aber meine Kollegen können Ihnen bestätigen, dass ich heute zu spät kam.«

»Haben Sie den Unfall mitbekommen?«

»Sie meinen diese Frau, die gegen den Laternenpfahl gerauscht ist?« Wieder grinste er schief. »Die Blaulichter und der ganze Trubel waren ja nicht zu übersehen.«

Florian lag es auf der Zunge, Haberland zu fragen, woher er von einer Frau am Steuer wusste. Einem plötzlichen Instinkt folgend verkniff er sich die Nachfrage jedoch und änderte seine Strategie.

»Kennen Sie die Frau?«

Adrian Haberlands Augen weiteten sich für den Bruchteil einer Sekunde. Viel zu schnell schüttelte er den Kopf. »Nein. Woher denn?«

Florian hob die Hände. »Das ist eine Routinefrage.«

»Ich habe sie noch nie gesehen«, erklärte Haberland.

»Moment mal«, fuhr Martin dazwischen. »Das

bedeutet doch, dass Sie die Frau im Auto sitzen sehen haben?«

»Ich weiß nicht«, erwiderte Haberland stockend und kratzte sich nervös am Kinn. Er wusste genauso gut wie Florian, dass er gerade in eine Falle getappt war. Hilflos rutschte er auf dem Sofa hin und her.

»Okay, ich habe sie gesehen und bin dann wieder abgehauen«, gab er schließlich zu.

»Und warum haben Sie das nicht gleich gesagt?« Florian hätte den Mann am liebsten geschüttelt. Was fiel ihm nur ein, sie anzulügen?

»Ich fühlte mich heute früh wirklich ein bisschen krank. Aber ich hatte noch was von gestern an Arbeit aufzuholen. Der Walter schnüffelt jeden Morgen in der Fabrik herum und notiert genau die Arbeitsstände einzelner Kollegen. Ich wollte vor ihm da sein und rasch ein paar Module einbauen, damit ich keinen Ärger bekomme. Ich bin schließlich noch in der Probezeit. Doch dann habe ich den silberfarbenen Wagen am Laternenpfahl gesehen und bin ausgestiegen. Die Frau sah ziemlich mausetot aus. Deshalb habe ich keine Hilfe geholt.« Er räusperte sich und griff die Zigarettenschachtel. Er zog eine Zigarette heraus, zündete sie jedoch nicht an. »Ich war vor ein paar Jahren mal wegen Körperverletzung im Gefängnis, und ich weiß, wie so was läuft. Die Polizei sucht immer nach dem erstbesten Sündenbock.« Er sprach nicht weiter, sondern starrte auf seine Zigarette, die er zwischen den Fingern drehte.

»Ich verstehe«, sagte Florian. »Haben Sie versucht, den Wagen zu öffnen, oder etwas angefasst?«

Adrian Haberland schüttelte den Kopf.

»Und warum sind Sie dann doch noch zu Ihrer Firma gefahren und haben vor der Halle geparkt?«, hakte Martin nach.

Haberland zuckte unschlüssig mit der Schulter. »Ich war durcheinander. Zuerst wollte ich einfach so weitermachen, wie ich es mir vorgenommen habe. Aber als ich auf dem Parkplatz stand, habe ich es mir anders überlegt. Ich bin wieder los, und in dieser Zeit muss mich Timo Walter gesehen haben.«

»Und obwohl Sie entdeckt wurden, hielten Sie es für besser, zu verschwinden und anschließend wiederzukommen?« Florian wollte die Geschichte nicht einleuchten. Irgendetwas stimmte hier nicht.

»Ich glaubte, so wäre es am unauffälligsten. Außerdem habe ich bis eben nicht gewusst, dass Timo Walter mich bemerkt hat«, brummte Haberland. »Tut mir leid, dass ich erst jetzt mit der Wahrheit herausrücke. Ich habe keine besonders guten Erfahrungen mit der Polizei in der Vergangenheit gemacht.«

Kein Wunder bei dem Wahrheitsgehalt seiner Aussagen, dachte Florian. »Ist Ihnen am Unfallort etwas Ungewöhnliches aufgefallen? Eine andere Person, ein Auto, irgendetwas?«

Florian wusste nicht, ob der Mann log oder die Wahrheit sagte.

»Nein, da war nur ich«, erklärte Haberland mit brüchiger Stimme. »Was passiert denn jetzt?«

»Wir werden der Sache nachgehen und Zeugen für Ihre Angaben suchen. Und bitte sagen Sie uns alles, was

Sie wissen. Wir müssen die Umstände aufklären, die zum Tod der Frau geführt haben.« Florian erhob sich und legte eine Visitenkarte auf den Wohnzimmertisch.

Auch Martin stand auf, und als er mit ihm durch den Flur lief, fiel sein Blick auf eine weiße Truhe in der Küche. Sofort musste er an Julia denken und an die Autopsie. Abrupt blieb er stehen.

»Wohnen Sie hier allein?«, fragte er Haberland und zeigte auf die Tiefkühltruhe.

Adrian Haberland baute sich vor ihm auf, sodass ihm die Sicht auf die Küche versperrt war.

»Ich bin Single und lebe ganz gut damit«, erklärte er, ohne sich von der Stelle zu rühren.

»Und wozu brauchen Sie so eine große Kühltruhe?« Florian beobachtete Haberlands Reaktion genau. Doch dessen Gesicht erschien für einen Moment wie eine Maske, die keinerlei Emotionen preisgab.

Haberland trat zur Seite und gab den Blick wieder frei.

»Sie meinen das alte Schätzchen dahinten?« Er verzog bedauernd die Lippen. »Das Teil ist kaputtgegangen. Ich liebe Pizza und normalerweise kann ich eine ganze Kompanie damit versorgen. Vor ein paar Tagen musste ich alles wegwerfen. Das war ein teurer Spaß.«

In Florians Magen breitete sich ein unbestimmtes Kribbeln aus.

»Darf ich?«, fragte er und betrat die Küche.

Ein Geruch von Fäulnis schlug ihm entgegen, als er die Truhe öffnete. Martin, der ihm gefolgt war, fluchte und klappte den Deckel wieder zu.

»Wann ist Ihnen denn aufgefallen, dass die Truhe den

Geist aufgegeben hat?«, wollte er wissen und hielt sich ein Papiertaschentuch vor Mund und Nase.

Vorsichtig hob Martin den Deckel erneut an. Tatsächlich lagen auf dem Boden noch drei Pizzakartons, von denen vermutlich der fürchterliche Gestank ausging.

»Da ist noch was drin«, merkte Florian an. »Wo haben Sie denn die Pizzen entsorgt?«

»Draußen in der Mülltonne. Die wurden gestern geleert. Sie muss vor zwei oder drei Tagen ausgefallen sein, gestern habe ich es bemerkt.«

»Haben Sie etwas dagegen, wenn ein Mitarbeiter sich die Truhe einmal genauer anschaut?«

Adrian Haberland betrachtete Florian misstrauisch.

»Und was will der machen? Das alte Ding reparieren?«

»Vielleicht auch das«, erwiderte Florian. »Ich schicke jemanden vorbei, der die Truhe überprüft.«

»Von mir aus«, brummte Haberland und schob die Hände in die Hosentaschen.

»Halten Sie sich bitte für weitere Fragen bereit«, sagte Florian und verabschiedete sich gemeinsam mit Martin.

8

Julia saß an ihrem Schreibtisch vor einem Aktenberg und presste das Handy ans Ohr.

»Wir freuen uns, wenn Sophia heute Nacht bei uns bleibt. Das hatten wir doch sowieso schon länger geplant«, erklärte Julias Vater gut gelaunt. »Hannelore wird ganz aus dem Häuschen sein, dass unser kleiner Schatz hier schläft. Sie hat das Zimmer bereits komplett eingerichtet.«

»Das Zimmer?«, fragte Julia geistesabwesend. Sie hatte gerade einen völlig anderen Gedanken verfolgt, aber nun horchte sie auf. »Von welchem Zimmer redest du da?«

»Du brauchst deins doch nicht mehr. Wir haben es ausgeräumt und für Sophia hergerichtet. Uns war klar, dass sie früher oder später auch hier übernachtet. Sie findet es großartig. Warte mal …«

Julias Handy piepste. Eine Push-Mitteilung erschien auf dem Display und kündigte eine neue Nachricht von Ulrich Schwarz an. Er hatte ihr ein Foto geschickt. Sie öffnete es und augenblicklich erfüllte sie ein überwältigendes Gefühl der Liebe. Ihre Mutter hielt Sophia im Arm und diese strahlte über das ganze Gesicht. Im Hintergrund erkannte Julia ein Kinderbett, eine Wickelkommode und ein Wandbild mit einem rosafarbenen Einhorn.

»Habt ihr die Wände gestrichen?«, fragte sie überrascht.

»Sophia soll es doch schön bei uns haben.«

Julia betrachtete das Foto. »Warum hast du mir nicht erzählt, dass ihr mit so viel Mühe das Zimmer hergerichtet habt? Ich hätte es mir heute Morgen gerne angesehen.«

Ulrich Schwarz stieß einen tiefen Seufzer aus. »Du hattest es ziemlich eilig, weil du verschlafen hattest. Wir wollten dich nicht noch länger aufhalten.«

»Aber ...«, protestierte Julia, doch ihr Vater wimmelte sie blitzschnell ab.

»Ich weiß, wie sehr du an deinem Beruf hängst. Bleib im Institut und erledige deine Aufgaben in Ruhe. Sophia ist bei uns in guten Händen. Sobald du fertig bist, kommst du vorbei und sagst deiner Tochter Gute Nacht. Morgen früh kannst du wieder arbeiten. Wir kümmern uns gerne, und wenn Sophia nachts wach wird, ist es für uns nicht schlimm. Wir sind Rentner, und niemanden interessiert es, ob wir am nächsten Tag müde sind oder nicht.«

»Danke«, stieß Julia aus. Sie vermisste Sophia. Ihre weiche, warme Haut, die so wunderbar nach Baby duftete. Ihren klugen Blick und ihr kleines wundervolles Lächeln.

»Ich melde mich, sobald ich losfahre.«

»Mach dir keinen Stress«, rief ihr Vater noch ins Telefon, dann legte Julia auf.

Obwohl Sophia bei ihren Eltern mit Sicherheit in guten Händen war, machte sich doch das schlechte Gewissen in ihr breit. Ihr Mädchen gehörte zu ihr und ganz bestimmt vermisste Sophia sie. Julia beschloss, sich ins Zeug zu legen. Sie hatte nach der Obduktion die restliche Zeit des Tages im Büro verbracht und eine Menge Punkte ihrer schier endlosen Aufgabenliste erledigt. Als sie eigentlich schon Feierabend machen wollte, hatte sie die Datenbank des Institutes nach alten Fällen durchsucht und war auf ein paar Obduktionen gestoßen, die sie an die tote Frau aus dem Auto erinnerten. Sie wollte sich insbesondere das Ausmaß der Zellzerstörung genauer anschauen, um den Todeszeitpunkt von Marlies Köhler besser eingrenzen zu können.

Da war zum einen eine verstorbene Mutter, die von ihrem Sohn fast drei Jahre lang in einer Tiefkühltruhe versteckt worden war. Er hatte sie nach ihrem Ableben mit siebzig Jahren dort hineingelegt, um weiter ihre Rente kassieren zu können. Der Betrug kam erst ans Licht, als der Strom für einige Zeit ausfiel und ein unangenehmer Geruch die Nachbarn alarmierte. In einem anderen Fall war eine junge Frau von ihrem Freund getötet, zerstückelt und anschließend in den Kühlfächern eines Eisschrankes verteilt worden. Der Freund rastete ein Jahr nach dem Mord während einer einfachen Verkehrskontrolle aus und griff den Streifenpolizisten an. Er wurde festgenommen und sein Wagen durchsucht. Die Polizei fand ein Haarbüschel der Toten im Kofferraum. Die darauffolgende Durchsuchung der Wohnung brachte das ganze Ausmaß des grauenvollen Mordes zutage. Der Fall lag inzwischen fünfzehn Jahre zurück, und soweit Julia es erkennen konnte, war der Täter vor sechs Monaten aus dem Gefängnis entlassen worden.

Der dritte Fall, den Julia herausgesucht hatte, erinnerte sie am stärksten an die tote Frau aus dem Auto. Vor ungefähr eineinhalb Jahren hatten Spaziergänger im Wald eine Frauenleiche gefunden. Die Obduktion hatte ihr Kollege Dr. Neumann durchgeführt. Der fortgeschrittene Verwesungszustand der Leiche ließ sich kaum mit dem von Marlies Köhler vergleichen. Die Tote hatte bei dreißig Grad im Sommer mindestens drei Wochen draußen gelegen. Nicht nur die Hitze, auch Aasfresser hatten in dieser Zeit dem toten Körper zugesetzt. Als Todesursache hatte Dr. Neumann eine Überdosierung mit Fentanyl angegeben. Dabei handelte es sich um ein künstlich hergestelltes Opioid, das rund fünfzigmal stärker als Heroin und hundertmal stärker als Morphium wirkte. In der Medizin wird es als Narkotikum und zur Schmerzbehandlung eingesetzt. Fentanyl lässt sich auch nach längerer Zeit noch im Körper nachweisen. Des Weiteren beschrieb Dr. Neumann eine extreme Zerstörung des Gewebes durch Eiskristallschäden, die er mit dem Einfrieren des Leichnams vor Ablage im Wald in Verbindung brachte.

Julia beschloss, chronologisch vorzugehen. Sie griff die oberste Akte und betrachtete ein Foto der siebzigjährigen Toten, die von ihrem Sohn in einer Tiefkühltruhe gelagert worden war. Die Marmorierung der Haut glich der von Marlies Köhler, doch was Julia interessierte, waren die mikroskopischen Aufnahmen der Zellzerstörung. Auch bei diesen Gewebeproben waren die Zellen aufgeplatzt und intrazelluläre Flüssigkeit ausgelaufen. Die Zerstörung erschien Julia allerdings wesentlich stärker als im aktuellen Fall. Sie überflog die Angaben aus der Akte und verglich sie mit den Ergebnissen, die sie während der heutigen Autopsie gesammelt hatte. Alles in allem schlussfolgerte sie, dass Marlies Köhlers Körper nach Eintritt des Todes eineinhalb bis zwei Jahre lang tiefgefroren gewesen sein musste.

Julia las die nächste Akte und begutachtete auch hier das Ausmaß der Zellzerstörung. Sie kam zum selben Schluss. Als sie die dritte Akte von der Toten aus dem Wald aufschlug und Aufnahmen des Leichnams betrachtete, überlief sie ein kalter Schauer. Das Gewebe im Gesicht war von Tieren beinahe vollständig abgenagt worden. Statt Augen starrten Julia die leeren Knochenhöhlen aus dem Schädel an. Auch an anderen Stellen war fast nur noch das Skelett übrig. Sie blätterte schnell über die schrecklichen Aufnahmen hinweg und konzentrierte sich auf die mikroskopische Untersuchung und die Laborbefunde.

Nachdenklich betrachtete Julia die abgebildete Vergrößerung von Zellen des Herzens, die teilweise aufgeplatzt waren. Im Inneren von Zellen, die eingefroren wurden, bildeten sich oft Eiskristalle aus, die sichtbare physische Schäden an der Zellmembran und den intrazellulären Strukturen verursachten. Auf den Aufnahmen sah Julia etliche Risse und Unregelmäßigkeiten, die nicht vergleichbar waren mit der Beschädigung von Zellen im Rahmen des normalen Verwesungsprozesses. Dr. Neumann ging aufgrund dieser Befunde davon aus, dass dieser Leichnam ebenfalls eine Zeit lang tiefgefroren war, bevor er im Wald abgelegt wurde.

Julia musterte die Bilder gründlich, als es an ihrer Bürotür klopfte. Ein blonder Haarschopf kam in der Türöffnung zum Vorschein.

»Lenja? Was machst du denn noch hier? Ich dachte, du wärst längst zu Hause.«

Ihre Assistentin grinste schelmisch. »War ich auch, zumindest kurz. Dann wurde mir klar, dass du bestimmt noch über dem Fall brütest. Du hast kaum geredet, nachdem wir die Tote wieder in den Kühlraum gebracht haben, weil du mit deinen Gedanken um diesen Mord kreist. Vielleicht kann ich dir helfen.«

Lenja trat an ihren Schreibtisch und legte ihr einen Prospekt hin.

»Doppeltes Frostverfahren für besonders harte und klare Eiswürfel«, las Julia vor.

»Richtig. Das ist der Katalog von einem Eiswürfellieferanten. Ich habe ihn von einem Freund, der in einem Restaurant arbeitet, das sich fast täglich mit Eis beliefern lässt.« Lenja zog die Stirn kraus und tippte auf die Abbildung eines Eiswürfels. »Es muss ja nicht unbedingt eine Tiefkühltruhe gewesen sein. Die Tote könnte genauso gut in einem Kühlraum gelegen haben. Ich frage mich, ob wir nicht irgendwie herausfinden können, wo genau sie über ein Jahr lang eingefroren war.«

»Darüber habe ich ebenfalls nachgedacht, aber offen gestanden ist mir bisher keine Methode eingefallen, mit der wir das herausbekommen könnten. Ich habe mich stattdessen auf ein paar alte Fälle gestürzt, in denen die

Opfer tiefgefroren wurden.« Julia deutete auf die Akten vor sich.

»Schau mal hier. Die Zellproben dieses Falls sehen ähnlich aufgebrochen aus wie die von Marlies Köhler. Die Frauen sind im gleichen Alter. Ich frage mich, ob es einen Zusammenhang gibt.«

Lenja studierte die mikroskopischen Aufnahmen. »Könnte sein«, sagte sie schließlich und blätterte eine Seite um. »Allerdings deckt sich die Auffindesituation überhaupt nicht mit der unseres Falls.«

»Richtig. Jemand wollte womöglich, dass Marlies Köhler schnell entdeckt wird. Deshalb wurde dieser Autounfall fingiert. Die Tote im Wald hingegen hätte noch jahrelang dort liegen können, ohne dass es jemandem aufgefallen wäre.« Trotzdem ging der Fall Julia irgendwie unter die Haut. Das lag zum einen am Alter der Frau. Lotte Harburg war erst vierundzwanzig Jahre alt gewesen, als sie starb, genau wie Marlies Köhler. Und dann war da noch das äußere Erscheinungsbild. Die beiden schlanken Frauen hatten lange dunkle Haare und wirkten extrem attraktiv. Im Grunde genommen sahen sie sich zum Verwechseln ähnlich.

»Das gibt es ja nicht«, stieß Lenja plötzlich aus und hielt Julia ihr Smartphone hin. »In der Zeitung steht, dass der Mörder von Lotte Harburg bisher nicht festgenommen wurde.«

»Wirklich? Zeig her.« Julia überflog den Artikel.

Lotte Harburg war nach einer Studentenparty auf dem Uni-Campus in Köln spurlos verschwunden. Ihre beste

Freundin, die sie zuletzt gesehen hatte, startete eine große Suchaktion, verteilte Unmengen von Flugblättern und glaubte bis zum Schluss, dass Lotte wiederkommen würde. Über ihren Tod kam sie bis heute nicht hinweg. Statt an der Uni war sie nun in einer geschlossenen psychiatrischen Einrichtung, in der sie lernen sollte, mit ihren Schuldgefühlen umzugehen. Die Polizei hatte während der gesamten Ermittlungen nie eine heiße Spur. Es wurde nicht einmal ein Verdächtiger ermittelt. Man ging davon aus, dass Lotte Harburg ein Zufallsopfer war und ihr Mörder im Vorfeld keine persönliche Beziehung zu ihr hatte. Julia betrachtete das Foto der hübschen Frau und seufzte.

»Warum gibt es nur so grausame Menschen?«

Lenja reagierte nicht. Sie fummelte an ihrem Smartphone herum und schaute plötzlich auf.

»In dem Gewerbegebiet, wo die tote Marlies Köhler gefunden wurde, gibt es eine Firma, bei der man sich Tiefkühlgeräte leihen kann. Ist das nicht ein merkwürdiger Zufall?«

Julia stimmte ihr zu. »Ich gebe dir recht, trotzdem können wir wahrscheinlich nicht herausfinden, ob sie in einer Kühltruhe gelegen hat oder anderweitig tiefgekühlt wurde. Wir können nur auf die Laborergebnisse warten. Vielleicht finden sich in den Gewebeproben Substanzen, die auf die Zusammensetzung des Kühlmittels oder einen bestimmten Ort hindeuten.« Sie warf einen Blick auf die Uhr. Inzwischen war es weit nach acht. Sophia schlief vermutlich bereits. »Ich muss zu meiner Tochter«, erklärte sie und erhob sich vom Schreibtisch. »Ich wüsste gerne, ob

Marlies Köhler ähnlich wie Lotte Harburg Fentanyl im Körper hatte.«

Julia raffte ihre Sachen zusammen und schwang die Handtasche über die Schulter.

»Wir sehen uns morgen früh«, sagte sie zu Lenja. »Am besten, du machst auch Feierabend. Wie gesagt, wenn die Laborergebnisse vorliegen, sind wir hoffentlich schlauer.«

Julia wartete, bis Lenja das Büro verlassen hatte, und knipste das Licht aus. Als sie im Wagen saß, musste sie gähnen. Erst jetzt merkte sie, wie müde sie war. Trotzdem wollte sie unbedingt noch zu ihrer Tochter, um ihr einen Gutenachtkuss zu geben. Sie hatte sich schon vor Sophias Geburt einen neuen Golf zugelegt. Das alte Modell war zu unzuverlässig geworden und sie wollte mit dem Baby nicht irgendwo liegen bleiben.

Julia entspannte sich und fuhr los. Ihre Eltern wohnten nur eine Viertelstunde entfernt in einer ruhigen Gegend von Köln, in der es viele Ein- und Zweifamilienhäuser gab. Die Dunkelheit hatte sich längst über die Stadt gelegt und trotzdem erhellten unzählige Lichter die Straßen. Der Winter war bisher mild verlaufen, weder Eis noch Schnee blockierten den Verkehr. Sogar ein paar Fahrradfahrer waren unterwegs. Kein Wunder, denn das Thermometer zeigte deutliche Plusgrade an.

Julia bog in das Viertel ihrer Eltern ein und parkte auf der Zufahrt zur Garage. Offenbar erwartete man sie bereits. Die Gardine in der Gästetoilette bewegte sich und kurz darauf kam ihr Vater aus der Haustür.

»Sophia schläft friedlich. Sei leise«, bat er als Erstes und führte sie ins Wohnzimmer.

Dort starrte sie erneut ungläubig auf den Esstisch, an dem nichts mehr an ihren Bruder erinnerte. Julia konnte nicht sagen, wie lange sie auf diesen Tag gehofft hatte, an dem ihre Eltern den Schmerz über Michaels Verlust verarbeiteten und aufhörten, sich fortwährend deswegen zu quälen. Niemand von ihnen trug die Schuld an seinem Tod, und egal, was sie taten, nichts könnte Michael jemals wieder in die Welt der Lebenden zurückbringen. Ein Stich durchzog ihr Herz, als sie für eine Sekunde sein Gesicht vor ihrem inneren Auge aufblitzen sah. Sie hätte so gerne gewusst, was für ein Mann aus Michael geworden wäre.

»Hast du ihr schon gesagt, dass Sophia schläft?«, flüsterte Julias Mutter und trat auf Zehenspitzen ins Wohnzimmer. Hannelore Schwarz war eine ebenso schlanke Frau wie Julia. Ihre betont langsamen Schritte ließen sie wie eine Seiltänzerin erscheinen, die elegant die Distanz zu ihrem Ziel überwand.

Julia verkniff sich ein Grinsen. »Du musst nicht flüstern. Wenn Sophia schläft, kann sie nichts so schnell aufwecken. Selbst wenn du einen Radiosender mit Rockmusik einschaltest«, sagte sie laut.

Ihre Mutter zuckte zusammen und warf ihr einen funkelnden Blick zu.

»Julia! Nicht so laut. Was, wenn sie aufwacht? Dann will sie bestimmt nicht hierbleiben und fängt an zu weinen.«

Daher wehte also der Wind.

»Keine Sorge, ich bin nur gekommen, um Sophia einen Kuss zu geben. Ich wollte sie noch mal kurz sehen. Danach verschwinde ich. Es gibt einen neuen Mordfall und ich will morgen nicht wieder zu spät ins Institut kommen. Das ist auch schlecht für die Moral der Mannschaft.« Julia ging nach oben in ihr altes Kinderzimmer. Sie war schon lange nicht mehr dort gewesen, weil es direkt neben Michaels lag und sie daran vorbeigehen musste. Heute Abend warf sie jedoch lediglich einen flüchtigen Blick auf die bunten Holzbuchstaben, mit denen sein Name auf die Tür geklebt war. Sie marschierte vorbei in ihr altes Zimmer, das jetzt ihrer kleinen Tochter gehörte. Als sie vor dem Kinderbettchen stand, staunte sie nicht schlecht. Über dem Bett baumelte ein Mobile mit Sternen und einem Mond. Die Wand dahinter zierte ein riesiges Einhorn, das im schwachen Licht des Flurs glitzerte. Unter ihren Füßen lag ein Teppich, der so dick und weich war, dass sie darin versank, und an den Fenstern hing ein wunderschöner rosafarbener Vorhang.

»Gefällt es dir?«, fragte Ulrich Schwarz stolz.

»Es ist wirklich toll geworden, obwohl ich sicherlich nur die Hälfte sehen kann.« Julia strich Sophia sanft über den Kopf. Sie lag friedlich in einem Schlafsack und umklammerte mit den winzigen Händchen ihr Kuscheltier, eine niedliche gelbe Plüschmaus.

»Sieh mal, sie lächelt im Schlaf«, murmelte Julia und hätte Sophia am liebsten hochgenommen und an sich gedrückt. Doch sie wollte die Kleine nicht aufwecken. Sie beugte sich über das Gitter und drückte ihr einen sanften Kuss auf die Stirn. Sophias kleine Händchen bewegten sich und tasteten nach ihrem Finger.

»Schlaf gut, Kleines. Morgen komme ich wieder und hole dich nach Hause.«

Sie warf einen letzten Blick auf ihr schlafendes Kind und schloss dann leise hinter ihrem Vater die Tür.

»Danke, dass ihr euch so liebevoll um sie kümmert«, sagte sie und ging die Treppe hinunter.

»Das machen wir doch gerne für unsere Enkelin«, antwortete ihre Mutter, die am Treppenabsatz wartete. »Sie ist unser Ein und Alles. Wir waren heute mit ihr an der frischen Luft und die Nachbarn haben sie bestaunt.« Hannelore strahlte sie an. »Die haben alle schon große Enkelkinder, die sich nur noch selten hier blicken lassen. Du hast ja durch deine Arbeit kaum über eine Familie nachdenken können. Ich bin wirklich froh, dass es einfach passiert ist.« Sie zog die Augenbrauen in die Höhe und trat zur Seite, damit Julia vorbeigehen konnte.

Julia erwiderte nichts. Sie erinnerte sich noch allzu gut an den Schock, als sie herausgefunden hatte, dass sie schwanger war. Und das, obwohl sie verhütet hatte. Ein Grinsen huschte über ihr Gesicht.

»Die Natur hat sich durchgesetzt oder eure Gebete.« Julia drückte ihre Mutter kurz an sich. »Bis morgen«, sagte sie und verabschiedete sich auch von ihrem Vater.

Dann ging sie zu ihrem Auto und fuhr nach Hause. Noch immer musste Julia sich zwingen, nicht zu ihrer alten Wohnung zu fahren. Der Weg hatte sich so tief in ihr Gehirn eingebrannt, dass sie sich auch nach vier Monaten manchmal vor dem alten Haus wiederfand, weil sie das Auto gedankenverloren durch die Straßen gesteuert hatte. Doch dieses Mal gab sie acht und fand sogar einen Parkplatz direkt vor der Haustür.

9

Julia schlug die Augen auf und lauschte zufrieden Florians tiefen Atemzügen. Sie hatte nicht mitbekommen, wann er sich zu ihr gelegt hatte. Nachdem sie sich eine Kleinigkeit zu essen gemacht hatte, war sie zu Bett gegangen und innerhalb weniger Minuten eingeschlafen. Florian musste später, irgendwann zwischen halb zehn und Mitternacht, nach Hause gekommen sein. Julia richtete sich auf und griff zu ihrem Smartphone. Es war mitten in der Nacht, kurz vor drei Uhr. Sie hatte von Marlies Köhler geträumt und davon, wie diese mit einem lauten Knall gegen die Straßenlaterne raste. Dieser Traum war eine reine Erfindung ihres Unterbewusstseins und entsprach überhaupt nicht den Tatsachen. Wahrscheinlich war er ein Ausdruck ihrer Verzweiflung, denn der Tod dieser jungen Frau gab ihr Rätsel auf.

Warum betrieb ein Mörder einen derartigen Aufwand? Hätte er die Tote nicht einfach irgendwo ablegen können?

Vielleicht sogar an einem belebten Ort, sodass man sie schnell fand. Julia stellte sich immer wieder dieselben Fragen und versuchte, logische Antworten herzuleiten. Doch keine davon erschien zufriedenstellend. Sie hatte angenommen, dass Marlies Köhler schnell gefunden werden sollte, aber das konnte ebenso gut falsch sein. Die zwei Jahre, die seit ihrem Verschwinden vergangen waren, sprachen gegen Julias These. Der Killer hatte offenbar keine Eile gehabt. Wollte er also nur Aufmerksamkeit? Dafür hätte es allerdings spektakulärere Methoden gegeben, als die Leiche in einem einsamen Gewerbegebiet in ein Auto zu setzen. Doch welche Absicht verfolgte der Täter dann, falls es sich überhaupt um einen Einzeltäter handelte?

Plötzlich fiel ihr wieder ein, dass Dr. Neumann bei der ermordeten Lotte Harburg Fentanyl nachgewiesen hatte. Das Opioid wurde insbesondere in den USA als Droge missbraucht und forderte jährlich Hunderte Todesopfer, darunter etliche Prominente. Auch in Deutschland fand Fentanyl immer mehr Konsumenten. Es ließ sich nicht nur intravenös, sondern auch oral oder über ein Pflaster verabreichen. Die einfache Einnahme machte Fentanyl offenbar besonders attraktiv für Menschen, die nach dem nächsten Rausch suchten oder sich betäuben wollten. Bei entsprechend hoher Dosierung führte es zu Müdigkeit und erschwerte das Denken, Sprechen und Laufen. Für einen Täter, der sein Opfer ruhigstellen wollte, war es ein ideales Medikament. Fentanyl gab es auf dem Schwarzmarkt und verschreibungspflichtig in jeder Apotheke. Über die Droge eine Spur zum Täter auszumachen, erschien hoffnungslos.

Trotzdem konnte Julia an nichts anderes mehr denken. Hatte Marlies Köhler ebenfalls unter dem Einfluss dieses Medikamentes gestanden?

Julia verspürte keine große Lust, auf den Laborbericht zu warten. Das Drogenscreening konnte Tage, vielleicht sogar Wochen in Anspruch nehmen. So viel Zeit hatten sie nicht. Julia hatte es in ihrer Laufzeit schon mehrfach mit Serientätern zu tun gehabt. Beim Mordfall Marlies Köhler könnte es sich um einen solchen Täter handeln. Einiges sprach aus Julias Sicht für einen Mörder, der nicht zum ersten Mal zuschlug. Er realisierte offenbar seine Fantasien. Warum sonst sollte er die Tote in diesen Unfallwagen setzen? Das wirkte inszeniert, vor allem mit dem Portemonnaie und ihren Personalien auf dem Schoß. Das Fehlen von Täterspuren deutete zudem auf eine gewisse Professionalität hin.

Es war zu früh, um die beiden Mordfälle Lotte Harburg und Marlies Köhler miteinander zu verknüpfen. Aber wenn Julia herausfinden könnte, ob die Frauen unter dem Einfluss derselben Droge gestanden hatten, wurde eine Verbindung zwischen den Fällen wahrscheinlicher. Serienkiller suchten sich oft denselben Phänotypen aus und die beiden Frauen sahen sich ziemlich ähnlich. Größe und Gewicht sowie Alter stimmten weitestgehend überein. Auch die Zerstörung des Zellgewebes ließ auf einen ähnlichen Ablauf nach der Tötung schließen. Wenn sie nachweisen könnte, dass dieselbe Droge im Spiel war, könnte Florian seine Ermittlungen darauf ausrichten.

Julia stand auf und tapste müde ins Wohnzimmer. Sie warf den Laptop an und gab den Namen Marlies

Köhler in die Suchmaschine ein. Sofort wurden ihr Hunderte Ergebnisse aufgelistet. Offenbar hatte die Familie einiges getan, um Marlies Köhler zu finden. Aufrufe und Fotos fanden sich auf allen Social-Media-Plattformen. Marlies' Schwester hatte besonders viel gepostet. Julia besuchte die Facebook-Seite und scrollte sich durch die endlosen Beiträge, die Valerie Köhler immer wieder zusammen mit ihrer vermissten Schwester zeigten. Julia wurde ganz flau im Magen, als sie daran dachte, dass Marlies Köhler nie zurückkehren würde. Sosehr die Schwester auch gehofft hatte, Marlies war längst tot gewesen. Möglicherweise schon unmittelbar nach ihrem Verschwinden.

Ein kurzer Videoschnipsel auf einer anderen Internetplattform fiel Julia ins Auge. Er zeigte die Schwestern auf einer Party mit Cocktailgläsern in der Hand. Beide strahlten um die Wette. Sie sahen sich sehr ähnlich, sodass Julia ein paar Augenblicke benötigte, bevor sie sie auseinanderhalten konnte. Marlies Köhlers Haare waren länger und ihre Figur erschien ein wenig rundlicher als die ihrer Schwester. Aber das waren Nuancen. Sie hielt das Video an und vergrößerte die Gesichter. In den Pupillen versuchte Julia abzulesen, ob die Frauen eventuell unter Drogen gestanden hatten. Doch sie konnte es nicht erkennen. Müde kroch sie zurück ins Bett und schlief wieder ein.

Als sie ein paar Stunden später erwachte, lag Florian nicht mehr neben ihr. Sie sprang auf und fand in der Küche eine Notiz von ihm.

Musste los. Wir müssen die Familie von Marlies Köhler

informieren und befragen. Melde mich, sobald es geht. Ich liebe dich. Florian

Unter seinen Namen hatte er ein kleines unförmiges Herz gezeichnet. Julia strich sanft darüber. Während die Kaffeemaschine vor sich hin gluckste, dachte sie abermals über Marlies Köhler nach. Plötzlich formte sich eine Idee in ihrem Kopf. Sie nippte mehrmals an ihrem Kaffee und dann wählte sie Lenjas Nummer.

»Bist du noch zu Hause?«, fragte Julia und schlüpfte in ihre Schuhe.

»Ja. Ich durchforste gerade im Netz die Gegend um den Leichenfundort nach Firmen, die Kühlgeräte im Einsatz haben.«

»Das ist prima. Warte auf mich. Ich hole dich ab.«

»Wo fahren wir hin?«, wollte Lenja wissen.

»Das erkläre ich dir unterwegs.« Julia legte auf und machte sich auf den Weg. Lenja lebte nicht allzu weit entfernt von Florians Wohnung. Im Stillen korrigierte sie sich: von *ihrer* Wohnung, denn sie lebte jetzt schließlich auch hier. Doch noch immer erschien ihr diese Tatsache fremd.

Als Julia in die Straße einbog, in der Lenja wohnte, wartete diese bereits am Hauseingang.

»Nun spann mich nicht länger auf die Folter«, fragte Lenja, als sie einstieg. »Wo fahren wir hin? Du hast eine heiße Spur. Stimmt's?«

»Ob es eine Spur ist, weiß ich nicht, aber ich will nicht ewig auf das Labor warten und auf anderem Weg herausfinden, ob Marlies Köhler Fentanyl genommen hat.«

Lenja betrachtete sie aufmerksam von der Seite.

»Und wie willst du das anstellen?«

»Ich habe gestern ein wenig im Internet recherchiert. Marlies Köhler hat eine Schwester und ist ziemlich eng mit ihr gewesen. Ich habe ein paar Partyvideos gesehen, auf denen die beiden zusammen getrunken und gefeiert haben. Valerie Köhler kann uns sicherlich sagen, ob auch Drogen im Spiel waren.«

»Aber wenn der Täter Marlies Köhler unter Drogen gesetzt hat, dann wird sie nichts davon wissen«, entgegnete Lenja.

»Ich weiß«, sagte Julia und tippte die Adresse von Valerie Köhler in das Navigationssystem ein. »Doch wenn sie die Droge freiwillig genommen hätte, dann müssten wir die Laborergebnisse anders bewerten. Da wäre auch noch der Mageninhalt. Vielleicht kann Valerie Köhler uns bestätigen, was die letzte Mahlzeit ihrer Schwester war. Sie könnten zusammen gegessen haben, und wir wüssten in diesem Fall, dass Marlies Köhler bereits kurz nach ihrem Verschwinden gestorben ist.«

Lenja trommelte aufgeregt auf das Armaturenbrett.

»Hast du ein Foto von dieser anderen Frau dabei? Von der, die tot im Wald gefunden wurde?«

»Selbstverständlich«, antwortete Julia lächelnd und deutete auf ihre Handtasche auf der Rücksitzbank.

Sie parkte den Wagen vor einem Mehrfamilienhaus, in dem schätzungsweise acht Parteien lebten. Sie befanden sich in einer relativ ruhigen Gegend Kölns mit altem Baumbestand. Auch wenn zu dieser Zeit alles kahl und grau erschien, so konnte Julia sich dennoch lebhaft vorstellen, wie wundervoll dieses Viertel im Frühling und Sommer blühen würde.

Valerie Köhler wohnte in der ersten Etage. Lenja betätigte den Klingelknopf. Sie warteten eine Weile ab, dann klingelte Lenja erneut.

»Vielleicht ist sie schon zur Arbeit«, sagte Lenja. »Hast du herausgefunden, wo das ist?«

Julia schüttelte den Kopf. »Leider nein. Ich habe ihre Adresse aus den sozialen Medien, in denen Valerie intensiv nach ihrer Schwester sucht.«

Lenja drückte ein drittes Mal auf den Klingelknopf, als die Haustür aufging. Eine junge Frau schob einen Kinderwagen hinaus.

»Guten Morgen«, grüßte sie und drängte sich zwischen Lenja und Julia hindurch.

»Haben Sie einen kurzen Augenblick für uns?«, fragte Lenja, obwohl Julia knapp den Kopf schüttelte. Doch es war zu spät. Die Frau blieb stehen und drehte sich zu ihnen um.

»Gerne. Zu wem möchten Sie denn?«

»Wir sind auf der Suche nach Valerie Köhler.«

»Sind Sie von der Polizei?«

»Nein«, entfuhr es Julia. »Wie kommen Sie darauf?«

»Eine Zeit lang war hier viel los«, antwortete die junge Mutter ausweichend und wandte sich wieder ihrem Kinderwagen zu.

»Wir sind Kolleginnen und waren mit ihr verabredet. Aber sie scheint nicht da zu sein«, stieß Lenja aus.

Die Mutter musterte Lenja eine Weile. Dann erhellte sich ihr Gesicht. »Ich glaube, ich habe Sie hier schon mal gesehen«, sagte sie schließlich. »Ich habe Valerie seit zwei Tagen nicht mehr getroffen. Normalerweise unterhalten wir uns morgens kurz, bevor sie zur Arbeit fährt und ich mit meinem Kind spazieren gehe. Vielleicht ist sie bei ihren Eltern. Versuchen Sie es dort einmal.«

»Haben Sie denn die Polizei erwartet?«, fragte Julia ins Blaue hinein.

Die junge Mutter seufzte. »Nein, nicht wirklich. Die interessieren sich überhaupt nicht für den Fall ihrer Schwester. Valerie bekommt im Wochentakt Hinweise auf ihren Verbleib, aber ihr Kontakt bei der Polizei hat sich bestimmt seit einem Jahr nicht mehr hier blicken lassen. Die Ärmste hofft immer noch auf ein Wiedersehen.« Die Frau schüttelte betrübt den Kopf. »Ich befürchte ehrlich gesagt das Schlimmste.«

»Und Valerie hat Ihnen von diesen Nachrichten erzählt?«, hakte Julia nach.

»Natürlich. Ich glaube, ich kenne jede einzelne. Erst vor ein paar Tagen hat ihr jemand geschrieben, dass sie ihre Schwester an einer Kreuzung in irgend so einem Gewerbegebiet treffen könnte. Ach ... mir fällt der Name der Straße nicht mehr ein. Jedenfalls hat die Polizei ihr wieder nicht geglaubt. Die sind einfach total überfordert und haben die Sache abgehakt.«

»War das in Köln-Marsdorf?«

Die junge Frau nickte erstaunt. »Hat sie Ihnen auch davon erzählt?«

Julia brachte keine Antwort hervor. In ihrem Kopf ratterte es.

Lenja rettete die Situation blitzschnell und antwortete

an ihrer Stelle: »Hat sie. Sie streut ja immer recht breit in den sozialen Medien in der Hoffnung, jemand könnte etwas über Marlies wissen.«

Den Namen der Toten zu hören und so zu tun, als wüsste sie nichts von ihrem Schicksal, fiel Julia unglaublich schwer. Was würde diese junge Mutter von ihnen denken, wenn sie die Wahrheit herausfand? Früher oder später würde sie vermutlich erfahren, dass sie keine Kolleginnen waren.

»Wir probieren es bei ihren Eltern«, sagte Julia deshalb bestimmt und zog Lenja mit sich vom Eingang fort.

Sie entfernten sich schweigend, während die junge Frau mit dem Kinderwagen in die andere Richtung davonspazierte. Offenbar kam es ihr nicht im Geringsten merkwürdig vor, dass sie Valerie Köhler seit zwei Tagen nicht mehr gesehen hatte.

»Ich fasse es nicht«, platzte es aus Lenja heraus, als sie wieder im Wagen saßen. »Jemand hat Valerie Köhler den Standort des Autos verraten, in dem sich ihre tote Schwester befand. Weißt du, was das heißt?«

Julia überlief es eiskalt. »Wir wissen nicht, ob sie überhaupt dorthin gefahren ist. Sie könnte auch bei ihren Eltern oder einer Freundin, vielleicht sogar bei der Arbeit sein.« Aber sie wusste selbst, wie wenig überzeugend ihre Antwort klang.

»Wir hätten die Frau noch weiter ausfragen müssen. Sie scheint eine Menge zu wissen.« Lenja sah sie durchdringend an.

»Wir können nicht so tun, als wären wir Kolleginnen von Valerie Köhler, und dann fremde Leute ausfragen.

Aber ich gebe dir recht. Hier stimmt etwas nicht und mit großer Wahrscheinlichkeit ...« Julia stockte der Atem, bevor sie weitersprach.

»Mit großer Wahrscheinlichkeit hat der Täter Valerie Köhler an den Fundort der Leiche ihrer Schwester gelockt und jetzt ist sie auch verschwunden!«

10

Florians Fingerspitze schwebte über einem silbern glänzenden Klingelknopf. Am liebsten hätte er den Finger wieder zurückgezogen und wäre nach Hause gefahren. Doch das durfte er nicht. Er musste den Eltern von Marlies Köhler die traurigen Neuigkeiten überbringen. Es war Teil seines Jobs, und er war froh, Martin an seiner Seite zu wissen.

»Jetzt mach schon«, flüsterte sein Partner, als wenn er seine Gedanken lesen könnte.

Florian zögerte. Der Tag hatte nicht sonderlich gut begonnen. Sie hatten sich bei der Autovermietung nach dem silberfarbenen Kia erkundigt, in dem sie Marlies Köhlers Leiche gefunden hatten. Der Mitarbeiter, der den Mietvertrag ausgestellt hatte, konnte sich jedoch nicht an den Mann erinnern. Der Mistkerl hatte bar bezahlt und falsche Personalien angegeben. Der kopierte Personalausweis war eine billige Fälschung gewesen. Das hatten sie inzwischen überprüft. Peter Frisch gab es nicht. Florian hatte dem Mitarbeiter ein Foto von Adrian Haberland vorgelegt, doch den hatte dieser noch nie gesehen. Und nach diesem erfolglosen Besuch stand jetzt die schwierigste Aufgabe vor ihnen.

Er stieß einen tiefen Seufzer aus und klingelte. Fast hoffte er, es wäre niemand da. Aber es dauerte nicht lange, bis er ein Rascheln hinter der Tür hörte und das blasse, ein wenig aufgedunsene Gesicht einer vielleicht sechzigjährigen Frau erschien.

»Frau Köhler?«, fragte Florian und umklammerte den Dienstausweis in seiner Hand fester.

»Ja, die bin ich. Kann ich Ihnen helfen?«

Florian widerstand dem Impuls, Nein zu sagen und auf dem Absatz kehrtzumachen. Stattdessen hielt er seinen Dienstausweis hoch. In den Augen der Frau flackerte es. »Dürfen wir reinkommen?«

»Geht es um Marlies?« Die Hoffnung in der Stimme der Frau war nicht zu überhören.

Florian nickte schwach und ließ sich mit Martin ins Wohnzimmer führen, wo sie sich auf die Couch setzten und warteten, bis Frau Köhler auf dem Sessel gegenüber Platz genommen hatte. In den Augen von Marlies' Mutter funkelte noch immer die Hoffnung. Florian hasste den Moment, der gleich kommen würde und in dem dieses Funkeln für alle Ewigkeit verschwinden würde.

»Ist Ihr Mann auch zu Hause?«, fragte er.

»Er holt gerade Brötchen fürs Frühstück und müsste gleich zurück sein.«

»Wir haben traurige Nachrichten für Sie«, hob er

vorsichtig an. »Wir haben Marlies gefunden, aber leider ist sie nicht mehr am Leben.«

Marlies' Mutter blinzelte ein, zwei Mal und presste die Hände im Schoß zusammen, bis die Knöchel weiß hervorstachen.

Dann schluchzte sie: »Ich habe es geahnt. Sind Sie sicher, dass es meine Tochter ist?«

Florian nickte unbeholfen. »Sie hatte ihre Papiere bei sich. Ein DNA-Test muss noch durchgeführt werden, dennoch konnten wir sie zweifelsfrei identifizieren. Es steht Ihnen natürlich frei, dies ebenfalls zu tun.«

»Was ist denn mit Marlies geschehen?«

»Wir wissen es nicht ganz genau, aber momentan gehen wir davon aus, dass sie Opfer eines Gewaltverbrechens geworden ist. Möglicherweise hat ihr der Täter eine Überdosis an Drogen verabreicht.«

»Drogen?« Frau Köhler sah Florian ungläubig an.

»Unsere Marlies hätte niemals Drogen genommen. Das haben wir unseren Töchtern schon früh beigebracht. Immer auf das Getränk aufpassen, nie unbeaufsichtigt irgendwo herumstehen lassen und schon gar keine Partypillen schlucken.« Wieder glomm ein Fünkchen Hoffnung in Frau Köhlers Augen auf, doch bevor sie erneut fragen konnte, ob sie wirklich ihre Tochter gefunden hatten, fuhr Florian fort:

»Sie hat die Drogen vermutlich nicht freiwillig konsumiert. So sieht es zumindest nach unserem bisherigen Erkenntnisstand aus.«

Frau Köhler hatte den Mund geöffnet und schloss ihn nach Florians Aussage wieder.

»Wie lange ist sie bereits tot?«, fragte sie nach einer Weile.

»Wir gehen davon aus, dass sie vor etwas mehr als eineinhalb Jahren getötet wurde«, erklärte Martin.

»So lange schon?«, hauchte Frau Köhler und legte die Hand auf ihre Brust. Sie atmete schwer. Der Schock stand ihr ins Gesicht geschrieben. »So lange«, flüsterte sie erneut.

»Es tut uns sehr leid«, sagte Martin bedrückt. »Wenn es Sie beruhigt ... Ihre Tochter musste offenbar nicht viel leiden. Ihr Leichnam ist weitestgehend unversehrt.«

Frau Köhler schien nicht mehr zuzuhören. Sie presste die Hände an die Ohren. Tränen liefen ihr über die Wangen. Der ganze Körper dieser Frau zeigte ihren Schmerz, den Schock und die Trauer.

»Und wie haben Sie meine Tochter gefunden? Wo war sie denn all die Zeit?«

»Wir haben Marlies' Leichnam bei einem Verkehrsunfall in dem Verursacherfahrzeug aufgefunden.« Florian spürte, wie seine Hände feucht wurden. Jetzt wurde die Angelegenheit kompliziert. Natürlich hatten die Angehörigen ein Recht auf die Wahrheit. Sie sollten wissen, was ihrem Kind zugestoßen war. Allerdings handelte es sich in diesem Fall um eine laufende Ermittlung. Sie durften nicht jedes Detail preisgeben. Doch wie sollte er die Auffindesituation erklären? Niemandem würde einleuchten, warum eine Leiche mir nichts, dir nichts nach zwei Jahren in einem Unfallwagen auftauchen sollte. Schon gar nicht auf dem Fahrersitz.

»Hat sie die ganze Zeit in diesem Auto gelegen?«

»Das wissen wir leider noch nicht«, antwortete Florian kleinlaut und warf Martin einen Hilfe suchenden Blick zu. Doch der schien auch keine bessere Antwort zu haben und beschränkte sich auf ein monotones Kopfnicken.

»Jemand muss etwas bemerkt haben!«, stieß Frau Köhler aus. »Sie hat bestimmt um Hilfe gerufen und ...« Sie sprach nicht weiter. Ihre Augen waren vor Grauen weit aufgerissen.

»Wie kann das sein?«, wisperte sie nach einer Weile stockend.

»Um das herauszufinden, brauchen wir Ihre Hilfe.« Martin räusperte sich umständlich. »Bisher wissen wir leider nicht mehr, als wir Ihnen mitgeteilt haben. Welche Umstände Marlies in diesen Wagen geführt haben, können wir derzeit nicht beantworten. Aber Sie können uns vielleicht sagen, ob Marlies schon einmal einen silberfarbenen Kia fuhr oder ob sie jemanden aus ihrem Umfeld kannte, der ein solches Fahrzeug besitzt?« Martin zog ein Foto aus seiner Mappe, auf dem der Mietwagen zu sehen war.

Frau Köhler betrachtete die Aufnahme schweigend. Beinahe liebevoll strich sie mit dem Finger über die demolierte Motorhaube.

»Und da hat sie drin gesessen? Unsere Marlies?«

»So ist es«, sagte Martin.

»Ich kenne diesen Wagen nicht. Marlies hat einen roten Fiat gefahren, aber der wurde nie gefunden.« Frau Köhler erhob sich und griff zu einem Fotoalbum in einem Regal. Sie schlug eine Seite auf.

»Hier, sehen Sie. Wir haben ihr das Auto zum zwanzigsten Geburtstag geschenkt. Ist sie nicht ein bezauberndes Mädchen?« Die letzten Worte kamen brüchig über ihre Lippen. Sie seufzte tief und tippte auf den roten Kleinwagen, vor dem Marlies Köhler stolz in die Kamera strahlte.

»Wer ist denn der Mann neben ihr?«, wollte Florian wissen.

»Ach, das ist Lars, ihr damaliger Freund. Er hat einmal das Auto fast gegen die Wand gesetzt. Danach ging es steil bergab. Marlies hat ihn mit einer anderen in flagranti erwischt, ungefähr drei Monate später. Seitdem war es aus und sie hatte von Männern die Nase voll.«

»Lars?«, fragte Florian. »Und weiter?«

»Lassen Sie mich nachdenken. Lars Brückner, glaube ich. Er hat mit ihr in der Bäckerei gearbeitet. Wollte dort Meister werden und hatte immer ein ziemlich lautes Mundwerk.«

Florian notierte sich den Namen und ließ sich die Adresse der Bäckerei geben.

»Ich weiß, dass Sie den Kollegen bestimmt alles schon erzählt haben. Aber fällt Ihnen jemand ein, der Marlies wehtun wollte?« Frau Köhler strich mit dem Finger über das Foto ihrer Tochter und schüttelte den Kopf.

»Ich habe mich das Hunderte, vielleicht auch Tausende Male gefragt. Ich weiß es nicht. Sie war ein so nettes Mädchen.« Tränen strömten abermals aus ihren Augen. Sie zog ein Taschentuch aus der Hosentasche und tupfte sich die feuchten Wangen ab. »Ich kann nicht glauben, dass jemand sie ermordet hat«, schluchzte sie.

»Ich sage Ihnen, wer es war«, donnerte plötzlich eine tiefe Stimme.

Johannes Köhler stand im Türrahmen. Offenbar hatte er den letzten Satz seiner Frau gehört. Der grauhaarige Hüne hielt eine Tüte mit frischen Brötchen in der Hand. Er ließ die Tüte einfach fallen, stürmte zu seiner Frau und nahm sie in die Arme.

»Diesem Polizisten, dem haben wir das alles erzählt. Aber er hat nichts unternommen. Hendrik Rauch, der Bruder des Bäckermeisters, der hatte es auf unsere Mädchen abgesehen. Insbesondere auf Marlies. Stand hier mit einem Blumenstrauß und wollte sie ausführen, als lebten wir im vergangenen Jahrhundert. Der Kerl war besessen von Marlies, und weil sie nicht wollte, hat er sie entführt. Das sage ich Ihnen.« Johannes Köhler streichelte seiner Ehefrau sanft über den Kopf. »Ist ja gut, Liebes. Ich weiß, es tut weh. Aber unsere Marlies ist im Himmel und es geht ihr gut. Nicht weinen. Sie hätte das nicht gewollt.« Er nahm seiner Frau das Taschentuch aus der Hand und tupfte ihr mit seinen groben Händen die neuen Tränen aus dem Gesicht.

In Florians Hals bildete sich ein Kloß. Schnell senkte er den Blick und notierte den neuen Namen auf seinem Notizblock. Als er wieder aufsah, bemerkte er das traurige Glitzern in den Augen von Marlies' Vater.

»Können Sie uns mehr über Hendrik Rauch erzählen?«, fragte Florian und kam sich dabei wie ein Eindringling vor. Er ließ diesen Leuten keine Zeit zum Trauern. Und dennoch tat er das Richtige, denn wenn sie Marlies'

Mörder schnappen wollten, dann brauchte er jede Menge Informationen – und die am besten sofort.

Johannes Köhler schob seine Frau behutsam zurück in den Sessel und nahm neben ihr Platz.

»Inzwischen müsste der Kerl fünfunddreißig sein. Er hat Marlies immer wieder in der Bäckerei aufgelauert, sobald sie Feierabend hatte. Sie war höflich zu ihm, aber das hat er wohl falsch verstanden. Eines Tages kam er wie gesagt mit Blumen hierher und wollte mit ihr ausgehen. Ich habe an Marlies' Reaktionen gemerkt, dass sie das nicht wollte, und habe ihn davongejagt. Drei Monate später war Marlies weg und Hendrik Rauch wusste angeblich von nichts. Hat sich anfangs sogar noch an der Suche beteiligt, aber dann fing er an, Valerie so merkwürdig anzuschauen. Ich habe sie damals gebeten, nichts mehr mit ihm zu unternehmen und ihn auch nicht mehr in die Suche nach Marlies einzubeziehen. Der Kerl gefällt mir einfach nicht.« Johannes Köhler kämpfte einen Moment lang mit den Tränen. »Viel mehr gibt es nicht zu sagen. Am besten, Sie reden mit Valerie, sie hat verschiedene Theorien aufgestellt, wo Marlies stecken könnte.« Eine Träne rollte Köhler die Wange hinunter. »Ich habe ehrlich gesagt schon lange nicht mehr geglaubt, dass wir Marlies jemals wiedersehen werden.«

»Und Valerie ist die jüngere Schwester?«, fragte Florian zur Sicherheit noch einmal nach. »Ja. Warten Sie, ich schreibe Ihnen die Adresse und die Telefonnummer auf. Wenn Sie sich beeilen, erwischen Sie sie noch vor der Arbeit. Sie ist für eine Zeitung tätig und fängt heute erst später an.« Johannes Köhler erhob sich schnaufend und schrieb mit zittrigen Fingern die Kontaktdaten auf.

In Frau Köhlers Körper schien sich neues Leben zu regen. Sie richtete sich plötzlich kerzengerade auf.

»Ich habe mit Hendrik gesprochen. Habe ihm in die Augen geschaut und gefragt, wo Marlies ist. Er hat sie geliebt. Ich glaube nicht, dass er ihr etwas angetan hätte.«

Johannes Köhler drückte Florian den Zettel in die Hand und wandte sich wieder seiner Frau zu.

»Ach Petra, Liebes. Du kannst jedem nur vor die Stirn gucken und nicht dahinter. Der Kerl hat Dreck am Stecken, und jetzt, da wir wissen, dass unsere arme Marlies nicht zurückkommen wird, soll er büßen. Ich will den Typen hinter Gittern sehen.«

»Ich verspreche Ihnen, wir werden alles in unserer Macht Stehende tun, um den Mord an Ihrer Tochter aufzuklären. Der Schuldige wird bestraft werden«, sagte Florian und verabschiedete sich.

»Scheuen Sie sich nicht, uns anzurufen«, sagte Martin noch, als sie wieder im Hausflur standen und bevor die Wohnungstür zuschlug.

Florian atmete tief durch und eilte die Treppe hinunter.

»Nicht so schnell«, schnaufte Martin hinter ihm.

»So schlimm war es doch gar nicht.«

»Fandest du?« Florians Puls raste noch immer. Die Eltern von Marlies Köhler taten ihm unendlich leid.

»Zugegeben. Die beiden sind am Boden zerstört. Aber der Johannes Köhler hat uns trotzdem wichtige Informationen geliefert. Ich bin gespannt, ob Marlies' kleine

Schwester uns jetzt weiterhelfen kann. Geschwister untereinander erzählen sich doch alles, und wer weiß, ob Marlies nicht einen heimlichen Freund hatte. Wenn die Kollegen diesen Hendrik Rauch damals überprüft haben, kann ich mir nämlich nicht vorstellen, dass er der Täter ist.«

Florian musste seinem Partner recht geben. Sofern die Kollegen den Vermisstenfall anständig bearbeitet hatten, konnten sie Rauch wahrscheinlich von der Liste der Verdächtigen streichen. Trotzdem kamen Täter meist aus dem Umfeld ihres Opfers. Oft blieben sie jahrelang unerkannt, besonders dann, wenn das Verschwinden einer Person nicht als Mordfall eingestuft wurde. Jeden Tag verschwanden Menschen in Deutschland. In den allermeisten Fällen handelte es sich dabei nicht um Gewaltverbrechen. Der Fall von Marlies Köhler bildete eine Ausnahme.

Sie stiegen in das Dienstfahrzeug und fuhren zu der Adresse, die Johannes Köhler ihnen aufgeschrieben hatte.

Florian bog in ein ruhiges Wohngebiet ein und steuerte auf ein schlichtes Mehrfamilienhaus zu, das von kahlen Bäumen eingerahmt war.

Plötzlich reckte Martin neben ihm den Hals und streckte die Hand aus.

»Beeil dich mal. Die beiden da vorne kenne ich doch. Das sind Lenja und deine Julia«, rief er aufgeregt. »Was machen die denn hier?«

»Das frage ich mich auch«, erwiderte Florian stirnrunzelnd und sah, wie die beiden in Julias Golf einstiegen, der direkt vor dem Hauseingang parkte, in dem Marlies

Köhlers Schwester wohnte. Im Augenwinkel bemerkte er eine Mutter, die ihren Kinderwagen vor sich herschob und sich nach einigen Metern zu Julia und Lenja umdrehte. Die Art, wie sie ihnen hinterhersah, machte Florian stutzig. Überhaupt fragte er sich, was Julia hier tat. Er hatte sich heute Morgen extra leise aus dem Haus geschlichen, um sie nicht zu wecken. Es war ihre erste Nacht ohne Sophia gewesen. Das erste Mal, dass sie ungestört durchgeschlafen hatte. In letzter Zeit wirkte Julia noch blasser und zerbrechlicher als sonst. Florian wusste, dass sie trotz ihrer zarten Erscheinung eine toughe Frau war. Dennoch, jeder konnte sich übernehmen, und er spürte, dass Julia Erholung brauchte. Umso mehr ärgerte ihn die Tatsache, sie jetzt an diesem Haus anzutreffen. Vor allem fragte er sich, warum sie ihn vorher nicht angerufen hatte.

Im gleichen Moment klingelte sein Handy. Obwohl er normalerweise die Ruhe selbst war, konnte er nicht an sich halten, als Julias Name im Display aufleuchtete.

»Verdammt, Julia, was machst du hier?«, stieß er verärgert hervor.

Am anderen Ende der Leitung herrschte für einen Moment Stille. Dann ging die Autotür von Julias Golf auf und sie stieg aus. Auch Lenja stand plötzlich wieder auf der Straße. Die beiden Frauen sahen sich um. Julia entdeckte Florian zuerst und kam im Eilschritt auf ihn zu.

»Oje!«, murmelte Martin und zwirbelte nervös an seinem Schnauzbart. »Das sieht nach Ärger aus.«

Tatsächlich wirkte Julias Miene dermaßen entschlossen, dass Florians Finger fast das Handy zerquetschten. Er holte abermals tief Luft und ließ die Seitenscheibe herunter.

»Ich muss sofort mit dir sprechen«, sagte Julia und zu seinem Erstaunen schwang keinerlei Vorwurf in ihrer Stimme. Es war eher Entsetzen, das er wahrnahm.

Augenblicklich sprang er aus dem Wagen.

»Was ist denn los?«, fragte er besorgt.

»Ich befürchte, Valerie Köhler ist verschwunden!«

11

Valerie hatte schlotternd die Arme um den Oberkörper geschlungen und zitterte erbärmlich. Ihr Kopf fühlte sich wie eine dumpfe Wolke an, und in ihrem Knöchel pochte der Schmerz unerbittlich trotz der Eiswürfel, die sie darauf gelegt hatte. Immerhin war sie am Leben. Das Messer hatte der Fremde benutzt, um den Beutel mit Eiswürfeln zu öffnen.

Das Licht in ihrem Zimmer war ausgeschaltet. Vielleicht, weil es Nacht war. Inzwischen hatte sie jegliche Orientierung verloren. Der Mann mit der Schimpansenmaske hatte bisher auf keine ihrer Fragen geantwortet. Sie wollte doch bloß wissen, wo Marlies war und ob es ihr gut ging. So lange hatte sie nach ihrer Schwester gesucht und jetzt, wo sie sie gefunden hatte, saß sie in der Falle.

Schlimmer noch. Marlies war auch in diesem Zimmer gewesen. Als das letzte Mal das Licht an war, hatte Valerie unter der Matratze einen winzigen Ohrstecker entdeckt. Er gehörte Marlies, da war sie sich ganz sicher. Wenn der

Mann sie hier gefangen hielt, warum nicht zusammen mit Marlies? Wollte er sie erst vergewaltigen, bevor sie ihre Schwester erneut sehen konnte? Und weshalb hatte er sie überhaupt hierhergebracht? Wollte er sie töten?

Valeries Hals schnürte sich vor Angst zu. Panik breitete sich in ihr aus und sie bekam kaum noch Luft. Die ständige Dunkelheit verwirrte ihren Geist – oder war es die Schwellung ihres Knöchels? Hatte sie Fieber?

Sie presste den Beutel mit den Eiswürfeln fester auf den verletzten Knöchel. Trotz der eisigen Kälte spürte sie das dumpfe, schmerzhafte Pochen mit jedem Pulsschlag.

Plötzlich und ohne Vorwarnung ging das Licht hinter der Glastür an. Sie ließ den Eisbeutel los und legte schützend die Hände auf die Augen. Der Fremde schlurfte herein. Er stank widerlich nach Zigaretten.

»Wie geht es dir?«, fragte er kalt.

Valerie bekam kaum ein Wort heraus.

»Mein Knöchel schmerzt«, flüsterte sie schließlich mit Mühe. Ihre Kehle fühlte sich wie ausgetrocknet an. Vorsichtig blinzelte sie zwischen den Fingern hindurch. Wieder blickte sie in tiefschwarze Augen. Der Mann trug wie zuvor die Schimpansenmaske. Das Tier grinste sie höhnisch an, als ob es Gefallen an ihrem Schmerz fände.

»Halt still«, zischte der Mann und befühlte ihre Stirn.

»Verdammt, du glühst«, stieß er wütend aus. »Hast du nicht vernünftig gekühlt?« Er betrachtete ihren Knöchel.

»So kann ich nichts mit dir anfangen. Mist! Du musst noch warten.« Er erhob sich und bedeutete ihr, sitzen zu bleiben.

»Wage es ja nicht, abzuhauen!«, befahl er ihr mit einem

Blick, in dem das pure Böse lag.

Valerie kauerte sich auf die hintere Ecke der Matratze und traute sich nicht, hochzusehen. Erst als sich die Schritte des Mannes entfernten, sah sie auf. Obwohl ihr eben noch die Angst die Kehle zugeschnürt hatte, erwachte nun ihr Überlebenswille. Den Raum, in dem sie eingesperrt war, kannte sie inzwischen in- und auswendig. Aber da draußen, hinter der Glastür, da war noch viel mehr. Nicht nur die Treppe, über die der Fremde zu ihr herunterstieg, es gab weitere Türen, und womöglich versteckte sich Marlies hinter einer von ihnen.

Obwohl ihr Knöchel unvorstellbar schmerzte, huschte sie zu der offenen Glastür. Der Mann mit der Schimpansenmaske war nicht zu sehen. Hastig zählte sie die Türen, die von dem Flur abgingen. Drei rechts und vier links. Sie musste sich in einem größeren Gebäude befinden. Valerie spitzte die Ohren, und als sie von oben kein Geräusch hörte, stürmte sie los zur ersten Tür rechter Hand. Sie drückte die Klinke herunter und stellte enttäuscht fest, dass abgeschlossen war.

Verdammt.

Sie humpelte zur nächsten Tür. Wieder hatte sie keinen Erfolg. Eilig ging sie ein wenig in die Knie und schaute durchs Schlüsselloch. Ein Windzug pfiff ihr ins Auge, als sie in ein schwarzes Nichts blickte. Schnell versuchte sie, die dritte Tür zu öffnen. Zu ihrem Erstaunen war sie nicht verschlossen. Mit rasendem Herzen stieß sie die Tür einen Spaltbreit auf. Durch das Licht aus dem Flur wurde der dunkle Raum erhellt. Sie sah einen Spiegel, vor dem ein schmaler Tisch und ein Stuhl standen. Auf dem Tisch verteilten sich mehrere Pinsel, Schwämme und Schminkdöschen. Rechts hing eine Perücke über einem weißen Plastikkopf und neben dem Tisch ein altmodisches Rüschenkleid.

Von oben hörte Valerie ein Poltern. Hastig zog sie die Tür zu und humpelte zurück in ihren Raum. Sie ließ sich schwer atmend auf die Matratze fallen und versuchte, sich zu beruhigen. Hoffentlich hatte der Schimpansenmann sie nicht bemerkt. Seine Schritte kamen wahnsinnig schnell näher. Er schien wütend zu sein, als er sie brutal packte.

»Mach den Mund auf!«, befahl er und umklammerte ihren Oberarm.

Valerie jammerte vor Schmerzen, wehrte sich jedoch nicht. Sie wollte das Monster nicht unnötig reizen. Er stopfte ihr eine Tablette in den Mund.

»Schlucken!« Die Stimme klang hart, doch die Schimpansenmaske grinste. Mit den dunklen Augen hinter den beiden Löchern schien der Affe lebendig zu werden.

Valerie blinzelte entsetzt, denn auf einmal verzog das Biest die Lippen. Drehte sie jetzt völlig durch? Der Affe hielt ihr eine Wasserflasche hin. Wie von Sinnen griff sie zu und spülte die Tablette hinunter.

»Brav«, lobte der Schimpanse und beugte sich näher herunter. So dicht, dass sie die Haare an seinem Kinn und den Wangen sehen konnte.

»Das ist ein Antibiotikum. Wir wollen schließlich nicht, dass du eine Blutvergiftung bekommst.« Er strich ihr eine Haarsträhne aus der Stirn. »Ich habe noch viel mit dir vor.«

Valerie sah den dunklen Raum mit dem Spiegel vor sich. Hilfe, dachte sie. Doch sie wusste, dass sie diesem Tier vollkommen ausgeliefert war.

12

»Was bin ich froh, dass ihr hier seid«, stieß Julia atemlos aus, während Lenja neben ihr zu jedem ihrer Worte nickte. »Valerie Köhler hat eine anonyme Nachricht erhalten. Jemand hat ihr versprochen, dass sie ihre Schwester wiedersehen könnte.«

Florian starrte sie überrascht an. Er fasste sich in den Nacken, als ob er zu begreifen versuchte, warum sie vor ihm standen.

»Ich habe Parallelen zu einem alten Fall entdeckt und dachte, wir könnten von Marlies Köhlers Schwester weitere Informationen erhalten. Deshalb sind wir heute Morgen als Erstes hierhergefahren. Aber Valerie Köhler ist seit zwei Tagen nicht mehr in ihrer Wohnung aufgetaucht und offenbar hat sie ein Unbekannter in das Gewerbegebiet in Marsdorf gelockt. Valerie kann natürlich theoretisch überall sein, aber zählen wir mal eins und eins zusammen, sieht es so aus, als hätte der Täter sie geschnappt.«

Martin Saathoff war inzwischen ebenfalls aus dem Wagen gestiegen. Er hatte den Kopf ein wenig eingezogen und blickte unsicher zwischen Julia und Lenja hin und her.

»Wir waren eben bei den Eltern von Marlies Köhler. Das war kein schönes Gespräch.« Er zog unbeholfen die Schulter hoch. »Wir wollten gerade mit ihrer Schwester reden.«

»Julia, warum habt ihr uns nicht sofort informiert?«, fragte Florian.

»Tut mir leid, ich hätte dich anrufen müssen«, gab Julia zu.

»Schon gut«, winkte Florian ab. »Welche Parallelen gibt es denn zu dem alten Fall?«

»Der Phänotyp«, erklärte Lenja. »Gleiches Aussehen der Opfer, lange dunkle Haare, ähnliches Alter und hinzu kommen ähnliche Gewebezerstörungen und vermutlich die Todesursache.«

»Marlies und Valerie Köhler hatten ein sehr enges Verhältnis zueinander«, ergänzte Julia. »Wir wollten herausfinden, ob sie womöglich die Mahlzeit, die Marlies Köhler als Letztes gegessen hat, gemeinsam eingenommen haben. Der Mageninhalt von Marlies Köhler war fast unverdaut.«

Florian verzog das Gesicht. »Verstehe«, erwiderte er und angelte einen Zettel. »Wir stellen jetzt gleich erst einmal fest, wo Valerie sich aufhält. Ich rufe sie auf dem Handy an.«

Er tippte die Nummer vom Zettel ab und wartete. Die Mailbox, die sofort ansprang, war für alle zu hören.

»Das Telefon ist aus«, stellte Julia fest. »Und wenn ihr gerade von ihren Eltern kommt, war sie dort also auch nicht.«

»Die haben uns hierhergeschickt und gemeint, wir könnten sie noch vor Arbeitsantritt zu Hause antreffen«, erklärte Florian zerknirscht. »Verdammt. Das gefällt mir nicht. Aber vielleicht ist sie heute nur früher losgefahren.« Er gab eine neue Nummer ein und erkundigte sich nach Valerie Köhler.

Julia konnte nicht hören, was die Person am anderen Ende sagte, doch dann fragte Florian:

»Und sie ist seit zwei Tagen nicht im Büro erschienen und hat sich auch nicht krankgemeldet?«

Wieder verstand sie nicht, was die Person erwiderte.

Aber Florian legte auf, nachdem er sich bedankt hatte, und blickte beunruhigt in die Runde.

»Erzähl uns bloß nicht, wir müssen den Eltern beibringen, dass ihre zweite Tochter jetzt ebenfalls verschwunden ist. Das verkraften die bestimmt nicht.« Martin befummelte betreten seinen Schnauzer.

»Woher habt ihr die Information, dass Valerie Köhler zum Leichenfundort ihrer Schwester gelockt wurde?«, fragte Florian plötzlich.

»Von einer Nachbarin. Wir haben sie vorhin getroffen, als sie mit ihrem Kind aus dem Haus kam.« Julia drehte sich um und zeigte die Straße hinunter. »Da vorne kommt sie gerade zurück.«

Florian lief schnell auf die Frau zu, die mit dem

Kinderwagen wie angewurzelt vor der Haustür stehen blieb, als sie ihn bemerkte.

»Entschuldigen Sie bitte, Kriminalpolizei«, rief Florian schon von Weitem. »Wir haben ein paar dringende Fragen an Sie.«

Julia ging mit Lenja und Martin Saathoff hinterher.

Die junge Mutter zog die Augenbrauen hoch. »Die Kripo? Na endlich. Wurde ja auch Zeit, dass sich hier einer blicken lässt.«

Ihr Blick verdüsterte sich und sie musterte Florian kritisch. »Sie sind aber nicht derjenige, der den Fall bisher bearbeitet hat«, stellte sie fest. »Valerie ist auch gar nicht zu Hause. Ich ...« Plötzlich hörte sie auf zu reden. Ihre Wangen liefen rot an. »Moment mal. Warum sind Sie hier?«

»Können wir Sie einen Augenblick sprechen?« Florian zeigte ihr seinen Dienstausweis. »Es geht tatsächlich um Valerie Köhler und um ihre Schwester. Sie hatten eben Frau Schwarz von einer Nachricht berichtet, die Valerie vor Kurzem erhalten hat, und ich würde mir die gerne anschauen.«

»Natürlich«, erwiderte die Mutter und holte das Handy aus ihrer Handtasche, die unten im Kinderwagen lag. Sie wischte ein paarmal über das Display und hielt es anschließend Florian vor die Nase.

»Bitte schön«, sagte sie. »Valerie bekommt immer mal wieder derartige Nachrichten und meistens leitet sie mir diese weiter. Sie braucht jemanden zum Reden und ich helfe gerne.«

Florian schwieg. Eine Ader an seiner Schläfe war hervorgetreten.

»Verdammt«, fluchte Martin, der neben Florian stand und mitlas. »Und diese Nachricht kam vorgestern?«

Die Mutter nickte. »Wie gesagt, einige Leute schreiben ihr. Vor Kurzem hat jemand behauptet, Marlies sei in einem Café gesehen worden. Aber dann hat sich herausgestellt, dass es dieses Café schon gar nicht mehr gibt.« Sie zuckte mit den Schultern. »Aber man soll ja nichts unversucht lassen. Nicht wahr?«

Florian machte mit seinem Handy ein Foto von der Nachricht. »Vielen Dank«, sagte er und stockte einen Moment. Dann bat er: »Wir würden gerne Ihre Personalien aufnehmen. Verraten Sie mir Ihren Namen?«

»Ilona Kamper. Ich wohne unter Valerie im Erdgeschoss.« Sie deutete auf ein Fenster hinter sich. »Wo steckt Valerie denn nun eigentlich?« Ihre Stimme zitterte ein wenig. Sie schaute Florian unsicher an.

»Wir wissen es nicht.«

Der Satz löste ein Beben in Ilona Kamper aus. Sie taumelte rückwärts und hielt sich gerade so am Kinderwagen fest.

»Ist sie etwa zu dieser Adresse gefahren?«

Florian hob zweifelnd die Schulter. »Wir sind hier, weil wir mit Valerie Köhler über ihre Schwester sprechen wollten. Dass sie nicht zu Hause ist, haben wir eben erst festgestellt. Haben Sie denn eine Idee, wo sie sich aufhalten könnte?«

»Was?« Ilona Kampers Stimme klang schrill. »Nein. Ich

... ich habe keine Ahnung. Sie hat eine Freundin in Düsseldorf. Vielleicht ist sie dort?«

»Können Sie uns den Namen und die Adresse nennen?«

Ilona Kamper schüttelte den Kopf. »Sie heißt Katja Tiemann, aber die Anschrift kenne ich nicht.«

Florian notierte sich den Namen. »Ist Ihnen in den letzten Tagen etwas Ungewöhnliches aufgefallen? Hat jemand Ihr Haus beobachtet oder haben Sie vielleicht Veränderungen an Valerie Köhler bemerkt? Hatte sie Streit oder Probleme?«

»Nein. Alles war wie immer. Sie hat sich über die Polizei aufgeregt, weil die zu wenig im Vermisstenfall ihrer Schwester unternimmt. Aber darüber ärgert sie sich schon seit Marlies' Verschwinden.«

»Hat Valerie Köhler einen Freund?«

»Ab und an ist jemand aus der Redaktion bei ihr. Ist jedoch anscheinend nichts Festes. Er heißt Paul. Mehr weiß ich leider nicht.«

»Kannten Sie eigentlich Valeries Schwester Marlies?«, fragte Julia dazwischen.

»Nein. Wir sind hier eingezogen, kurz nachdem es passiert ist. Aber ich kenne natürlich viele Geschichten über sie.«

»Gibt es jemanden im Haus, der gesehen haben könnte, wann Valerie zuletzt ihre Wohnung verlassen hat?« Florian hatte immer noch sein Notizbuch aufgeschlagen.

»Nein, ich glaube nicht. Außer mir sind alle Bewohner

in unserem Haus berufstätig. Da sitzt keiner am Fenster und schaut den ganzen Tag raus.«

»Danke«, sagte Florian und klappte sein Notizbuch zu. »Bitte rufen Sie mich an, wenn Ihnen einfällt, wo sich Valerie Köhler vielleicht aufhalten könnte.«

Als Ilona Kamper samt Kinderwagen im Haus verschwunden war, atmete er schwer aus.

»Ich setze mich jetzt gleich erneut mit Valerie Köhlers Eltern in Verbindung. Womöglich haben sie noch eine Idee, wo ihre Tochter stecken könnte. Wir sollten uns aufteilen. Martin fährt zum Leichenfundort zurück und hört sich nach ihr um. Vielleicht hat sie doch jemand gesehen.« Florian sah Julia an. »Du könntest mit Lenja diesen alten Fall genauer recherchieren. Sollten wir es tatsächlich mit einem Serienkiller zu tun haben, müssen wir alle damaligen Verdächtigen erneut unter die Lupe nehmen. Das tun wir aber nur, wenn ihr euch da sicher seid. Wir sprechen uns in ein paar Stunden und sehen, wo wir dann stehen.« Er gab ihr einen Kuss und eilte mit Martin zum Dienstwagen.

Julia blickte ihm wortlos hinterher. Die Dinge hatten sich völlig anders entwickelt, als sie erwartet hatte. Statt Antworten hatten sie nun etliche neue Fragen und zudem eine vermisste Frau, die vermutlich in Lebensgefahr schwebte.

»Lass uns mit Doktor Neumann reden«, sagte sie zu Lenja. »Er hat damals die Leiche von Lotte Harburg obduziert.«

Zurück im Institut gingen sie sofort zu Dr. Neumann, der mit der Autopsie eines Schussopfers beschäftigt war.

Ihr Mitarbeiter Dirk Possnitz stand neben ihm und führte einen Y-Schnitt zur Öffnung des Bauchraums durch, als sie den Autopsiesaal betraten. Julia war froh, dass Dr. Neumann sich seiner angenommen hatte und ihn in kompliziertere Fälle einführte.

»Herr Neumann, hätten Sie einen Moment Zeit für uns? Es geht um Lotte Harburg, einen Fall, der gut eineinhalb Jahre zurückliegt.«

Dr. Neumann, der ebenfalls ein Skalpell in der Hand hielt, ließ es sinken und runzelte die Stirn.

»Lotte Harburg?«, murmelte er und plötzlich erhellte sich sein Gesicht. »Ich erinnere mich. Der Leichnam einer jungen Frau, der drei Wochen im Wald in allergrößter Hitze gelegen hatte und bereits teilweise skelettiert war.«

»Genau diesen Fall meine ich. Gestern haben wir Marlies Köhler, selbes Alter, gleicher Typus, obduziert und ein paar Parallelen entdeckt. Die würde ich gerne mit Ihnen besprechen, falls Kollege Possnitz Sie kurz entbehren kann.«

Dirk Possnitz blickte von der Leiche auf. »Kein Problem, Frau Schwarz. Besprechen Sie sich ruhig. Sollte ich nicht weiterkommen, melde ich mich.«

Dr. Neumann folgte ihnen in Julias Büro. Sie nahm die beiden Akten und schlug jeweils die Seite mit den Aufnahmen der mikroskopischen Gewebeanalysen auf.

»Beide Leichen wurden für einen gewissen Zeitraum tiefgefroren. Aufgrund der Zellzerstörung schätze ich den Zeitraum auf ein, maximal zwei Jahre. Ich weiß, dass die Verwesung bei Lotte Harburg erheblich vorangeschritten war, aber was meinen Sie, könnte die Leiche ebenfalls so lange tiefgefroren gewesen sein?«

Dr. Neumann zog die Akten zu sich heran und betrachtete schweigend die Aufnahmen. Er war ein erfahrener Rechtsmediziner, den nichts so leicht aus der Ruhe bringen konnte. Doch seine Blicke wechselten immer wieder zwischen den Aufnahmen hin und her. Er setzte sich nachdenklich hin und blätterte die noch dünne Akte von Marlies Köhler durch. Julia wartete geduldig ab. Lenja hingegen knetete unruhig ihre Finger. Sie konnte Dr. Neumanns Einschätzung offenbar kaum erwarten.

Endlich räusperte Dr. Neumann sich.

»Die Verwesungszustände der beiden Leichen unterscheiden sich erheblich. Lotte Harburgs Leichnam wurde im Sommer gefunden. Es stand nicht mehr besonders viel Gewebe für die Untersuchung zur Verfügung. Ich fürchte, Ihre Frage lässt sich nicht mit Sicherheit beantworten. Aber dem Zeitraum von einem Jahr würde ich zustimmen.«

»Sie denken also auch, die Leichen waren ungefähr für einen ähnlichen Zeitraum tiefgefroren?«, hakte Julia nach und deutete auf die vergrößerte Aufnahme einer Gewebeprobe von Lotte Harburg.

»Richtig«, erwiderte Dr. Neumann. »Sie sehen offenbar einen Zusammenhang zwischen den Todesfällen?«

»Möglicherweise. Beide Frauen waren zum Todeszeitpunkt vierundzwanzig Jahre alt. Sie sind durchschnittlich groß, schlank, hatten beide dunkle Haare, waren sehr attraktiv. Sie wurden zunächst vermisst. Und vermutlich starb Marlies Köhler wie Lotte Harburg an einer Überdosis Fentanyl. Wir haben in ihrer Achselhöhle Einstiche entdeckt, die von einer intravenösen Gabe stammen könnten.«

»Das Labor hat noch keine Ergebnisse, um welche Substanz es sich handelt?«

»Nein, wir warten noch.«

Dr. Neumann schloss die Augen für einen Moment und rieb sich mit dem Handrücken darüber, als hätte er in der letzten Nacht zu wenig geschlafen.

»Ich bin kein Fan von Spekulationen«, sagte er schließlich. »Aber vor ein paar Monaten hat mich eine Kollegin aus dem rechtsmedizinischen Institut in Düsseldorf um Hilfe gebeten.« Neumann machte eine bedeutungsschwangere Pause und fuhr dann fort: »Ich habe ihr bei der Obduktion geholfen. Die Frau von sechsundzwanzig Jahren starb an einer Überdosis Fentanyl verabreicht über die Vene in der Achselhöhle. Aber was noch drastischer ist: Wir haben beide festgestellt, dass ihr Körper post mortem ungefähr zwei Jahre lang eingefroren war. Und was mir in diesem Moment auffällt: Optisch passt diese Frau zu den anderen beiden.«

Julias Gehirn brauchte mehrere Sekunden, bis es die Worte von Dr. Neumann verarbeitet hatte. Sie schnappte nach Luft und sagte: »Erzählen Sie uns bitte mehr zu diesem Fall.«

13

Florian wühlte sich im Büro von Bernd Tomiczek durch einen Berg von Akten.

»Und Sie sagen, Valerie Köhler hat vor zwei Tagen bei Ihnen angerufen?«, fragte er.

»Ja, sie hat ständig Mitteilungen von irgendwelchen Spinnern erhalten und mir auch die letzte weitergeleitet. Jemand hat ihr weisgemacht, dass sie ihre verschwundene Schwester im Gewerbegebiet Marsdorf treffen könnte.« Bernd Tomiczek rollte mit den Augen. Obwohl es mitten im Winter war, lief ihm eine Schweißperle über die Stirn und blieb in der buschigen Augenbraue hängen.

»Hören Sie«, sprach Tomiczek weiter. »Wir sind davon ausgegangen, dass Marlies Köhler sich aus dem Staub gemacht hat. Die Frau ist ...« Er räusperte sich. »Sie war volljährig. Sie hatte ihre Handtasche samt aller Papiere und Kreditkarten mitgenommen. Es gab keinerlei Spuren, die auf ein Gewaltverbrechen hindeuteten. So was kommt vor. Bisher haben wir geglaubt, dass die Familie es einfach nicht wahrhaben wollte. Die Schwester hat einen Riesenwirbel veranstaltet und überall nach ihr gesucht: in der Umgebung, in den sozialen Netzwerken, bei alten Bekannten und in sämtlichen Zeitungen, zu denen sie als Redakteurin Kontakt hat.« Er rollte abermals mit den Augen, und es war nicht zu verkennen, dass er sich trotz des Todes von Marlies Köhler und des Verschwindens ihrer Schwester genervt fühlte. »Sie hat jedenfalls alle verrückt gemacht und deshalb auch ständig neue und vor allem falsche Hinweise erhalten. Anfangs sind wir jeder Spur nachgegangen, aber irgendwann verliefen sich die Dinge im Sande. Es waren Spinner, die sich wichtigtun wollten. Kein einziger von ihnen hat im Laufe der Jahre auch nur einen brauchbaren Anhaltspunkt geliefert. Doch Valerie Köhler wollte nicht aufgeben. Sie hat immer geglaubt, dass Marlies wohlauf ist und nur gefunden werden muss.«

Bernd Tomiczek tätschelte seinen Bauch, über dem sich der dunkelgraue Pullover spannte, und zuckte mit den Achseln. »Wir haben Berge voll zu tun. Das wissen Sie ja selbst.«

Florian hätte den Mann am liebsten geschüttelt. Sie alle hatten viel zu tun, aber eine junge Frau ohne ersichtliche Probleme verschwand nicht einfach so von heute auf morgen. Der Fall hätte längst anders eingestuft werden müssen. Vielleicht hätte es geholfen, eine Sonderkommission zu bilden, doch das nützte nun nichts mehr. Marlies Köhler war tot. Daran konnte niemand mehr etwas ändern.

»Valerie Köhler ist jetzt ebenfalls verschwunden, und

wir gehen derzeit davon aus, dass diese letzte Nachricht vom Täter stammt. Wären Sie so freundlich, mir diese zu zeigen?«

Der kräftige Polizist erhob sich ächzend von seinem Stuhl und kramte in der Manteltasche nach seinem Handy.

»Hier«, sagte er und legte es vor Florian auf den Tisch. »Sehen Sie sich ruhig den gesamten Verlauf an. Dann wissen Sie, wovon ich rede. Valerie Köhler hat im Wochentakt neue Hinweise bekommen und alles hat sich als falsch erwiesen.«

Florian verglich die Nachricht mit der auf seinem eigenen Handy, die er von Valeries Nachbarin abfotografiert hatte. Es war derselbe Wortlaut.

Florian überflog die anderen Nachrichten, die Valerie Köhler Bernd Tomiczek geschickt hatte. Tatsächlich waren viele Hinweise darunter, die er vermutlich ebenfalls aussortiert hätte. In einer früheren Nachricht aus dem letzten Sommer wollte sich beispielsweise ein Unbekannter mit Valerie Köhler im Freibad treffen. Sie sollte im Bikini erscheinen. Ein weiterer Mann verlangte ein Treffen in einer Bar und der nächste schlug sogar ein Hotelzimmer vor.

Trotzdem war Bernd Tomiczek derjenige, der Valerie Köhler hätte abhalten können, in das Gewerbegebiet zu fahren. So wie es bisher aussah, war er der Letzte, der mit ihr gesprochen hatte. Florian hatte unterwegs erneut Valeries Eltern kontaktiert. Sein Magen grummelte, wenn er bloß an das Gespräch dachte. Offenbar war der Kontakt zwischen Valerie und ihren Eltern zwar herzlich, allerdings nicht so eng wie angenommen. Sie telefonierten vielleicht einmal in der Woche und sahen sich höchstens zwei-, dreimal im Monat. Florian fragte sich, wie es später mit seiner Tochter sein würde. Er hatte sie schon letzte Nacht vermisst, als sie bei ihren Großeltern übernachtete. Die Vorstellung, sie nur noch ein paarmal im Monat zu sehen, schmerzte ihn.

»Ich würde gerne die kompletten Unterlagen durchsehen. Möglicherweise steht der Name des Täters bereits darin.«

»Das glaube ich kaum«, erwiderte Bernd Tomiczek und machte ein ernstes Gesicht. »Wir haben den Ex-Freund, ihren Chef in der Bäckerei, sämtliche Mitarbeiter und die Nachbarn befragt. Marlies Köhler wurde morgens beobachtet, als sie wie gewohnt das Haus verließ. In der Bäckerei kam sie allerdings nie an.«

»Haben Sie Überwachungsaufnahmen geprüft?«

Bernd Tomiczek begann zu lachen. »Wir sind nicht die Mordkommission. Solche Mittel stehen uns nicht zur Verfügung.«

Florian seufzte, denn nach zwei Jahren war es längst zu spät, um noch an irgendwelche Aufnahmen von Überwachungskameras zu kommen. Meistens wurden sie innerhalb von wenigen Tagen überschrieben.

»Was ist mit dem Ex-Freund? Warum haben Sie ihn damals als Tatverdächtigen ausgeschlossen?«

»Sie meinen Lars Brückner? Der hatte doch längst eine andere. Er hatte Marlies Köhler schon vorher abserviert und wollte überhaupt nichts mehr mit ihr zu tun haben. Am Tag ihres Verschwindens war er wie immer in der

Bäckerei und hat gearbeitet. Etliche Kollegen konnten das bezeugen.«

»Und am Abend zuvor? Was hat er da gemacht?«

Bernd Tomiczek kratzte sich an seinem stoppeligen Doppelkinn. Er griff zur Akte und blätterte darin. »Ist nach Hause und hat ferngesehen. Zeugen hatte er allerdings nicht.«

»Wurde sein Handy kontrolliert?«

»Sein Handy?« Bernd Tomiczeks Stimme lag plötzlich eine Oktave höher. »Natürlich nicht. Wir hatten keinen Anfangsverdacht. Anders sieht es da schon bei diesem Kerl aus, der sie verfolgt hat. Wie hieß er gleich noch mal?« Bernd Tomiczeks kurze Finger glitten über das Papier und landeten schließlich auf dem Namen.

»Hendrik Rauch, der Bruder des Bäckermeisters«, las er vor. »Der hat Marlies Köhler wohl gestalkt. Aber angeblich befand er sich am Tag ihres Verschwindens nicht in der Stadt. War auf einer großen Technikmesse für Gastronomiebedarf. Hat dort nach einer neuen Eismaschine für sein Café Ausschau gehalten.«

In Florians Kopf sprangen sämtliche Alarmglocken an.

»Der Kerl betreibt ein Eiscafé?«

Bernd Tomiczek nickte. »Ja, sagte ich doch gerade. Er war jedenfalls hinter Marlies Köhler her. Aber wie Sie sicherlich selbst wissen, neigen die wenigsten Stalker tatsächlich zur Gewalt. Als wir ihn befragten, hatte er Tränen in den Augen. Ist zwar nur ein Bauchgefühl, aber ich habe dem Mann nichts Schlechtes zugetraut. Außerdem wäre er keine drei Tage ohne Marlies ausgekommen. Wir haben lückenlos nachverfolgen können, wann er sich wie lange wo aufgehalten hat, nachdem sie verschwunden war. Da gab es keine Zeit, um sie zu besuchen. Nur für den Fall, er hätte sie irgendwo festgehalten.«

»Trotzdem hat er ein Eiscafé«, sagte Florian und überflog das Protokoll der Befragung.

»Ja und? Was ist an dem Café so wichtig?«

Florian überlegte, ob er den Kollegen über die neuesten Erkenntnisse aufklären sollte. Sympathisch fand er ihn nicht, allerdings brachte es womöglich mehr, wenn er ihn informierte.

»Die Obduktion von Marlies Köhlers Leiche hat ergeben, dass sie ungefähr eineinhalb Jahre lang eingefroren war.«

Seine Worte zeigten Wirkung. Bernd Tomiczek riss die Augen auf, der Unterkiefer klappte ihm herunter.

»Eingefroren?« Er rieb sich entsetzt die Stirn. »Das klingt grausam.«

»Ist es auch. Und jetzt machen wir uns ernsthafte Sorgen über den Verbleib von Valerie Köhler. Jemand hat sie zur Leiche ihrer Schwester gelockt und sie vermutlich entführt. Haben Sie noch irgendeine eine Idee, wer es gewesen sein könnte?« Florian pochte bei seinen letzten Worten auf die aufgeschlagene Akte.

»In der Bäckerei steht auch eine Tiefkühltruhe«, stieß Tomiczek aus. »Glauben Sie, Marlies Köhler hat die ganze Zeit dort drin gelegen?«

»Wir wissen nicht, wo die Leiche versteckt war. Aber bei einem Zeitraum von über einem Jahr stand die Kühltruhe – falls es überhaupt eine war – irgendwo, wo sie nicht von Unbefugten geöffnet werden konnte. Entweder war sie versteckt oder abgeschlossen. Jedenfalls war sie nicht anderweitig in Gebrauch.«

»Verstehe«, murmelte Bernd Tomiczek und verzog die Lippen. »Dann fällt die Bäckerei wohl aus. Ich habe mitbekommen, dass dort Teig und bestimmte Kuchenteilchen eingefroren werden. Da konnte jeder ran. Selbst ich, wenn ich gewollt hätte.« Er rieb sich über den Bauch, als hätte er in der Bäckerei ein paar Kostproben bekommen.

»Gibt es außerhalb der Bäckerei weitere Verdächtige oder Personen, die Ihnen mit dem heutigen Hintergrund verdächtig erscheinen?«

Bernd Tomiczek schüttelte den Kopf. »Nein. Es gab nur die beiden Männer, die in unseren engeren Fokus gerückt sind. Und jetzt fragen Sie mich wahrscheinlich, wer von den beiden die jüngere Schwester von Marlies kannte.«

»Ganz genau«, bestätigte Florian.

Bernd Tomiczek tippte auf den Namen von Hendrik Rauch.

»Er ist permanent um Marlies Köhler herumgeschlichen und dabei hat er Valerie gesehen. Er ist den Schwestern auf eine Party gefolgt und wollte mit ihnen anbändeln. Beide wollten nichts von ihm wissen. Himmel. Das sieht irgendwie alles nach Rache aus.«

In diesem Moment klingelte Florians Telefon. Martin versuchte, ihn zu erreichen.

»Gibt es Neuigkeiten?«, fragte Florian.

»Leider keine. Ich habe mich mit den Kollegen vor Ort im Gewerbegebiet umgehört. Niemand hat den Wagen von Valerie Köhler gesehen. Vielleicht war sie doch nie dort und steckt ganz woanders. Ich habe eine Ortung ihres

Handys veranlasst. Ich hoffe, wir finden so heraus, wo sie sich zuletzt aufgehalten hat.«

»Und was ist mit dem Ex-Freund von Marlies Köhler?«

»Mit Lars Brückner habe ich gesprochen. Am fraglichen Tag hat er gegen vier Uhr früh in der Bäckerei angefangen. Natürlich hätte er am Abend zuvor genug Zeit gehabt, um sie zu entführen. Aber sie wurde ja am Morgen noch gesehen. Sie kannte ihn und wäre ihm sicherlich ohne Bedenken gefolgt. Er kommt mir merkwürdig vor. Außerdem hat er sich abfällig über Marlies geäußert. Er meinte, die Beziehung mit ihr sei ein Fehler gewesen. Den Kerl sollten wir im Auge behalten. Natürlich hat er keine Idee, wo Valerie Köhler stecken könnte, und für den Abend ihres Verschwindens fehlt ihm ebenfalls ein Alibi. Er hat angeblich zu Hause an seiner Gamekonsole gespielt. Die Kollegen haben übrigens versucht, Paul Hartweg zu erreichen, den Freund von Valerie Köhler. Den können wir streichen. Die Redaktion hat mitgeteilt, dass er seit drei Wochen in Florida bei einer Partnerzeitung eingesetzt wird, für insgesamt ein halbes Jahr. Wir haben es überprüft. Es stimmt. Und die Freundin aus Düsseldorf hatte schon länger keinen Kontakt mehr zu Valerie, da sie sich mitten in der Vorbereitung auf ein Examen befindet und keine Zeit hat.«

Florian legte auf und schnaubte kurz. Er hatte sowieso nicht mit guten Nachrichten gerechnet. »Darf ich diese Akten mitnehmen?«, fragte er Bernd Tomiczek und erhob sich.

»Natürlich. Aber bringen Sie sie wieder, wenn Sie fertig sind.«

14

Julia hatte es eilig und fuhr über die Autobahn. Sie musste in Düsseldorf mit Dr. Schröder sprechen und sie brauchte Akteneinsicht. Lenja hatte sie im rechtsmedizinischen Institut zurückgelassen. Sie sollte gemeinsam mit Dr. Neumann alle Fälle der letzten fünf Jahre erneut betrachten, bei denen Frauen zwischen zwanzig und fünfundzwanzig Jahren obduziert worden waren und eine tödliche Überdosis Fentanyl oder ein ähnliches Medikament als Todesursache festgestellt wurde. Konnte es sein, dass ein Serientäter seit Längerem unbemerkt sein Unwesen trieb? Julia hatte ebenfalls Anfragen an die umliegenden rechtsmedizinischen Institute in Bonn, Dortmund und Münster geschickt, um auch dort eventuell ähnliche Fälle aufzudecken. Das Problem bestand in den langen Abständen zwischen den Fällen und darin, dass die Frauen anfangs nur als vermisst gemeldet waren. Drogentote gab es wie Sand am Meer.

Niemand vermutete hinter den zahlreichen Fällen irgendwelche Zusammenhänge. Da half auch das Alter als Kriterium nicht, denn die meisten Drogensüchtigen verstarben in jungen Jahren.

Julia hielt an der Schranke zur Tiefgarage und drückte auf den Knopf neben dem Lautsprecher.

»Hallo?«, knatterte es nach einer Weile.

»Mein Name ist Julia Schwarz vom rechtsmedizinischen Institut Köln. Ich habe einen Termin mit Frau Schröder.«

»Alles klar«, knatterte es erneut und die Schranke öffnete sich.

Julia parkte neben der Brandschutztür, die zum Empfang führte. Als sie die kleine, muffige Empfangshalle betrat, winkte ihr eine Frau um die dreißig zu.

»Frau Schwarz?«

Julia nickte, während die kräftige Ärztin auf sie zustürmte.

»Ich bin Tanja Schröder. Schön, dass Sie so gut durchgekommen sind. Ich habe sämtliche Unterlagen herausgesucht. Folgen Sie mir.«

Dr. Schröder lief auf die Fahrstühle zu und verschwand in dem mittleren, dessen Türen sich gerade geöffnet hatten. Julia folgte ihr mit eiligen Schritten.

»Es ist sehr nett, dass Sie sich Zeit für mich nehmen.«

Dr. Schröder winkte ab. »Das ist doch selbstverständlich. Außerdem hat Doktor Neumann mich bei diesem Fall vor einem halben Jahr wirklich großartig unterstützt. Er war mein Mentor, als ich noch studiert habe. Ohne seine Erfahrung wäre ich vermutlich nicht darauf gestoßen, dass es sich um einen Mord handelte. Die Einstiche in den Achselhöhlen waren kaum zu erkennen. Natürlich lag das auch am Verwesungszustand.« Sie lächelte und trat vor Julia aus dem Fahrstuhl. »Vier Augen sehen immer mehr als zwei«, sagte sie, während sie sich gegen eine schwere Edelstahltür stemmte und sie aufschob. Sie führte Julia in einen Autopsiesaal. Der bekannte Geruch von Desinfektionsmittel und Tod schlug ihr entgegen.

»Hier haben wir mehr Ruhe«, erklärte Dr. Schröder. »Ich teile mir das Büro mit zwei Kollegen und außerdem können wir die Röntgenaufnahmen und die mikroskopischen Vergrößerungen gleich am Bildschirm anschauen.«

Auf einem Tisch erblickte Julia eine Vielzahl von ordentlich nebeneinander aufgereihten Papieren, Fotos und Akten. Die Aufnahme einer Bushaltestelle erregte sofort ihr Interesse. Auf der Bank kauerte zusammengesunken eine dunkelhaarige Frau. Ihr Kopf lehnte an der gläsernen Seitenwand. Julia blinzelte, weil vor ihrem inneren Auge Marlies Köhler erschien, wie sie auf dem Fahrersitz des Autos saß. Das Gesicht von Frieda Raabe, einer sechsundzwanzig Jahre alten Frau, wirkte nicht so fein geschnitten wie das von Marlies Köhler. Trotzdem handelte es sich um eine attraktive Frau. Schlank, lange Haare, volle Lippen. Wie sie da hockte, hätte es sein können, dass sie nur schlief. Doch die graue Haut war selbst auf dem Foto nicht zu übersehen. Frieda Raabe trug ein gelbes Sommerkleid, sodass Julia die Marmorierung der Haut an Armen, Beinen und Dekolleté erkennen konnte. Der Verwesungsprozess hatte bereits eingesetzt.

»Gab es Verletzungen an ihrem Körper?«, fragte Julia

und musterte ein Foto, das Frieda Raabe auf dem Autopsietisch zeigte.

Dr. Schröder schlug die Akte auf und blätterte durch ein paar Fotos. »Sie hatte ein kleines Hämatom am linken Oberarm. Es könnte von einem Stoß stammen oder das Opfer wurde festgehalten. Ansonsten haben wir keine äußerlichen Verletzungen feststellen können. Die Frau war kerngesund. Das Labor hat letztendlich eine Überdosis an Fentanyl nachgewiesen.«

»Und die Tote wurde an einer Bushaltestelle entdeckt?«

»Ja, von einem Schichtarbeiter nachts gegen vier Uhr im Norden der Stadt. Er hat den Notarzt gerufen, doch der konnte nur noch ihren Tod feststellen. Frieda Raabe hatte ihre Handtasche dabei, so stand ihre Identität schnell fest. Sie galt zum damaligen Zeitpunkt seit zwei Jahren als vermisst. Vor ihrem Verschwinden arbeitete sie in einem Supermarkt. Sie war wohl für Partys und auch einigen Drogenkonsum bekannt, sodass die Polizei vor den Ergebnissen unserer Obduktion von einem selbst verursachten Drogentod ausging. Da wir allerdings Einstichstellen in der rechten Achselhöhle gefunden haben ...« Dr. Schröder blätterte um und deutete auf zwei winzige schwarze Punkte auf einer Großaufnahme der Achselhöhle, »... und natürlich das Zellgewebe ungewöhnlich stark zerstört war und nicht zum normalen Verwesungsprozess passte, konnten wir nur von einem Mord ausgehen. Niemand schafft es, als Rechtshänder sich selbst in die Vene der rechten Achselhöhle zu stechen. Die Polizei hat im Umfeld der Toten mehrere Verdächtige ermittelt. Aber der Täter wurde meines Wissens bis heute nicht festgenommen. Hier ist die Kopie der Polizeiakte mit dem Stand von vor sechs Monaten. Darin können Sie das Wichtigste nachlesen.«

»Danke«, sagte Julia und nahm die Akte entgegen. »Können wir uns die Zellschäden einmal ansehen?«

»Selbstverständlich.« Dr. Schröder startete den Computer und kurz darauf sah Julia die Aufnahmen einer Gewebeprobe. Wie bei Marlies Köhler waren die Zellen aufgeplatzt und intrazelluläre Flüssigkeit war herausgelaufen.

»Was hat die Untersuchung des Mageninhaltes ergeben?«

Dr. Schröder öffnete eine andere Datei. Das Erste, was Julia ins Auge sprang, war die grüne Farbe eines kaum verdauten Stückchens Brokkoli.

»Der beinahe unverdaute Zustand des Essens in ihrem Magen zeigt, dass sie kurz darauf gestorben ist«, erklärte Dr. Schröder. »Ich kam mit den Ergebnissen, insbesondere mit dem Ausmaß der Zellzerstörung, zunächst nicht klar. Doch Doktor Neumann brachte mich auf die richtige Spur. Jedenfalls kann ich Ihnen genau sagen, was die letzte Mahlzeit von Frieda Raabe war.« Sie nahm Julia die Akte wieder ab und blätterte darin.

Noch bevor sie die Antwort geben konnte, sagte Julia: »Fischfilet mit Brokkoli und Reis.«

Dr. Schröder sah überrascht auf. »Stimmt. Hier steht es.« Ihr Zeigefinger pochte auf die betreffende Textstelle.

»Woher wissen Sie das?«

Julia seufzte. »Marlies Köhler hatte genau dasselbe im Magen. Beinahe unverdaut.«

Sie schlug den Polizeibericht auf und studierte die Ergebnisse der Spurensicherung. Auch im Fall von Frieda Raabe waren keine Fingerabdrücke oder fremde DNA unter den Fingernägeln sichergestellt worden.

»Haben Sie einmal recherchiert, ob es ähnliche Fälle in Ihrem Institut gibt?«

»Ich habe unsere Datenbank befragt, nachdem Sie angerufen hatten. In der Kürze der Zeit ist mir nichts Vergleichbares aufgefallen. Ich wollte mich heute nach Feierabend aber noch einmal dransetzen und die Suchanfrage verfeinern. Sie wissen ja selbst, wie das ist. Nicht jeder Kollege legt auf dieselben Sachverhalte gleich viel Wert. Manche tragen nur die Todesursache ein, andere listen detailliert alle Befunde auf. Ich werde mein Bestes geben. Wenn Sie mögen, können Sie die Unterlagen mitnehmen. Es sind bereits Kopien.«

»Wirklich? Das wäre prima. Ich bin mir relativ sicher, dass Frieda Raabe und Marlies Köhler und vielleicht noch eine dritte Frau Opfer ein und desselben Täters geworden sind.«

»Informieren Sie die Kripo?«, fragte Dr. Schröder und stapelte die Dokumente aufeinander.

»Das werde ich auf jeden Fall tun. Ich danke Ihnen für die Auskünfte.« Julia verabschiedete sich und begab sich mit den Unterlagen zum Auto.

Als sie hinter dem Steuer saß, holte sie tief Luft.

Anschließend rief sie ihren Kontakt am rechtsmedizinischen Institut in Bonn an und stellte erleichtert fest, dass dort in den letzten fünf Jahren kein vergleichbarer Fall vorgekommen war. Sie probierte es auch in Dortmund und Münster, aber man vertröstete sie auf die nächste Woche. Trotzdem wogen die Erkenntnisse aus Düsseldorf schwer. Wenn Julia recht behielt, hatte der Täter bereits drei Frauen auf dem Gewissen, und jetzt war auch noch Valerie Köhler verschwunden. Da sich Florian bisher nicht bei ihr gemeldet hatte, ging Julia davon aus, dass es weiterhin keine heiße Spur gab. Je mehr Zeit verging, desto geringer wurden Valeries Überlebenschancen. Als sie auf der Autobahn war, klingelte ihr Handy.

»Julia Schwarz«, meldete sie sich.

»Hier ist das Labor. Es geht um die toxikologische Analyse im Fall Marlies Köhler. Wir haben uns sehr beeilt und können bestätigen, dass sich Fentanyl in ihrem Körper befindet. Die hohe Dosis dürfte die Todesursache sein.«

»Danke«, sagte Julia und ließ sich den vorläufigen Bericht aufs Handy schicken. Sie hatte es geahnt. Die meisten Serientäter gingen immer nach dem gleichen Schema vor. Die Verabreichung von Fentanyl schien bei diesem Täter offenbar dazuzugehören. Sie fragte sich, wie er an die Substanz gelangte. War er möglicherweise im Gesundheitssektor tätig? Arbeitete er als Apotheker oder gar als Arzt? Oder beschaffte er sich Fentanyl illegal auf dem Schwarzmarkt?

Julia musste sofort mit Florian und Martin Saathoff

sprechen. Sie trat aufs Gas und wählte Florians Nummer über die Freisprechanlage ihres Autos.

»Es gibt vermutlich noch einen weiteren Fall, der mit dem von Marlies Köhler zusammenhängt«, erklärte sie und hörte Florian am anderen Ende der Leitung fluchen.

»Kannst du direkt hierherkommen?«, fragte er. »Wir haben Valerie Köhler bisher nicht ausfindig machen können. Wir sollten unsere Informationen zusammentragen und auswerten. Eine heiße Spur muss her, ansonsten fürchte ich ernsthaft um ihr Leben.«

Der Feierabendverkehr bereitete Julia große Probleme. Anstatt mit hundert Stundenkilometern kam sie nur mit der halben Geschwindigkeit voran. Um sich abzulenken, rief sie Lenja an.

»Habt ihr euch die alten Fälle noch einmal angeschaut?«, wollte sie wissen und überholte dabei einen roten Kleinwagen, der endlich wieder nach rechts einscherte.

»Ich bin dran. Doktor Neumann hat Feierabend gemacht, weil er heute ein Familienessen hat. Bisher bin ich allerdings auf keine vergleichbaren Fälle mehr gestoßen. Was ist mit Frieda Raabe? Könnte sie Opfer desselben Täters geworden sein?«

»Ich denke ja. Stell dir vor, die Tote wurde am frühen Morgen an einer Bushaltestelle entdeckt. Sie war so drapiert, als würde sie dort sitzen und schlafen. Ich frage mich ernsthaft, warum er das tut.«

»Vielleicht geht es ihm um Aufmerksamkeit«, erwiderte Lenja. »Konntest du herausfinden, ob Frieda Raabe eine Schwester hat?«

»Bisher nicht. Warum fragst du?«

Lenja klang nachdenklich, als sie antwortete: »Wenn sie eine Schwester hat, könnte der Täter sie ähnlich wie bei Marlies Köhler in die Falle gelockt haben.«

»Himmel«, entfuhr es Julia. Daran hatte sie noch gar nicht gedacht. »Weißt du was? Ich fahre jetzt zu Florian ins Polizeirevier. Bringe doch die Unterlagen mit und mach dich auf den Weg. Wir wollen die nächsten Schritte überlegen.«

»Bin schon unterwegs«, erwiderte Lenja und legte auf.

Julia warf einen Blick auf die Uhr und wählte die Nummer ihres Vaters.

»Wie geht es meinem kleinen Schatz?«, fragte sie ohne Einleitung.

»Hervorragend«, antwortete Ulrich Schwarz. »Wir haben uns den ganzen Tag köstlich amüsiert und sind jetzt hundemüde. Ich denke, sie schläft jeden Augenblick ein. Warte mal, ich stelle dich auf laut, damit sie dich hören kann.«

»Sophia, mein Liebling. Sag Hallo zu Mami«, flötete Julia ins Telefon.

Zurück kamen ein paar entzückende Laute ihres Babys. Am liebsten wäre sie direkt zu ihren Eltern gebraust. Sie vermisste Sophia schmerzlich, ja beinahe körperlich.

»Heute bleibst du bei Omi und Opi, aber morgen schläfst du wieder bei uns zu Hause«, wisperte sie.

»Hast du zu tun?« Julia konnte den Klang der Stimme ihres Vaters nicht richtig einordnen. Schwang darin ein Vorwurf mit? Oder freute er sich, dass er seine Enkelin eine weitere Nacht beherbergen durfte? Egal, was er dachte, das schlechte Gewissen hatte Julia längst gepackt.

»Es tut mir leid. Ich muss jetzt ins Polizeirevier zu einer Besprechung. Ich komme gerade aus Düsseldorf. Dort im rechtsmedizinischen Institut hatten sie vor einem halben Jahr eine Tote, die vermutlich Opfer eines Serientäters wurde.«

Ulrich Schwarz schwieg. Doch sein Schweigen war so laut, dass es in Julias Ohren klingelte. Sie hob zu einer weiteren Erklärung an, als ihr Vater sagte: »Lass dich nicht so tief in die Dinge hineinziehen, Kleines. Du bist jetzt Mutter und Sophia braucht dich mehr als die Toten.«

Der letzte Satz fühlte sich wie ein Schlag in die Magengrube an. Julia schluckte.

»Ich kann im Augenblick nicht anders. Eine junge Frau wurde entführt, und je länger sie fort ist, desto schlechter steht es um sie. Kümmere dich bitte um Sophia und gib ihr einen dicken Kuss von mir.«

»Natürlich. Ich verstehe. Es war nicht böse gemeint. Ich wollte nur sagen, dass du Sophia morgen nach Hause holen solltest.«

»Ich weiß, Paps. Mach mir bitte keinen Druck. Ich fühle mich jetzt schon miserabel, weil ich eine schlechte Mutter bin.«

»So ein Quatsch. Du bist eine hervorragende Mutter und Sophia liebt dich. Du hast sie zur Betreuung in gute Hände gegeben. Mehr konntest du nicht tun. Ich wollte nur sagen, dass du dich von diesen Fällen nicht allzu sehr einbinden lassen solltest. Es ist alles in bester Ordnung. Du musst dich nicht schlecht fühlen. Sophia geht es in jeglicher Hinsicht hervorragend. Vergiss, was ich gesagt habe, und rette dieses Mädchen.«

»Das mache ich«, versprach Julia und legte auf.

Ihre Laune besserte sich jedoch den Rest der Fahrt nicht mehr. Sie war hin- und hergerissen zwischen ihren beruflichen Pflichten und denen als Mutter. Je länger sie darüber nachdachte, desto klarer wurde ihr, dass sie vermutlich nie allem gerecht werden konnte. Sie konnte nur ihr Bestes geben, und morgen Abend wäre Sophia wieder bei ihr, egal was noch passierte.

Sie parkte vor dem Polizeirevier und eilte in Florians Büro, wo sie bereits von Florian, Martin Saathoff und Lenja erwartet wurde. Die drei standen vor dem großen Whiteboard und hatten darauf die Namen der drei Opfer notiert. Ein vierter Name, Valerie Köhler, folgte mit etwas Abstand darunter.

»Gut, dass du hier bist«, murmelte Florian und legte kurz den Arm um Julia.

»Wir haben uns die Zeitpunkte angeschaut, zu denen die Frauen verschwunden sind. Angefangen hat es mit Lotte Harburg. Sie ist vor vier Jahren als vermisst gemeldet worden und vor eineinhalb Jahren fand man ihre stark verweste Leiche im Wald. Vor einem halben Jahr tauchte der Leichnam von Frieda Raabe auf und vor zwei Tagen der von Marlies Köhler. Während das erste Opfer Lotte Harburg drei Jahre lang vermisst wurde, waren es bei den anderen beiden Frauen jeweils zwei Jahre.«

»Er hatte also immer eine der Frauen bei sich«, schloss Julia aus der Aufstellung.

»So sieht es aus. Zudem starben alle drei Opfer an

einer Überdosis Fentanyl und sie sehen sich alle recht ähnlich, auch Alter und Gewicht stimmen überein.« Florian rieb sich nachdenklich die Schläfen. Niemand sagte etwas, denn keiner von ihnen wollte seine Gedankengänge stören.

»Aus irgendeinem Grund sammelt er Frauen«, fuhr Florian schließlich fort. »Und aus einem anderen Grund entledigt er sich ihrer wieder. Er macht sie mit Drogen gefügig und gibt ihnen genau so viel, dass er sie nicht fesseln muss. Zumindest hatte keine der Frauen Fesselmale. Vermutlich sind sie so ruhiggestellt, dass sie nicht einmal versuchen, sich aus ihrem Gefängnis zu befreien. Denn auch hierzu haben die Obduktionen nichts ergeben.« Abermals machte er eine Pause und dachte nach. »Irgendetwas tut er mit ihnen und anschließend tötet er sie. Doch zu diesem Zeitpunkt will er sie offenbar noch nicht entsorgen. Deshalb friert er sie ein. Zwei oder drei Jahre lang. Und dann ...« Florian schnipste mit den Fingern. »Wieder passiert etwas und er gibt ihre Leichen frei.«

Martin Saathoff nickte und unterstrich den Namen Valerie Köhler.

»Er schnappt sich jedenfalls schon die nächste, bevor er eine von ihnen entsorgt.«

»Es gibt noch eine Gemeinsamkeit, wobei ich nicht weiß, ob es von großer Bedeutung ist«, ergänzte Julia. »Frieda Raabe und Marlies Köhler hatten beide zuletzt Fisch und Brokkoli gegessen. Bei Lotte Harburg war der Mageninhalt nicht mehr auswertbar.«

»Er kümmert sich um sie und dann bringt er sie um«,

sagte Florian und runzelte die Stirn. »Das ist nicht nachvollziehbar. Schauen wir uns an, was wir noch aus den bisherigen Ermittlungen zusammengetragen haben.«

Er eröffnete eine neue Liste und notierte Adrian Haberland an erster Stelle.

»Haberland behauptete anfänglich, ihm sei an dem Morgen, als Marlies Köhler tot aufgefunden wurde, nichts aufgefallen. Später gab er zu, die Tote in dem Unfallauto gesehen zu haben. Merkwürdigerweise meldete er sich am selben Tag krank, obwohl er völlig gesund wirkte, als wir ihn befragten. Zudem befindet sich eine defekte Kühltruhe in seiner Wohnung, die derzeit von der Spurensicherung untersucht wird.«

Martin Saathoff zog die Kappe von seinem Marker ab und schrieb einen weiteren Namen ans Board.

»Hendrik Rauch heißt der Bruder von dem Bäckermeister, für den Marlies Köhler tätig war. Er hat sie gestalkt, hielt damals jedoch einer Überprüfung der Polizei stand. Was uns allerdings stutzig macht, ist die Tatsache, dass der Kerl ein Eiscafé betreibt.« Martin malte einen roten Kreis um Rauchs Namen.

»Nicht zu vergessen Lars Brückner, der Ex-Freund von Marlies Köhler. Auch er wurde damals von den Kollegen befragt, aber nicht weiter durchleuchtet. Außerdem hat er für den Zeitpunkt von Valerie Köhlers Verschwinden kein Alibi.« Florian schrieb diesen Namen ebenfalls an das Whiteboard.

Lenja, die in den Unterlagen von Lotte Harburg gelesen hatte, hob plötzlich den Arm.

»Ich glaube, hier steht etwas Wichtiges«, sagte sie

aufgeregt. »Lotte Harburg hat in einem Eiscafé als Kellnerin gearbeitet, und nun ratet mal, wie es heißt?«

»Café Rauch«, stieß Julia zuerst aus und Florian malte um den Namen einen weiteren Kreis.

15

Wie aus weiter Ferne hörte Valerie die Stimme des Schimpansen. Er grinste sie an und er hielt eine Kamera in den Händen.

»Gut machst du das!«

Valerie blinzelte, denn plötzlich verschwamm alles vor ihr. Der Schimpanse löste sich in Nebel auf und das Licht wurde greller und greller. So grell, dass sie die Lider schloss.

»Rekel dich!«, befahl jemand dicht an ihrem Ohr.

Etwas Warmes berührte sie, und Valerie zuckte zusammen, als ihr klar wurde, dass es seine Zunge sein musste, die über ihren Hals leckte. Sie hob die Hand, um ihn wegzuschieben, doch sie griff ins Leere. Bildete sie sich das alles nur ein?

»Öffne deine Schenkel«, hörte sie und machte genau das Gegenteil.

Jemand lachte. Valerie war sich nicht sicher, ob es der Schimpanse war oder jemand anderes. Eine merkwürdige

Hitze rauschte durch ihre Blutbahn, beinahe so, als wäre sie betrunken. Hände berührten sie. Sie strichen über ihre Waden und fuhren langsam zu ihren Oberschenkeln hinauf. Auch auf ihren Schultern spürte sie einen leichten Druck. Sie wollte die Augen wieder öffnen, um zu sehen, was los war. Aber ihre Lider waren schwer wie Blei. Sie blieben geschlossen, egal, wie sehr sie es versuchte. Sie gehorchten ihr einfach nicht mehr. Die Hände auf ihr vermehrten sich auf seltsame Weise, genau wie die Stimme. Es schienen jetzt mehrere zu sein. Sie fühlte sich fremd in ihrem Körper. Doch sie konnte nichts tun. Etwas stimmte mit ihr nicht. Je stärker sie dagegen ankämpfte, desto müder wurde sie, und plötzlich schaltete sich das grelle Licht ab und sie versank in völliger Dunkelheit. Schon im nächsten Moment hatte sie alles vorher Erlebte vergessen.

Schlagartig fuhr Valerie von ihrer Matratze hoch. Da waren sie wieder, die Stimmen. Nein. Sie hörte nur eine Stimme, die des Schimpansen. Doch sie kam gar nicht von hier, sondern war viel weiter weg. Bewegungslos saß sie da und lauschte. Hinter ihrer Stirn hämmerte es, als hätte sie literweise Alkohol getrunken. Sie tastete nach der Wasserflasche und trank einen kräftigen Schluck. Erst dann wurde ihr klar, dass die Glastür offen stand. Bloß einen kleinen Spaltbreit, aber sie war offen.

Valerie erhob sich taumelnd und wankte auf Zehenspitzen dorthin. Sie spitzte die Ohren. Der Schimpanse redete immer noch. Seine Worte wirkten monoton und irgendwie, als wollte er jemanden beruhigen. Ganz vorsichtig schob sie die Tür ein wenig weiter auf, bis sie den Kopf hindurchstecken konnte. Schräg gegenüber stand die Tür zu dem komischen Raum auf, in den sie letztes Mal hineingesehen hatte.

»So ist es gut, meine Liebe«, hörte sie den Schimpansen sagen.

Obwohl sie damit gerechnet hatte, durchfuhr sie die neuerliche Erkenntnis wie ein Stich. Ob Marlies dort war? Sprach der Schimpanse mit ihr? Die Angst schnürte ihr die Kehle zu, trotzdem ging sie leise hinaus auf den Flur. Sie pirschte sich an der Wand entlang, bis sie an die offene Tür gelangte.

»Schade, dass unsere Zeit vorbei ist«, raunte der Schimpanse und jagte mit seinen Worten eine weitere Schockwelle durch Valeries Körper. Sie brauchte einige Minuten, bis sie sich wieder rühren konnte. Ganz vorsichtig lugte sie in den Raum. Vor dem Spiegel saß eine Frau mit langen dunklen Haaren, so wie Marlies sie trug. Der Schimpanse kämmte sie und blickte dabei in den Spiegel. Einen schrecklichen Moment lang glaubte Valerie, er hätte sie entdeckt. Aber offenbar sah er sie nicht. Er schien ausschließlich die Frau auf dem Stuhl zu betrachten.

Es war nicht Marlies. Oder etwa doch? Unsicher betrachtete Valerie die Frau, die das Rüschenkleid trug, das zuvor noch auf dem Bügel neben dem Schminktisch gehangen hatte.

Die Haare passten, aber das Gesicht im Spiegel war ein anderes. Viel schmaler und irgendwie verdammt blass. Fast schon blutleer. Erst jetzt fiel Valerie der merkwürdige Geruch auf, der aus dem Raum in ihre Nase strömte. Sie bemerkte eine Wasserpfütze, die sich unter dem Stuhl, auf dem die Frau saß, gebildet hatte. Einige Tropfen lösten sich von dem Sitz und platschten auf den Boden. Zuerst dachte Valerie, die Frau hätte sich in die Hosen gemacht, doch dafür erschien ihr die Pfütze zu groß, und es roch auch nicht nach Urin, sondern es stank nach Verfaultem, vielleicht auch Fischigem. Sie schüttelte sich unwillkürlich.

»Du bist ein gutes Mädchen«, sagte der Schimpanse auf einmal.

Valerie unterdrückte einen Schrei. Hastig trat sie von der Tür weg und huschte, so schnell wie sie konnte, zurück in ihr Zimmer. Sie legte sich auf die Matratze, schloss die Augen und betete, dass der Fremde sie nicht bemerkt hatte.

16

Rauchs Lokal lag in einem kleinen Einkaufszentrum und verwandelte sich im Sommer in ein Eiscafé, während in der kälteren Jahreszeit einfache Mahlzeiten wie Schnitzel mit Pommes, Gyros oder Pizza serviert wurden. Als Julia mit Florian hineinging, schlug ihr der Geruch von gebratenem Fett entgegen. Die Theke, hinter der sich im Sommer vermutlich die Speiseeisbehälter befanden, war mit einem dunklen Tuch abgehängt. Obwohl der Laden nicht sonderlich einladend wirkte, waren fast alle Tische besetzt. Das war wahrscheinlich der Lage des Cafés geschuldet, denn neben einem Supermarkt beherbergte das Einkaufszentrum viele andere Läden und lockte somit reichlich Gäste an. Es war Mittagszeit, und Julia kam gerade von ihren Eltern, wo sie Sophia wieder abgegeben hatte. Sie hatte sie am Abend zuvor noch zu sich geholt und den Vormittag mit ihr verbracht. Das Gefühl, ihre kleine Tochter zu vernachlässigen, hatte sie nach dem

Telefonat mit ihrem Vater nicht mehr losgelassen. Im Anschluss an die Besprechung war sie kurzerhand mit Florian zu ihren Eltern gefahren und hatte das schlafende Baby mitgenommen. Zwar kam ihre Aktion bei ihrer Mutter nicht sonderlich gut an. Aber Sophia war nun einmal ihre Tochter und sie musste für die Kleine sorgen. Julia seufzte in wohliger Erinnerung an das kleine warme Baby, das sich vertrauensvoll an sie geschmiegt hatte. In jenem Augenblick hatte Julia gewusst, dass sie das einzig Richtige tat.

Florian überholte sie und marschierte auf einen Kellner zu, der an der Kasse etwas eintippte.

»Guten Tag«, sagte er, doch der Kellner, dessen Stirn von Falten überzogen war, schaute nicht auf. »Ich bin von der Kriminalpolizei Köln und würde gerne mit Hendrik Rauch sprechen«, fügte Florian hinzu.

Es dauerte keine Sekunde und die blauen Augen des Kellners fixierten Florian überrascht.

»Sie sind von der Polizei?«, fragte er kritisch, wobei sein Blick über Florians dunkelblaue Winterjacke wanderte.

Florian hielt ihm seinen Dienstausweis unter die Nase.

»Ich bin Florian Kessler und das ist Doktor Schwarz von der Rechtsmedizin.«

Der Kellner schaute flüchtig zu Julia und drehte sich um.

»Ich hole ihn«, rief er über die Schulter und verschwand hinter der abgedeckten Eistheke.

Kurz darauf kehrte er mit einem großen, dunkelhaarigen Mann zurück, der zerschlissene Jeans und ein langärmliges, zerknittertes Hemd trug. Mit seinem Dreitagebart und den dunklen Ringen unter den Augen wirkte Hendrik Rauch wie jemand, der die Nacht durchgezecht hatte. Doch als er anfing zu sprechen, nahm Julia keinen Geruch von Alkohol in seinem Atem wahr.

»Guten Tag, die Herrschaften«, sagte er so laut, dass die Leute an den angrenzenden Tischen sich neugierig zu ihnen umdrehten. »Wie kann ich Ihnen denn weiterhelfen?« Er nahm Florian den Dienstausweis aus der Hand und beäugte ihn misstrauisch.

»Wir haben ein paar Fragen an Sie. Könnten wir uns vielleicht irgendwo in Ruhe unterhalten?« Florian deutete auf die Gäste.

Hendrik Rauch schob die Unterlippe vor. »Na klar, wir gehen am besten in mein Büro.«

Er lotste sie an der Eistheke vorbei durch einen engen Flur in ein kleines, etwa zehn Quadratmeter großes Büro, in dem ein Tisch mit einem Computer darauf stand. Hendrik Rauch bedeutete ihnen, auf den Stühlen davor Platz zu nehmen. Er riss das Fenster auf, griff zu einem überquellenden Aschenbecher und brachte ihn aus dem Raum. Als er zurückkam, setzte er sich hinter seinen Schreibtisch und sah sie erwartungsvoll an.

»Es geht um Marlies Köhler und Lotte Harburg«, begann Florian. »Können Sie uns sagen, in welcher Beziehung Sie zu den beiden Frauen standen?«

»Beziehung?« Rauch stieß ein höhnisches Lachen aus. »Also eine Beziehung hätte ich gerne mit Marlies gehabt, aber ihr Alter hat uns Steine in den Weg gelegt. Er konnte mich nicht ausstehen, und das, obwohl ich Marlies bei meinem Bruder die Ausbildung zur Bäckereifachverkäuferin besorgt habe.« Er beugte sich über den Schreibtisch, während seine dunklen Augen vor Zorn glänzten. »Ich wurde bereits vor zwei Jahren verhört, als Marlies sich mir nichts, dir nichts aus dem Staub gemacht hat.« Er verschränkte die Arme vor der Brust und lehnte sich wieder zurück.

»Und was können Sie uns zu Lotte Harburg erzählen?«, wollte Florian wissen.

»Lotte ist tot. Schon eine halbe Ewigkeit. Was wollen Sie denn da überhaupt noch hören?« Rauch machte eine wegwerfende Handbewegung. »Die Kleine hat hier ab und an ausgeholfen, um sich fürs Studium was dazuzuverdienen. Plötzlich war sie weg, und in der Zeitung habe ich irgendwann gelesen, man hat sie im Wald gefunden. Tot. Keine Ahnung, was da genau passiert ist.«

»Wie lief die Zusammenarbeit mit Lotte Harburg? Gab es Probleme?« Florian hatte seinen Notizblock aus der Manteltasche gezogen und klickte auf den Kugelschreiber, damit die Miene herauskam.

»Sie hat insbesondere im Sommer ausgeholfen. Das Eiscafé ist meist rappelvoll, und wir nehmen jede helfende Hand, die wir kriegen. Personal ist heutzutage nicht so leicht zu bekommen. Wir suchen händeringend. Na ja, was soll ich sagen. Lotte kam immer gut an bei der Kundschaft. War ein hübsches Ding. Ich hätte sie gerne weiterbeschäftigt. Aber Sie wissen ja, was passiert ist.« Rauch zuckte mit den Achseln und betrachtete einen Fleck auf dem Schreibtisch.

»Haben Sie eine Ahnung, was ihr passiert sein könnte?«

Rauch hob den Blick. »Sie hat studiert und liebte Partys. Vermutlich ist sie an den Falschen geraten. Sie war ziemlich risikobereit. Ist oft getrampt. Wollte immer allein mit dem Rucksack losziehen, die Welt sehen und so. Sie hat sich keine großen Gedanken gemacht.«

»Und wie standen Sie zu Lotte Harburg?«, hakte Florian nach.

Hendrik Rauch grinste. »Ich bin auch nur ein Mann. Na klar. Die Kleine war heiß.«

Julia biss sich auf die Unterlippe, sie fand diesen Kerl einfach widerlich.

»Hatten Sie etwas mit ihr?« Florian ließ nicht locker.

»Nein. Sie war nicht interessiert.«

»Aber Sie waren es schon, stimmt das?«

»Vielleicht. Ist lange her. Kann mich nicht mehr so genau entsinnen.«

»Wurden Sie von Lotte Harburg zurückgewiesen?«, fragte Florian im Plauderton weiter, wobei er ab und an etwas notierte.

»Kann sein. Wie gesagt, ist Ewigkeiten her. Sie hat ja hier nur jeden dritten Tag ausgeholfen.«

Julia musterte Rauch. An seinem Gesicht konnte sie nicht ablesen, ob er log oder die Wahrheit sagte. Sie fragte sich, was Florian in diesem Moment sah. Aus der Polizeiakte zum Mordfall Lotte Harburg kannte sie die Befragungen, die vor eineinhalb Jahren durchgeführt worden waren. Hendrik Rauch hatte damals dezidiert Auskünfte über Lotte Harburgs Arbeitszeiten erteilt und sie als tüchtige Mitarbeiterin gelobt. Auch die anderen Angestellten hatten über keinen Vorfall berichtet, wo Rauch seiner Mitarbeiterin jemals zu nahe getreten wäre. Trotzdem glaubte sie dem Kerl nicht, denn Lotte Harburg war äußerlich der gleiche Typ Frau wie Marlies Köhler und Hendrik Rauch hatte sie über einen langen Zeitraum gestalkt.

»Wissen Sie, an welcher Stelle im Wald Lotte Harburgs Leichnam gefunden wurde?«

»Ist das eine Fangfrage?«, stieß Rauch aus. »Irgendwie habe ich das Gefühl, Sie wollen mir etwas anhängen. Ich habe mit Lottes Tod nichts zu tun. Die haben mich damals nicht mal als Verdächtigen geführt. Fragen Sie doch einfach Ihre Kollegen.«

»Das werde ich gerne tun. Aber vielleicht könnten Sie trotzdem meine Frage beantworten.«

»Keine Ahnung. Irgendwo im Wald, außerhalb von Köln. Ich habe die Sache nicht weiter verfolgt.«

»War es Ihnen egal, was mit Lotte Harburg geschehen ist?«

»Verdammt noch mal, nein.« Hendrik Rauch ballte die Hände zu Fäusten und blitzte Florian wütend an. »Warum sind Sie eigentlich hier? Ich dachte, Sie hätten Marlies endlich gefunden.«

»Das haben wir auch«, erwiderte Florian ruhig.

»Echt?« Hendrik Rauchs Stimme klang dünn. »Und? Lebt sie noch?«

Florian richtete sich auf. »Vielleicht können Sie uns die Frage beantworten.«

Rauch schwieg und musterte ihn missmutig.

»Marlies ist tot«, flüsterte er schließlich. »Sonst wären Sie wohl nicht hier.«

Julia registrierte, wie Rauch seine Finger knetete.

»Wir haben sie tot aufgefunden«, bestätigte Florian seufzend. »Sie kannten die beiden Frauen, und wir hoffen, Sie könnten uns helfen, damit wir den oder die Täter dingfest machen können.«

»Verdammt«, stieß Rauch aus und begann mit den Fingerspitzen auf der Tischplatte zu trommeln. »Es tut mir echt leid wegen Marlies. Ich habe es irgendwie geahnt.«

Julia wusste nicht, ob das Glitzern in seinen Augen echt oder gespielt war. Der Kerl erschien ihr undurchdringlich.

»Ich habe keine Ahnung, wer es gewesen sein könnte«, fuhr Rauch mit brüchiger Stimme fort. »Aus meiner Mannschaft oder der von meinem Bruder jedenfalls niemand. Dafür kann ich meine Hand ins Feuer legen.«

»Dürfen wir uns hier ein wenig umsehen?«, fragte Florian.

»Wieso das denn?« Alle Betroffenheit war aus Hendrik Rauch gewichen. Er sprang auf und starrte Florian wütend an. »Ich habe sie nicht umgebracht. Nicht Marlies und auch Lotte nicht. Aber wenn Sie unbedingt wollen, bitte. Sehen Sie sich um und verschwenden Sie Ihre Zeit.« Er machte Anstalten, aus dem Büro zu stapfen.

Florian hielt ihn auf. »Eine Frage hätte ich vorher noch.« Er zog ein Foto aus seiner Aktentasche und legte es auf den Schreibtisch.

»Kennen Sie diese Frau?«

Hendrik Rauch kehrte um und musterte die Aufnahme. Sein linkes Augenlid zuckte.

»Die habe ich noch nie gesehen«, behauptete er und gab Florian das Foto zurück. »Sie können sich jetzt umsehen. Vom Flur aus links geht es in die Küche. Die Treppe führt in den Keller und den Gastraum kennen Sie ja bereits. Geben Sie mir Bescheid, wenn Sie durch sind.« Er stürmte zur Tür hinaus und verschwand.

Julia folgte ihm und öffnete die Tür zur Küche. Ein großer Mann mit Schürze und Tablett in den Händen wich ihr gerade noch so aus.

»Vorsicht«, brüllte er und balancierte das Tablett mit zwei riesigen Pizzen an ihr vorbei.

Vier Köche waren mit der Zubereitung der Speisen beschäftigt. Einer rollte Pizzateig aus, ein anderer belegte den Teig mit Salami und Käse. Ein nächster bereitete Pommes zu. Obwohl Julia nicht unbedingt Hunger auf Fast Food hatte, knurrte ihr Magen gewaltig.

»Dahinten ist noch ein Raum«, sagte Florian, lief darauf zu und öffnete die dunkelgrüne Tür.

Julia ging hinein. Sofort fiel ihr Blick auf zwei Tiefkühltruhen, die an der Wand standen und groß genug waren, um theoretisch mehrere menschliche Körper zu fassen. Sie eilte zur ersten Truhe und klappte den Deckel auf.

»Die ist mit Eiscreme vollgestopft«, stellte sie fest und nahm einen Behälter heraus, um zu prüfen, was sich darunter verbarg.

Unter dem Schokoladeneis kam die nächste Sorte mit

Himbeere zutage und auch am Boden befand sich ausschließlich Speiseeis.

Florian hatte die zweite Truhe geöffnet und holte ein paar Kartons Pizzateig heraus. Er wühlte eine Weile in der Truhe und klappte den Deckel schließlich wieder zu.

»Hier ist nichts Besonderes. Rauch würde uns bestimmt nicht hier herumschnüffeln lassen, wenn er etwas zu verbergen hätte. Der Mann ist nicht blöd und kann sich ausrechnen, wie wir vorgehen«, brummte er unzufrieden.

»Du glaubst, er hat woanders weitere Kühltruhen stehen? Vielleicht in seiner Wohnung?« Julia überlegte, wie viele Frauen Rauch dort unbemerkt hinein- und wieder hinausbefördern könnte. Sie hatte sich angeschaut, wo er wohnte. Dass in dem riesigen Wohnhaus mit ungefähr zwanzig Parteien niemandem etwas auffiel, erschien ihr unwahrscheinlich.

Als ob Florian ihre Gedanken lesen könnte, sagte er: »Wenn überhaupt, hat er noch eine andere Unterbringungsmöglichkeit. Irgendwo in einer Gartenkolonie oder einem verlassenen Haus. Vielleicht auch ein ausgesondertes Industriegebäude. Martin überprüft gerade, ob ihm weitere Immobilien gehören. Der Mann ist schließlich Unternehmer.«

Julia erwiderte nichts, sondern sah sich in dem Regal an der gegenüberliegenden Wand um. Mehl, Panade, Gewürze und eine Unmenge anderer Zutaten türmten sich auf den Regalbrettern. Eine Systematik konnte sie nicht erkennen, aber wahrscheinlich kannte das Personal sich aus.

»Gab es nicht auch noch einen Keller?«, fiel ihr plötzlich ein.

Florian ging voraus, durchquerte die Küche und nahm die Treppe in das muffige Kellergeschoss, das sie durch eine Feuerschutztür betraten. Die schwere eiserne Tür quietschte, als Florian sie öffnete. Er tastete nach dem Lichtschalter und kurz darauf flackerte kaltes bläuliches Licht über ihren Köpfen. Der Keller erschien Julia riesig. Er bestand aus einem Gang, von dem mehrere Räume abgingen. Sie wandten sich nach rechts und schauten sich um. Im ersten Raum lagerten alte Küchengeräte. Ein Herd, eine Mikrowelle, eine Teigmaschine. Unter einem Tuch entdeckte Julia zwei Fritteusen, die vermutlich so wie die anderen Geräte ihren Geist aufgegeben hatten. Im nächsten Raum waren Möbel deponiert, hauptsächlich Stühle, die aus den Siebzigerjahren zu stammen schienen. Erst als sie in dem letzten Raum standen, wurde es spannend.

»Eine weitere Tiefkühltruhe«, stieß Julia aus und sah zuerst nach, ob sie eingeschaltet war.

»Nicht angeschlossen«, stellte sie fest und zeigte auf das Kabel, das aus der Rückwand der Truhe hing und auf dem Boden lag.

Florian hob den Deckel an.

»Die ist komplett leer.« Trotzdem zog er ein rundes Röhrchen mit einem Wattestäbchen aus der Jackentasche und nahm vorsichtig einen Abstrich von den Innenwänden.

»Man weiß ja nie«, erklärte er. »Wir haben die Spurensicherung auch gebeten, die defekte Kühltruhe von

Adrian Haberland zu inspizieren. Leider haben die dort nichts gefunden. Dennoch dürfen wir nichts auslassen, auch wenn es unwahrscheinlich ist, so auf den Täter zu stoßen.«

Julia musste Florian recht geben. Ein Täter, der clever genug war, am Leichenfundort keine Spuren zu hinterlassen, platzierte bestimmt keine Kühltruhe mit Spuren direkt vor ihrer Nase. Sie klappten den Deckel wieder zu und sahen sich im restlichen Keller um, der mit altem Gerümpel vollgemüllt war. Nirgends fand sich Frauenkleidung oder irgendetwas anderes, das auf eine Entführung und Gefangenschaft hindeutete. Florian kontrollierte sogar den Boden, konnte jedoch keine Falltür oder Ähnliches entdecken.

»Glaubst du, dass er Frieda Raabe auf dem Foto erkannt hat?«, fragte Julia, als sie die Treppe wieder hinaufstiegen.

Florian zögerte mit seiner Antwort. Oben angekommen, sagte er:

»Der Kerl ist schwierig zu lesen. Sagen wir es mal so: Ich kann es nicht ausschließen. Sein Augenlid hat gezuckt. Das kann natürlich auch auf die Anspannung zurückzuführen sein. Schließlich hat er gerade von Marlies Köhlers Tod erfahren. Auch wenn er es geahnt hat, haben ihn die Neuigkeiten vielleicht schockiert.«

»Es sei denn, er ist der Täter, dann haben wir ihm nichts Neues erzählt«, fügte Julia hinzu.

Ein hochgewachsener, fast kahlköpfiger Mann kam ihnen entgegen. Er trug einen durchsichtigen Plastiksack mit Eiswürfeln.

»Heute Abend ist Cocktailrunde. Möchten Sie schon mal was?« Er grinste Julia anzüglich an.

»Nein, danke«, erwiderte sie und drückte sich mit dem Rücken an die Wand, während er sich an ihr vorbeizwängte und sie mit seinen kleinen, listigen Augen musterte.

Florian trat einen Schritt zurück und ließ ihn ebenfalls vorbei. Julia schaute dem Mann unschlüssig hinterher.

»Ich frage mich, wie er die Eiswürfel in die Truhen quetschen will. Die waren doch voll bis oben hin.«

Sie folgte dem Eiswürfellieferanten und sah, wie Rauch ihm den Sack abnahm. Während der Mann wieder nach draußen eilte, warf er ihr einen weiteren aufdringlichen Blick zu. Bevor Julia den Lagerraum erreichte, hörte sie Hendrik Rauch in der Truhe wühlen. Er fluchte, als etwas auf den Boden plumpste.

»Kann ich helfen?«, fragte Julia.

Rauch fuhr überrascht zu ihr herum. In seinen Augen blitzte es.

»Gerne. Ich muss wohl noch eine neue Tiefkühltruhe besorgen. Wir hatten bis vor Kurzem immer drei im Einsatz, aber eine ist kaputt gegangen.«

Er drückte Julia ein paar Kartons in die Hand.

»Könnten Sie die auf dem Tisch abstellen? Ich packe jetzt erst einmal die Eiswürfel rein und dann staple ich die Kartons so ordentlich wie möglich.«

»Haben Sie denn etwas Interessantes entdeckt?«, fragte er und schloss die Truhe, als er alles darin untergebracht hatte.

»Wir haben uns nur umgesehen«, wich Julia seiner

Frage aus. Rauch baute sich vor ihr auf und sah ihr tief in die Augen. »Sie sind Rechtsmedizinerin, wenn ich das richtig verstanden habe.«

»Ja, ich arbeite im rechtsmedizinischen Institut.«

»Das heißt, Sie schneiden jeden Tag Leichen auf?«

Julia nickte und fragte sich gleichzeitig, worauf Rauch hinauswollte.

»Auch die von Marlies?« Rauchs Stimme zitterte unmerklich. Doch in seinen Augen konnte Julia keinen Anflug von Trauer erkennen. Da war absolut nichts an Gefühlen, aber vielleicht täuschte sie sich auch bloß.

»Hatte sie es schwer in ihren letzten Stunden?«, wollte Rauch wissen, und nun glaubte Julia, einen Schatten über sein Gesicht huschen zu sehen.

»Ich denke nein«, erwiderte sie und wandte sich um. Sie hatte keine weiteren Fragen an Rauch und irgendwie gefiel ihr die neue Richtung des Gesprächs nicht.

Florian wartete im Flur. Er hielt das Handy ans Ohr. Seine Miene wirkte ernst. So ernst, dass Julia abrupt stoppte und Hendrik Rauch in sie hineinlief.

»Oh, entschuldigen Sie. Sie sind plötzlich stehen geblieben. Habe ich Ihnen wehgetan?« Er berührte sie mit seinen rauen Fingern an der Hand und Julia zuckte zurück. Die Berührung war ihr unangenehm.

»Nein. Es ist nichts passiert. Ich denke, wir sind für heute durch. Melden Sie sich doch einfach bei Kriminalkommissar Kessler, wenn Ihnen etwas Wichtiges einfällt.« Julia ging Florian hinterher, der sich nach wie vor telefonierend in Richtung Ausgang bewegte.

Kurz bevor sie den Gastraum betrat, drehte sie sich

noch einmal um. Hendrik Rauchs riesenhafte Gestalt verharrte regungslos mitten im Flur. Seine dunklen Augen verfolgten sie. Julia nickte knapp und marschierte durch den Gastraum nach draußen. Als sie wieder in Florians Dienstwagen saß, atmete sie auf.

Es gab Menschen, die eine unheimliche Ausstrahlung hatten. Sie dachte an Lotte Harburg und an Marlies Köhler, die nachweislich von Rauch gestalkt wurde. Das ungute Gefühl in ihrer Magengegend verstärkte sich. Was würde sie tun, wenn dieser riesige dunkle Kerl vor ihrer Haustür lauerte? Wie eingeschüchtert hatte Marlies Köhler sich wohl gefühlt? Unwillkürlich berührte sie die Stelle an ihrer Hand, an der er sie angefasst hatte. Seine Haut war ganz kalt gewesen von den Eiswürfeln und hart und unangenehm rau. Waren das die Hände eines Mörders? Und falls ja, wo hatte er seine Opfer versteckt? Und vor allem, wo hielt er Marlies' Schwester Valerie fest?

Julia ging alle Fakten in Gedanken durch, während Florian weiter telefonierte. Sie fragte sich, wer am anderen Ende der Leitung sprach. War es sein Partner, der etwas Entscheidendes ermittelt hatte? Sie sah zu Florian hinüber, der auf dem Fahrersitz Platz genommen hatte, aber den Motor nicht startete. Er wirkte ungewöhnlich blass.

Als er endlich auflegte, hielt Julia gespannt die Luft an.

»Das war Martin. Er hatte keine guten Nachrichten«, sagte Florian, und einen Augenblick lang befürchtete sie, Valerie Köhler sei tot aufgefunden worden. »Uns wurde ein Video geschickt. Anonym. Es zeigt Valerie Köhler. Am besten, wir begeben uns sofort aufs Revier.«

17

Daniel Radke fuhr auf seinem Fahrrad gedankenverloren an ein paar Läden vorbei und blieb vor einem Copyshop stehen. Drei Frauen unterhielten sich lachend vor dem Eingang. Vermutlich waren es Studentinnen. Die schlanke Dunkelhaarige rief eine Erinnerung in ihm wach. Ihr Lächeln erinnerte ihn so sehr an Emma, dass sich seine Brust für einen Moment schmerzhaft zusammenzog.

Er schloss sein Fahrrad ab und versuchte, sich an den Studentinnen vorbeizuschlängeln. Dabei stieß er die Blondine mit dem prall gefüllten Rucksack an.

»Entschuldigung. Tut mir leid«, murmelte er.

»Nichts passiert«, erwiderte sie gut gelaunt. »Hey, kennen wir uns nicht? Du bist doch auch bei Professor Krüger, oder?«

Am liebsten hätte er sich unsichtbar gemacht. Er wollte einfach nur ein Kapitel aus dem Buch kopieren und sich anschließend zu Hause hinsetzen und lernen. Nächste Woche standen Klausuren an und er hing mächtig hinterher. Er hatte bereits ein Semester verloren, weil er sich nicht auf den Lernstoff konzentrieren konnte. Sein Vater hatte ihm klipp und klar gesagt, dass er ihm nicht mehr als ein Zusatzsemester bezahlen würde. Es wäre ihm egal, ob er dann auf der Straße landete. Er müsse sich zusammenreißen und endlich sein Leben wie ein erwachsener Mann anpacken. Daniel hasste diese dämlichen Sprüche aus tiefstem Herzen. Er gehörte nun mal nicht zu diesen unsensiblen Männern, die nach einem Tiefschlag einfach weitermachten, als wäre nichts gewesen. Klar, er könnte eine Blondine gegen die nächste austauschen, sich in Alkohol ertränken und weiterleben wie ein gefühlloses, hohles Wesen ohne die geringste Tiefe im Leben. Aber das war nicht er. Er studierte nicht Philosophie, um sich mit den Oberflächlichkeiten des Lebens zu begnügen. Er brauchte die Intensität des Seins, jede Faser seines Bewusstseins sollte geschärft sein und den Moment erleben. Sich dauerhaft mit Alkohol zu betäuben, kam für ihn überhaupt nicht infrage, auch wenn sein Vater ihn regelmäßig mit Hochprozentigem versorgte. Etwas Besseres fiel ihm nicht ein, um seinem Sohn zu helfen. Zudem handhabte sein Vater, ein ehemaliger Banker, es genauso. Die roten Poren auf seiner Nasenspitze sprachen Bände.

»Hast du mir zugehört?«, fragte die Blondine und riss ihn aus seinen Gedanken.

»Entschuldige bitte, ich wollte dich nicht anrempeln. Ich habe es nur eilig wegen der Klausuren nächste Woche.«

»Das heißt, du bist auch bei Professor Krüger. Ich habe mir gerade Kopien gemacht. Dreizehntes Kapitel, richtig?« Sie setzte den Rucksack ab und zog einen Papierstapel heraus. »Möchtest du meine Kopien als Vorlage nehmen? Dann bist du schneller fertig, als wenn du das Buch benutzen würdest.«

Zum ersten Mal blickte Daniel auf und die blauen Augen der Blondine beschleunigten seinen Puls. Ihr Lächeln war umwerfend.

»Okay. Danke«, stotterte er und nahm die Kopien.

Er eilte in den Copyshop, blieb aber auf der Türschwelle stehen, um sich noch einmal umzudrehen.

»Ich beeile mich«, versprach er und erntete ein weiteres Lächeln.

Er stürzte sich auf den nächsten freien Kopierer, legte ihre kopierten Blätter in den Einzug und hielt seine Guthabenkarte an das Lesegerät. Der Kopierer fing an zu surren und zog ein Blatt nach dem anderen ein, um es auf der gegenüberliegenden Seite wieder auszuspucken. Daniel nahm den warmen Papierstapel aus dem Ausgabefach und stopfte ihn in den Rucksack. Draußen gab er seiner Kommilitonin ihre Kopien zurück.

»Es ist schon spät«, begann sie erneut mit ihm zu sprechen. »Hast du Lust, mit zur Bar Eisbär zu kommen? Wir wollen dort noch was trinken.«

»Ich?«, stotterte Daniel, verwirrt über die Einladung.

Die Blondine lachte. »Wer sonst? Wir sind doch im selben Kurs und ich würde mich gerne mit dir austauschen. Du hast da letztens so eine interessante Frage gestellt, die mir bis heute nicht aus dem Kopf gegangen ist.

Erinnerst du dich? Es ging um die Bedeutung des menschlichen Daseins.«

Daniel schluckte. Sie konnte sich tatsächlich an seine Frage erinnern? Er zog die Lippen auseinander und versuchte zu lächeln, aber es wollte ihm nicht gelingen. Er hatte sich eine Ewigkeit mit keiner Frau mehr unterhalten und war völlig aus der Übung. Obwohl er kein Wort hervorbrachte, schien sich die Blondine nicht daran zu stören. In aller Ruhe packte sie ihre Kopien wieder ein und ging dann zu seinem Fahrrad. »Das lässt du besser nicht hier stehen. Einer Freundin von mir wurde das Rad letzte Woche gestohlen, genau hier. Sie hatte es über Nacht hiergelassen, und am nächsten Morgen war es weg, obwohl sie es natürlich angeschlossen hatte.«

Er wollte eigentlich nach Hause und lernen. Es stimmte, es war spät. Die Dunkelheit hatte Köln bereits fest im Griff. Es war neunzehn Uhr, also blieben noch ein paar Stunden, um das Kapitel, das Professor Krüger ihnen genannt hatte, durchzuarbeiten.

»Ich bin übrigens Mia«, plapperte seine neue Bekanntschaft unaufhörlich weiter. Unsicher sah er sich nach ihren Freundinnen um. Die Dunkelhaarige nickte ihm freundlich zu, während sie mit der anderen über die Erhöhung der Studiengebühren sprach.

»Ich heiße Daniel«, schoss es aus ihm heraus, als er wie fremdgesteuert das Fahrradschloss öffnete. Er schob das Rad und folgte Mia zu der Bar, die er nur allzu gut kannte. Sie lag bloß ein paar Straßenzüge entfernt. Früher hatte er viel Zeit dort verbracht, aber seit Emma ihn verlassen hatte, ging er nicht mehr dorthin. Sollte er nicht einfach den Abflug machen? Er musste lernen.

»Ich …« begann er, kam aber nicht weiter, weil Mia ihn unterbrach.

»Was hältst du von der Erhöhung der Studiengebühren?«, fragte sie und nahm ihr Handy aus der Tasche. »Ich habe mal ausgerechnet, was das nächstes Semester bedeutet.«

Sie hielt ihm das Smartphone hin, auf dessen Display er eine Tabelle erkannte, in der sie ihre Ausgaben aufgelistet hatte. Die letzte Zeile war rot markiert.

»Siehst du«, sagte sie. »Eigentlich kann ich mir die Eisbär-Bar heute Abend gar nicht mehr leisten. Ich finde es wirklich eine Frechheit, die Gebühren zu erhöhen. Die wissen doch, dass viele von uns dadurch in Schwierigkeiten geraten. Wir überlegen gerade, eine Online-Petition gegen die Erhöhung zu starten. Was meinst du dazu? Würdest du mitmachen?«

Daniel hatte darüber noch gar nicht nachgedacht. Sein Vater würde ihm das Geld vermutlich einfach geben. Wegen ein paar Euro zuckte der nicht mit der Wimper. Aber natürlich durfte er seine finanzielle Situation nicht auf andere übertragen. Außerdem konnte es ihn ja auch bald treffen, wenn sein Vater ihm die Unterstützung versagte. Verdammt, dachte er. Er arbeitete kräftig daran. Statt zu lernen, war er auf dem Weg in die nächste Bar.

»Ich finde, das ist eine gute Idee«, hörte er sich sagen. Er hatte keine Ahnung, wie diese Worte aus ihm herausgekommen waren. Aber Mia freute sich und sein Herz machte einen erstaunlich großen Satz.

In der Bar tranken sie das Angebot des Abends, das aus seiner Sicht mehr Eiswürfel als Flüssigkeit enthielt. Doch es war ihm egal. Er saß neben Mia und fühlte sich fantastisch. So gut wie seit Ewigkeiten nicht mehr. Wie lange hatte er nicht mehr gelacht? Nicht mehr gelebt? Und einfach nur funktioniert?

Wahnsinn. Er schaute Mia an, und sie scheute seinen Blick nicht, sondern fixierte ihn mit ihren wundervollen blau leuchtenden Augen.

Er schwebte sogar noch, als er drei Stunden später vom Alkohol benommen mit seinem Rad den Heimweg antrat. Mit Mias vollen Lippen vor Augen trat er kraftvoll in die Pedale und stellte sich vor, sie zu küssen. Seit Emma hatte er sich das mit keiner anderen Frau vorgestellt. Er grinste überglücklich, weil er Mia nicht nur am nächsten Tag in der Vorlesung von Professor Krüger wiedersehen würde. Nein. Sie hatte ihm ihre Nummer gegeben. Sobald er zu Hause wäre, würde er ihr eine gute Nacht wünschen. Ein prickelndes Gefühl durchströmte ihn, als er sein Fahrrad vor der Haustür abschloss und die Treppe hochwankte. In dem fünfundzwanzig Quadratmeter großen Studentenappartement unter dem Dach wurde es im Sommer extrem heiß. Im Winter spielte das keine Rolle. Er liebte die beiden Dachfenster über dem Bett, durch die er die Sterne sah, wenn er nachts die Augen öffnete.

Daniel stieß die Tür auf und fragte sich, warum er nicht abgeschlossen hatte. Vermutlich hatte er es in der Eile am Morgen vergessen. Er war spät dran gewesen und es war ihm schon öfter passiert. Wankend trat er ein und ging durch das dunkle Zimmer zur Toilette. Seine Blase platzte fast. Er erleichterte sich, wusch sich die Hände und formulierte in Gedanken den Gute-Nacht-Gruß, den er gleich an Mia schicken wollte. Es musste etwas Besonderes sein. Etwas, das ihr gefiel. Er nahm das Handy und setzte sich aufs Bett. Während er die ersten Worte eintippte, kroch ihm ein merkwürdiger Geruch in die Nase. Verdammt, dachte er. Er hatte vergessen, den Müll rauszubringen. Seit Tagen quoll der Eimer über und nun breitete sich der Gestank nach verfaulendem Abfall in der ganzen Wohnung aus. Er öffnete ein Dachfenster. Als er wieder nach unten blickte, fiel ihm auf, dass jemand in seinem Bett lag.

Erschrocken blinzelte er. Sofort schossen die Erinnerungen an die Zeit in ihm hoch, als Emma hier mit ihm gelebt hatte. Bevor sie sich davongemacht hatte. Wortlos. Ohne Abschied. Weil sie frei sein wollte. Ohne ihn.

»Emma«, flüsterte er heiser und starrte auf die Frau, die schlafend dalag. Noch immer hatte er kein Licht eingeschaltet, doch es gab keinen Zweifel. Emmas lange Haare flossen über sein Kopfkissen. Die Bettdecke hatte sie bis zur Brust hochgezogen. Sie trug das Sommerkleid, in dem er sie zum letzten Mal vor ungefähr zwei Jahren gesehen hatte.

»Emma!«, sagte er lauter und schaltete das Licht am Smartphone ein.

Sie lag reglos da, mit geschlossenen Augen und mit kalkweißem Gesicht. Daniels Puls schoss in die Höhe, sodass ihm schwindelig wurde. Er streckte die Hand aus und berührte sie an der Wange.

Sie fühlte sich eiskalt an.

»Emma«, brüllte er und wählte mit zitternden Fingern den Notruf.

18

»Woher stammt das Video?«, fragte Florian und nahm neben Julia Platz.

Sie hatte sich diese Frage auch schon gestellt und sah Martin Saathoff erwartungsvoll an. Doch dieser zuckte hilflos mit den Schultern.

»Wir wissen es nicht. Jemand hat es anonym ans Polizeirevier geschickt. Ich habe es an die Technik weitergereicht, aber die haben mir keine großen Hoffnungen gemacht. Vermutlich werden wir nicht herausbekommen, wer es gesendet hat. Die E-Mail-Adresse des Absenders gibt es bereits nicht mehr. Jeder kann sich leicht bei irgendeinem Provider kostenlos eine Adresse einrichten und beim Versenden seine Standortdaten verschleiern.« Er seufzte und drückte auf die Entertaste seines Computers.

»Seht es euch an. Ich bin mir ziemlich sicher, dass es sich bei der Frau auf dem Video um Valerie Köhler handelt.«

Auf dem Bildschirm öffnete sich ein neues Fenster. Zunächst sah Julia gar nichts. Dann plötzlich ging das Licht an. Die Kamera führte den Betrachter in einen Raum mit nackten Betonwänden. Der Boden war gefliest. Die Kamera schwenkte nach rechts, wobei während der gesamten Zeit ein grässliches Schnaufen zu hören war, als ob der Kameramann vorher einen Marathon gelaufen wäre oder schlecht Luft bekäme. Eine Matratze kam ins Bild. Julia starrte regungslos auf die Frau, die darauf lag und schlief.

»Wach auf, Kleine!«, sagte eine tiefe Stimme. Aber die Frau, deren Gesicht nur unscharf zu sehen war, schien ihn nicht zu hören.

Eine behaarte Männerhand, offenbar die des Kameramanns, tätschelte zuerst die Wange der Frau und stellte anschließend die Kamera scharf.

»Das ist sie!«, stieß Julia aus.

Valerie Köhlers Gesicht füllte für einen Moment den kompletten Bildschirm aus. Sie wirkte blass, aber sie lebte. Das erkannte Julia am leichten Beben ihrer Nasenflügel.

»Wach auf, Schönheit!«, ertönte die Stimme abermals.

Valerie Köhlers Lider begannen zu flattern. Sie öffnete die Augen, diese verdrehten sich jedoch im nächsten Augenblick nach oben.

»Sie steht unter Medikamenteneinfluss«, sagte Julia und betrachtete Valerie Köhlers trockene Lippen und ihre Zungenspitze, die im selben Moment darüberfuhr.

»Das machst du gut«, erklärte der Mann und schwenkte mit der Kamera zur gegenüberliegenden Wand.

»Habe ich euch neugierig gemacht? Es kommt noch mehr.«

Das Bild wurde schwarz und dann war das Video zu Ende. Alles war so schnell gegangen, dass Julia für einen Moment weiter auf den Bildschirm starrte. Doch es kam nichts mehr.

»Das war alles?«, fragte Florian und bat Martin Saathoff, die Aufnahme erneut abzuspielen.

»Ja, immerhin wissen wir, dass sie noch lebt.«

»Da wäre ich nicht so sicher. Wir haben keine Ahnung, wann das Video aufgenommen wurde«, warf Florian ein. »Es könnte auch drei Tage alt sein, und wer weiß, was danach passiert ist.«

»Ich frage mich, warum wir dieses Video überhaupt erhalten haben«, sagte Julia nachdenklich. »Es ergibt doch keinen Sinn, dass der Täter es selbst der Polizei schickt.«

»Es wäre nicht der erste Mistkerl, der zu uns Kontakt aufnimmt«, brummte Martin Saathoff. »Der will Aufmerksamkeit, und er will uns zeigen, wie viel Macht er hat. Über Valerie Köhler und über uns. Denn er weiß, dass wir Himmel und Hölle in Bewegung setzen werden, um ihn zu finden. Vielleicht hofft er auf Presse und eine Riesenöffentlichkeit.«

»Können wir nicht irgendwie herausfinden, wo dieses Video aufgenommen wurde?« Er tippte auf den Computerbildschirm, auf dem die Aufnahme nun schon zum dritten Mal lief. »Wir sehen immerhin einen Flur, Betonwände und einen hell gefliesten Boden. Da es keine Fenster gibt, ist es wohl ein Keller.« Florian zoomte eine Ansicht der Fliesen heran.

Julia betrachtete den Ausschnitt und befürchtete, dass jede Menge Leute ihren Keller fliesten und etliche davon sicherlich auch in Weiß. Trotzdem hielt sie Florians Ansatz für richtig. Vielleicht verbarg sich auf dem Video doch etwas, das sich zurückverfolgen ließ.

»Was ist mit seiner Stimme? Können wir sie nicht mit denen der Verdächtigen abgleichen?«, schlug sie vor.

Martin Saathoff winkte ab. »Dasselbe habe ich der Technik schon vorgeschlagen. Da liegt irgendein Filter drüber. Ich hake gerne erneut nach, aber die Stimme, die wir hören, muss mit dem Original rein gar nichts zu tun haben.«

Julia sah sich das Video erneut an und grübelte. An der Stelle, wo die Stimme sagte: »Es kommt noch mehr«, hielt sie die Aufnahme an.

»Das heißt für mich, dass Valerie Köhler mit großer Wahrscheinlichkeit am Leben ist.«

Florian stimmte ihr zu. »Du hast recht. Das ganze Video wirkt wie ein Teaser zum Anfüttern.« Er rieb sich nachdenklich am Kinn. »Wenn er ein weiteres Video ankündigt, schickt er uns dieses dann auch oder lädt er es im Internet hoch?«

»Ich vermute Letzteres«, entgegnete Martin Saathoff. »Und da es ein Video von Valerie Köhler gibt, existieren bestimmt auch welche von den anderen Frauen. Es würde mich sehr wundern, wenn der Täter von heute auf morgen seine Vorgehensweise ändert.«

»Wir brauchen Verstärkung«, sagte Florian. »Die Technik soll das Internet und vor allem das Darknet nach den Opfern durchforsten. Falls wir weitere Videos finden, kommen wir dem Täter vielleicht auf die Spur.«

Julia überkam eine Gänsehaut. *Es kommt noch mehr*, fuhr es ihr unentwegt durch den Kopf. Sie wollte eigentlich gar nicht herausfinden, was dieses *noch mehr* bedeutete. Es verhieß nichts Gutes.

»Wissen wir inzwischen schon, wo Valerie Köhlers Handy zum letzten Mal eingeloggt war?«, fragte sie.

»Genau an der Kreuzung, an der wir ihre tote Schwester gefunden haben«, antwortete Martin Saathoff und öffnete die Mitteilung des Mobilfunkanbieters. »Fünf Minuten später war das Handy ausgeschaltet und seitdem wurde es auch nicht mehr benutzt.«

»Und was ist mit der Nachricht, die Valerie Köhler aufs Handy bekommen hat? Konnte die zurückverfolgt werden?«

Martin Saathoff seufzte. »Leider nicht. Sie wurde von einem Prepaid-Handy aus versendet. Die hinterlegten Daten waren falsch. Das haben wir bereits überprüft.«

In Julias Kopf überschlugen sich die Gedanken. Drei tote Frauen und eine vermisste, der vermutlich dasselbe Schicksal drohte.

»Verdammt«, stieß sie aus. »Es muss doch eine Spur geben. Dieser Täter ist kein Phantom.«

Florian und Martin Saathoff erwiderten nichts. Ihre betroffenen Mienen sprachen Bände.

»Wir waren dabei, uns den Fall Frieda Raabe genauer anzuschauen«, erklärte Florian. »Zwischen Lotte Harburg und Marlies Köhler gibt es ja eine entscheidende Gemeinsamkeit. Sie beide kannten Hendrik Rauch. Das gilt auch für die Schwester. Aber bei Frieda Raabe konnten wir noch keine Verbindung zu Rauch ermitteln, vielleicht auch, weil sie in Düsseldorf wohnte. Beginnen wir also mit ihr«, schlug Florian vor und griff zu einer dicken Akte auf seinem Schreibtisch.

Julia setzte sich neben ihn und betrachtete zum wiederholten Male das Foto von der Bushaltestelle, an der man die tote Frieda Raabe aufgefunden hatte.

»Sie hat in einem Supermarkt gearbeitet«, las Julia vor und blickte zum Whiteboard, an dem Florian und Martin Saathoff die wichtigsten Fakten zu den Opfern festgehalten hatten. Lotte Harburg studierte und arbeitete nebenher im Café Rauch, Marlies Köhler in einer Bäckerei. Verzweifelt fragte sie sich, wo die Gemeinsamkeit zwischen den drei Frauen lag, außer dass sie sich optisch und vom Alter her ähnelten.

»Ein Supermarkt, ein Café und eine Bäckerei«, murmelte sie laut vor sich hin. »Wo ist die Verbindung?«

Florian verzog das Gesicht. »Ich befürchte, es gibt keine. Zumindest keine offensichtliche. Und wenn du noch Valerie Köhler hinzunimmst, scheint gar kein Zusammenhang zu existieren. Sie arbeitet bei einer Lokalzeitung in der Redaktion.«

»Aber es muss doch mehr geben. Irgendwie muss er sie gefunden haben.« Julia erhob sich und versuchte sich auf dem Stadtplan von Köln, der an der Wand hing, zu orientieren.

Florian deutete auf zwei rote Stecknadeln, die Positionen in unterschiedlichen Stadtteilen markierten.

»Martin und ich haben überlegt, ob die Frauen in unmittelbarer Nähe zueinander wohnten oder dieselben öffentlichen Verkehrsmittel benutzten. Aber wir wissen von Lotte Harburg, dass sie hauptsächlich das Fahrrad benutzt hat. Marlies Köhler hingegen ging zu Fuß zur Arbeit und fuhr ansonsten ihren Kleinwagen, mit dem sie auch verschwand. Frieda Raabe lebte in Düsseldorf, noch viel weiter entfernt.«

»Schöner Mist«, sagte Julia frustriert. Sie wollte jedoch nicht aufgeben und durchforstete weiter die Akte.

»Was ist mit dieser Freundin, die damals so intensiv nach Lotte gesucht hat? Habt ihr mit ihr schon gesprochen?«

»Leider nein. Die Ärzte möchten das nicht, weil ihr Zustand derzeit zu instabil ist. Aber ich wollte dich fragen, ob du von Arzt zu Arzt womöglich etwas erreichen könntest.«

»Klar, das werde ich tun.« Julia notierte sich die Kontaktdaten, als unvermittelt Florians Handy klingelte.

»Florian Kessler«, meldete er sich und bedeutete Martin Saathoff, zu ihm zu kommen. Er stellte das Telefon auf laut, sodass sie mithören konnten.

»Es wurde eine leblose weibliche Person gefunden. Der Notarzt hat nur noch ihren Tod feststellen können. Er sprach davon, dass die Frau bereits länger tot und zudem stark ausgekühlt sei.«

»Wo haben Sie die Tote denn entdeckt?«, fragte Florian.

»In einem Bett. Ich gebe Ihnen die Adresse durch.«

»Moment mal, sagten Sie gerade Bett?«

»Ja. Es handelt sich um die seit zwei Jahren vermisste Emma Kaufmann. Ihr Freund hat sie tot in seinem Bett vorgefunden.«

»Was?«, stieß Florian entsetzt aus. »Wir sind auf dem Weg.«

19

Es ging auf Mitternacht zu, als sie in die Straße einbogen, in der die Tote gefunden wurde. Julia erblickte Lenja, die unter einer Straßenlaterne wartete und ihnen aufgeregt zuwinkte. Martin Saathoff, der am Steuer saß, bremste sofort. Wie immer, wenn Lenja in seiner Nähe war, strich er sich den Schnauzbart glatt und richtete den Brustkorb auf. Hastig ließ er die Seitenscheibe herunter.

»Lenja, schön, dass du hier bist«, rief er. »Komm, steig ein.«

»Aber es sind doch nur noch ein paar Meter«, erwiderte Lenja und deutete auf den Streifenwagen, der mit eingeschaltetem Blaulicht vor der Haustür am Ende des langen Wohnblocks stand.

»Ich erzähle dir schnell, was wir wissen«, bot Martin Saathoff ihr an und keine zwei Sekunden später saß Lenja neben Julia auf der Rücksitzbank.

Martin Saathoff gab Lenja eine kurze Zusammenfassung der aktuellen Lage. Er berichtete ihr von dem Video, auf dem Valerie Köhler zu sehen war, und von der neuen Toten.

»Ihr Name ist Emma Kaufmann, fünfundzwanzig Jahre alt und seit zwei Jahren vermisst. Sie hat als Fischverkäuferin in einem Supermarkt gearbeitet, hat mit ihrem Freund zusammengewohnt und ist von heute auf morgen verschwunden. Die wichtigsten Sachen und einen großen Reiserucksack hatte sie dabei, weshalb die Polizei und auch die Familie davon ausgingen, dass sie abgehauen ist. Es stand im Raum, dass ihr Freund sie geschlagen hätte. Mehr haben wir in der Kürze der Zeit nicht erfahren. Wir wissen es ja auch erst seit einer halben Stunde.«

»Habt ihr noch so lange im Büro gehockt?« Lenjas Stimme klang ein wenig empört. Offenbar fühlte sie sich ausgeschlossen.

»Ich wollte dir nicht den Feierabend ruinieren«, murmelte Julia schuldbewusst. Lenja liebte es, dabei zu sein, und sie besuchte jeden Tatort, sofern man sie ließ. Julia hatte nicht das Geringste dagegen einzuwenden. Schon ihr ehemaliger Chef hatte großen Wert darauf gelegt, dass sich ein Rechtsmediziner einen persönlichen Eindruck vom Fundort verschaffte. Ein paar Fotos in der Mordakte konnten die Realität nicht ersetzen. Nur wer den Fund- oder Tatort kannte und sich plastisch vorstellen konnte, wie ein Täter vorgegangen war, konnte die vielen Zeichen auf einem toten Körper richtig interpretieren.

»Danke, dass du mich hergeholt hast«, sagte sie und zog einen Schmollmund. Aus dem Augenwinkel nahm

Julia wahr, wie Martin Saathoff Lenja durch den Rückspiegel interessiert ansah.

»Ich zeige dir das Video gleich, wenn du möchtest«, säuselte er, während Julia sich zusammennehmen musste, um nicht die Augen zu verdrehen.

Dabei fiel ihr ein, dass Lenja schon länger nicht mehr über ihren Freund gesprochen hatte. Marcel war ein wichtiger Bestandteil in Lenjas Leben und normalerweise erzählte sie häufig von ihm. Doch seit die neuen Mordfälle auf ihrem Tisch lagen, hatte Lenja ihn mit keinem Wort mehr erwähnt.

Martin Saathoff steuerte auf den blinkenden Streifenwagen zu und parkte dahinter. Ein aufgeregter Polizist kam auf sie zugestürzt, als sie ausstiegen.

»Sind Sie von der Kripo?«

Als Florian nickte, atmete der Polizist erleichtert auf. »Gott sei Dank«, stieß er aus. »Dem Zeugen geht es nicht gut. Ich habe einen Arzt angefordert. Vielleicht können Sie uns bis dahin helfen, ihn ein wenig zu beruhigen. Vorhin war er völlig normal und seit einer Viertelstunde zittert er wie Espenlaub. Beeilen wir uns. Ich möchte meinen Kollegen nicht so lange mit ihm allein lassen.«

Der Streifenpolizist eilte voraus, fünf Stockwerke die Treppen hinauf zum Dachgeschoss.

»Hoffentlich ruiniert dieser Zeuge den Fundort nicht«, brummte Martin Saathoff und streifte sich Plastiküberzieher über die Schuhe, als sie an der Wohnung ankamen.

»Ich bin Ärztin und kann mich um den Zeugen kümmern. Wo ist er?«, fragte Julia und trat ein.

Der Geruch nach Verwesung kroch ihr sofort in die

Nase, obwohl er nicht besonders stark war. Im Autopsiesaal roch sie diese Note nicht mehr, aber außerhalb des Instituts registrierten ihre Sinneszellen bereits den winzigsten Hauch.

»Hier ist er.« Der andere Polizist winkte Julia zur Einbauküche, vor der ein zitternder junger Mann auf dem Boden saß.

Julia hockte sich neben ihn und berührte seine schweißnasse kalte Haut. Daniel Radke stand sichtlich unter Schock.

»Mein Name ist Julia Schwarz. Ich bin Ärztin und werde Ihnen jetzt helfen.« Sie verriet ihm nicht, dass sie eigentlich Rechtsmedizinerin war und noch nicht mal ein Beruhigungsmittel dabeihatte.

»Geben Sie mir bitte ein Glas Wasser«, bat sie den Polizisten und führte das gefüllte Glas anschließend vorsichtig an Radkes Lippen.

»Trinken Sie langsam und möglichst viel«, forderte sie ihn auf.

Daniel Radke gehorchte, und ihre bloße Anwesenheit hatte zur Folge, dass er aufhörte zu zittern.

»Wie kommt sie nur hierher?«, fragte er Julia nach einer Weile und stellte das Glas neben sich ab. »Wer tut so etwas?«

Er legte die Hände vors Gesicht und weinte. »Ich dachte die ganze Zeit, sie ist auf und davon. Kreuzt mit ihrem Rucksack durch die Welt. Aber dass sie tot ist, darauf wäre ich im Leben nicht gekommen.«

»Es ist nicht Ihre Schuld«, beruhigte ihn Julia. »Und sie ist auch sicher nicht vor Ihnen davongelaufen.«

»Woher wollen Sie das wissen?«, fragte Radke schluchzend. »Ich habe sie geschlagen. Nur ein Mal, aber das hat sie mir nie verziehen.«

»Es gibt leider noch andere Opfer und keines von ihnen ist freiwillig weggegangen.«

Daniel Radkes Augen weiteten sich, als er die Tragweite von Julias Worten begriff.

»Ein Serienkiller hat sie auf dem Gewissen?«

Julia nickte und reichte ihm abermals das Wasserglas.

»Glauben Sie mir, Sie hätten nichts tun können.«

Einen beunruhigenden Augenblick lang wurde Radke leichenblass und dann sackte er in sich zusammen. Allerdings fing er sich sogleich wieder und schnappte nach Luft.

»Ich war ihr böse«, wisperte er fassungslos. »Ich war so wütend auf sie. Selbst heute noch überkam mich der Zorn und dabei ist sie tot. Wie konnte ich nur derartig schlecht von ihr denken? Ich hätte es wissen müssen. Wir waren schließlich ein Paar. Wir wollten heiraten und Kinder kriegen. Ich kannte sie in- und auswendig und habe nichts gespürt. Ich dachte immer, ich würde es merken, sobald eine geliebte Seele diese Welt verlässt. Es ist doch alles miteinander verknüpft, und wenn ein Puzzleteilchen verschwindet, müssten die anderen Teilchen davon beeinträchtigt werden.«

»Das wurden sie ja«, antwortete Julia. »Sie haben Emma vermisst. Bis heute. Sie kannten nur den Grund nicht und das hat Sie wütend gemacht.«

Daniel Radke starrte Julia beeindruckt an. »Wie Sie das sagen, klingt es so logisch.«

»Ich halte mich gerne an die Fakten«, erwiderte Julia und erhob sich, weil die Notärztin hereinkam.

»Er steht unter Schock«, teilte Julia ihr mit. »Könnten Sie ihm ein Beruhigungsmittel geben, das ihn nicht ganz ausknockt? Er ist Zeuge und soll sicherlich noch befragt werden, sofern es vertretbar ist.«

»Selbstverständlich«, sagte die Ärztin und ging neben Daniel Radke in die Hocke.

Julia begab sich zu dem Bett gegenüber und blieb bei Lenja stehen.

»Was haben wir?«, fragte sie ihre Assistentin.

»Die Körpertemperatur liegt nur bei fünfzehn Grad. Keine Leichenstarre, dafür stark verfärbte Haut. In der rechten Achselhöhle befindet sich eine dunkle, punktförmige Verfärbung. Vermutlich entstanden durch einen intravenösen Zugang. Die Pupillen sind stumpf und trocken. An den Handrücken finden sich ein paar oberflächliche Kratzer. Ansonsten konnte ich keine sichtbaren äußerlichen Verletzungen feststellen, aber sie trägt ja auch noch ihr Kleid.«

»Danke«, sagte Julia beeindruckt und trat näher ans Bett.

Emma Kaufmann lag mit geschlossenen Augen auf dem Laken. Sie trug ein weißes, schulterfreies Rüschenkleid, das nicht zur Jahreszeit passte.

»Ist sie im Sommer verschwunden?«, fragte Julia an Florian gerichtet.

»Ja. Im August vor zwei Jahren. Mitten in den Semesterferien. Die Polizei hatte deshalb Schwierigkeiten, Zeugen aufzutreiben.«

»Sie trägt Strümpfe und Schuhe«, stellte Julia fest und überlegte gleichzeitig, warum der Täter sie dann ins Bett gelegt hatte.

»Irgendwie kommt es mir so vor, als wollte ihr Mörder sie zurückgeben«, erklärte Florian. »Er hat sogar ihren Rucksack mitgebracht. Wir müssen noch ihren Freund befragen, aber das Portemonnaie, ihr Ausweis und eine ganze Reihe an Kleidungsstücken sind da drin. Vermutlich fehlt nichts.«

Julia musterte die langen dunklen Haare der toten Frau, die in Wellen über das Kopfkissen flossen. Emma Kaufmann war eine überaus attraktive Frau gewesen. Selbst ihr Tod hatte daran nichts ändern können.

»Wie ist der Täter denn mit ihr hereingekommen?«, fragte Julia nachdenklich. »Hat er die Tür aufgebrochen und sie bis in die fünfte Etage getragen?«

»Es gibt einen Fahrstuhl«, sagte Lenja. »Ich habe gerade nachgeschaut, weil ich ihn zuerst auch nicht bemerkt habe.«

»Das war trotzdem sehr riskant für ihn«, fügte Florian resigniert hinzu. »Der Täter scheint sich seiner Sache ziemlich sicher zu sein. Kein Wunder. Er hat in den letzten Jahren vier Frauen entführt und getötet, ohne dass er erwischt wurde. Schlimmer noch. Niemand ging wirklich von einem Gewaltverbrechen aus. Die Opfer wurden zwar als vermisst geführt, aber keiner hat einen Zusammenhang erkannt.«

»Der Kerl macht früher oder später einen Fehler«, meldete sich Martin zu Wort. »Wir werden jeden Bewohner im Haus befragen. Einer von ihnen hat den

Mistkerl womöglich gesehen. Insbesondere, wenn der Täter die Tote über der Schulter getragen hat. Laufen konnte sie ja nicht mehr.«

»Trotzdem bleiben zwei wichtige Fragen«, sagte Julia. »Wie ist der Täter hier hereingekommen und vor allem, woher wusste er, dass Daniel Radke nicht zu Hause war?«

»Entschuldigung«, meldete sich die Notärztin, die Radke versorgt hatte. »Wenn Sie den jungen Mann befragen möchten, dann am besten gleich. Ich habe ihm ein Beruhigungsmittel gegeben, das in spätestens einer Stunde seine vollständige Wirkung entfalten wird. Ansonsten kann ich jetzt nicht viel mehr tun. Bei der Verarbeitung dieses Traumas sollte er sich an einen spezialisierten Therapeuten wenden.«

»Vielen Dank«, sagte Julia und ging zu Daniel Radke, der noch auf dem Boden saß und verloren wirkte wie ein kleiner Junge.

»Sehen Sie sich in der Lage, uns ein paar Fragen zu beantworten?«, fragte Julia behutsam und half ihm auf, als er nickte.

»Wir gehen am besten raus und setzen uns vielleicht auf die Treppe oder, wenn Sie möchten, in den Einsatzwagen der Polizei.«

»Die Treppe ist in Ordnung.« Radke schlich mit hängendem Kopf voraus und nahm auf der obersten Stufe Platz.

Julia ließ Florian und Martin Saathoff den Vortritt. Die beiden würden die Befragung durchführen, während sie im Hintergrund blieb. Da sie sich von der Leiche keine neuen Erkenntnisse versprach, verweilte sie vor der Wohnungstür und lauschte mit Lenja dem Gespräch.

»Können Sie uns schildern, wann Sie nach Hause gekommen sind und wo Sie vorher waren?«, begann Florian.

Radke erzählte von seiner Vorlesung und den Studentinnen, mit denen er anschließend eine Bar aufgesucht hatte.

»Ich kam nach Hause und wollte Mia eine Nachricht schicken. Ich setzte mich aufs Bett und es roch irgendwie komisch, und dann habe ich mich umgedreht und Emma entdeckt. Ich konnte es überhaupt nicht fassen. Ich habe sie angesprochen, aber sie hat nicht reagiert, und als ich ihre Wange berührte, habe ich gemerkt, wie kalt sie sich anfühlt. Ich wählte den Notruf und innerhalb weniger Minuten trafen die Rettungssanitäter und der Notarzt ein. Es dauerte nicht lange, und der Arzt sagte, sie wäre tot und er würde die Polizei informieren. Den Rest kennen Sie ja.«

»Ist Ihnen in den letzten Tagen etwas Ungewöhnliches aufgefallen? Fühlten Sie sich beobachtet oder vermissen Sie zum Beispiel Ihren Wohnungsschlüssel?«

Radke überlegte eine Weile und schüttelte schließlich den Kopf. »Es war alles wie immer. Bis auf die Tatsache, dass Emma nicht mehr da war.« Er zog ein Schlüsselbund aus der Hosentasche. »Ich habe in der Bar eine Menge Alkohol getrunken, aber ich erinnere mich genau, dass die Wohnungstür nicht abgeschlossen war. Ich dachte, ich hätte es vergessen, als ich heute Morgen zur Vorlesung bin. Das passiert mir manchmal. Allerdings ist noch nie jemand eingebrochen.«

»Die Tür war auf, als Sie nach Hause kamen?«, hakte Florian nach.

»Ja, leider.«

»Und in Ihrer Wohnung brannte Licht oder war es dunkel?«

»Es war dunkel. Hat mich auch nicht gewundert. Ich bin heute Morgen um neun Uhr los, da war es draußen bereits hell und ich musste kein Licht einschalten.«

»Wann haben Sie denn zuletzt vergessen, die Tür abzuschließen?«

Daniel Radke kratzte sich am Kopf und hob unsicher die Schultern. »Kann ich nicht mehr sagen. Letzte Woche oder die davor.«

»Und das passiert Ihnen häufiger?«

»So häufig nun auch wieder nicht. Alle paar Monate vielleicht. Die Tür ist sowieso total klapprig. Man muss sie richtig fest zuziehen, damit sie schließt. Manchmal habe ich es einfach eilig und vergesse dann abzuschließen.«

»Okay, ich muss Sie das jetzt fragen. In der Polizeiakte zum Vermisstenfall steht, dass Sie Emma geschlagen haben und sie deshalb ihre Sachen gepackt hat und verschwunden ist.«

Daniel Radkes Mundwinkel verzogen sich nach unten.

»Ich wünschte, ich könnte es ungeschehen machen. Ich war damals betrunken und Emma hat mich provoziert. Sie hat sich lustig gemacht, weil ich ... na ja, wie soll ich es sagen. Es hat im Bett nicht immer geklappt und da ist mir die Hand ausgerutscht. Ihrem Vater ist am nächsten Tag der kleine gerötete Fleck an ihrer Wange aufgefallen.«

»Wann war dieser Vorfall?«, fragte Martin Saathoff, der

die ganze Zeit auf seinem Notizblock mitgeschrieben hatte.

»Ungefähr zwei Wochen bevor sie verschwand. Deshalb war es auch das Erste, was Emmas Vater der Polizei aufgetischt hat. Als sie dann gemerkt hatten, dass sie auch Kleidung und ihren Rucksack mitgenommen hat, samt Geld und Ausweis, gingen sie davon aus, dass sie einfach die Nase voll hatte und abgehauen ist.«

»Und was war mit ihrem Handy? Haben Sie versucht, Emma zu erreichen?«

»Natürlich. Tausendmal. Doch es war ausgeschaltet. Die Polizei meinte, das sei logisch. Sie wollte schließlich von mir weg und deshalb auch nicht erreicht werden.«

Julia sah Florian an, dass er dieses Argument nicht nachvollziehen konnte. Auf seiner Stirn hatte sich eine tiefe Falte gebildet. Die Polizei hätte sich damals fragen müssen, warum Emma sich nicht wenigstens bei ihrer Familie gemeldet hatte. Aber nun war sie tot und der Blick zurück führte sie nicht weiter.

Florian breitete vier Fotos auf dem Treppenabsatz aus, auf denen Lotte Harburg, Frieda Raabe sowie Marlies und Valerie Köhler zu sehen waren.

»Kennen Sie diese Frauen?«, fragte er.

Julia konnte das Gesicht von Daniel Radke nicht sehen, da sie hinter ihm stand. Vielleicht lag es an der Beruhigungstablette, aber er dachte ihr eindeutig zu lange nach, bevor er schließlich behauptete, keines der Opfer zu kennen.

»Und wie sieht es mit diesen Männern aus? Kommt Ihnen einer bekannt vor?« Er legte Aufnahmen von

Hendrik Rauch, Adrian Haberland und auch von Lars Brückner, dem Ex-Freund von Marlies Köhler, vor Radke hin.

Dieses Mal brauchte Daniel Radke nur Sekunden für seine Antwort. Er zeigte ohne zu zögern auf das Foto von Hendrik Rauch.

»Der hier. Er hat ein Eiscafé, in dem ich früher immer mit Emma war. Sie liebte das Spaghettieis.«

»Wissen Sie, wie er heißt?«

»Warten Sie, ich muss nachdenken. Wie hieß dieses Café? Ich glaube, es war etwas mit R. Ja … Der Mann heißt Rauch. Den Vornamen habe ich allerdings vergessen.«

»Und Sie sind sich sicher?«, hakte Martin Saathoff nach und kringelte den Namen von Hendrik Rauch mehrfach auf seinem Notizblock ein.

Unten im Treppenhaus wurde die Tür geöffnet. Stimmengewirr und Schritte erhoben sich.

»Das ist die Spurensicherung«, mutmaßte Florian. Die Türen des Fahrstuhls öffneten sich und Anna Schubert trat heraus. Als sie die erstaunten Gesichter von Florian und Martin Saathoff sah, lächelte sie verschmitzt.

»Ich bin die Vorhut und in meinem Alter läuft man auch nicht mehr im Eiltempo in den fünften Stock hinauf.«

Als die Leiterin der Spurensicherung Julia bemerkte, wurde ihre Miene ernst.

»Ich grüße Sie, Doktor Schwarz. Allerdings stimmt mich Ihre Anwesenheit nicht fröhlich. Lassen Sie mich raten. Es ist wieder eine junge dunkelhaarige Frau.«

»Leider«, erwiderte Julia und streckte der hageren Frau zum Gruß die Hand entgegen.

»Könnten Sie sich gleich mal die Wohnungstür ansehen? Der Zeuge glaubt, er hätte sie heute Morgen nicht abgeschlossen, und wir fragen uns, wie der Täter ins Haus gelangt ist«, bat Florian, nachdem er Anna Schubert ebenfalls die Hand gegeben hatte.

»Auf diese Etage ist er auf alle Fälle mit dem Fahrstuhl gekommen«, erklärte Anna Schubert und zog eine Asservatentüte aus der Seitentasche ihres Koffers.

»Da drinnen steht eine Wasserpfütze, und wenn ich eins und eins zusammenzähle, dürfte die Leiche in der Wohnung wohl ziemlich unterkühlt sein.« Sie biss sich auf die Unterlippe, als sie bemerkte, dass Daniel Radke sie fassungslos anstarrte.

»Nichts für ungut. Mein herzliches Beileid«, sagte sie und ging schnurstracks in die Wohnung.

Auf der Treppe erschienen drei Männer und eine Frau, eingepackt in weiße Schutzanzüge, die die Stufen heraufeilten und ihnen knapp zunickten.

»Müssen wir etwas beachten?«, fragte der Letzte, der die Stufen heraufkam.

Florian schüttelte den Kopf. »Die Leiche wurde vom Notarzt bewegt und von der Rechtsmedizin in Augenschein genommen.«

»Alles klar«, nuschelte der Mann und eilte den anderen hinterher.

»Tut mir leid. Ich habe Ihnen noch gar nicht gesagt, dass Sie heute Nacht woanders schlafen müssen. Die

Wohnung muss erst spurentechnisch untersucht werden«, erklärte Florian an Radke gewandt.

»Kein Problem. Ich fahre zu meinen Eltern. Die wohnen nicht weit von hier und ich könnte heute Nacht sowieso alleine kein Auge zudrücken und vor allem nicht …« Radke deutete auf sein Apartment. »Ich kann in diesem Bett nie wieder schlafen.«

»Das verstehe ich«, erwiderte Florian.

Anna Schubert kam mit einer Taschenlampe zurück ins Treppenhaus und begutachtete von außen die Wohnungstür.

»Keine Einbruchspuren«, verkündete sie nach einer Weile und drehte sich zu Radke um. »Hatten Sie die Tür eventuell nur hinter sich zugezogen und nicht abgeschlossen?«

»Kann sein. Ich erinnere mich leider nicht mehr.«

Anna Schubert zog die Tür zu und holte eine weiße Plastikkarte aus ihrem Overall. Dann schob sie die Karte in den schmalen Spalt zwischen Tür und Rahmen und bewegte sie auf und ab, bis die Tür einfach aufsprang.

»Das ist was für Anfänger«, bemerkte sie mit hochgezogenen Augenbrauen. »Das Schloss sollte dringend ausgetauscht werden.«

Daniel Radke nickte eingeschüchtert.

»Eine Frage zum Abschluss habe ich noch«, sagte Florian. »Hat Herr Rauch Emma in seinem Café eigentlich einmal angesprochen?«

»Er hat meistens die Bestellung für uns aufgenommen. Ich denke, er mochte sie. Aber das taten viele.«

»Außerhalb des Cafés hatten die beiden demnach keinen Kontakt?«

Radke musste nicht lange nachdenken. »Nicht, dass ich wüsste. Wieso? Der Kerl ist doch uralt. An dem hätte Emma niemals Interesse gehabt.«

»Und umgekehrt? Hatte Herr Rauch vielleicht ein Auge auf sie geworfen?«

Daniel Radke zuckte mit den Schultern. »Ich glaube nicht. Aber vielleicht habe ich auch einfach nicht drauf geachtet. Er hat jedenfalls nie anzügliche Sprüche gemacht, falls Sie das meinen.«

»Ich danke Ihnen erst einmal.« Florian reichte Radke die Hand. »Gehen Sie doch hinunter zu meinen Kollegen, die fahren Sie zu Ihren Eltern. Mit dem Beruhigungsmittel, das Sie genommen haben, sollten Sie auch kein Fahrrad mehr fahren.«

Er lotste Radke zum Fahrstuhl und bugsierte ihn hinein. Nachdem sich die Türen geschlossen hatten, sagte er:

»Das Erste, was wir morgen früh tun, ist, uns diesen Rauch zu schnappen!«

20

»Schlaf doch noch ein Weilchen. Genieße es. Heute Abend ist die Kleine wieder bei uns und sie wird nachts bestimmt ein paarmal wach«, flüsterte Florian ihr ins Ohr und küsste sie sanft auf die Wange.

»Ich komme mit«, protestierte Julia. »Das ist viel zu wichtig. Valerie Köhler lebt vielleicht noch und wir müssen sie finden. Du kannst meine Hilfe sehr gut gebrauchen und vier Augen sehen mehr als zwei.«

Florian seufzte. »Schatz, gönn dir doch ein wenig Ruhe und stresse dich nicht.«

Julia fuhr hoch.

»Hör auf, mich so zu behandeln«, fauchte sie. »Ich bin immer noch dieselbe Frau wie vor Sophias Geburt. Ich überführe Täter, indem ich ihre Spuren auf den Opfern nachweise, und ich möchte auch vor Ort dabei sein. Ich höre doch jetzt nicht auf, bloß weil wir ein Kind bekommen haben.«

»Ich meine es ja nur gut.«

»Das weiß ich, aber du übertreibst es. Du behandelst mich, als wäre ich aus Zucker und könnte beim kleinsten Regentropfen zerlaufen. Ich will, dass der Mörder dieser vier Frauen zur Strecke gebracht wird, und ich wünsche mir nichts sehnlicher, als Valerie Köhler aus seinen Klauen zu befreien. Ich liege nicht hier im Bett und schlafe weiter, während du zu Hendrik Rauch fährst.«

»Aber …«, hob Florian zu sprechen an.

»Kein Aber«, fuhr Julia dazwischen. »Wir arbeiten zusammen wie immer. Außerdem ist Martin Saathoff mit den Befragungen der Bewohner aus Emma Kaufmanns Wohnblock beschäftigt.«

Florian stieß erneut einen Seufzer aus. »Also gut. Ich sehe es ein«, brummte er, griff ihre Hand und zog sie hoch aus dem Bett. »Aber wehe, du gähnst oder machst schlapp.« Er grinste frech und umfasste Julias Hüften mit den Händen. Seine blauen Augen durchdrangen sie.

»Wir müssen los«, sagte sie schnell und verscheuchte die Gedanken an Florians durchtrainierten Körper und die Sehnsucht, die gerade in ihr erwachte.

Julia huschte ins Bad und machte sich fertig. Im Spiegel betrachtete sie ihr Gesicht und kämmte die schwarzen Haare. Zügig legte sie etwas Lippenstift auf und ging zu Florian in die Küche, wo er ihr eine Tasse Kaffee hinhielt. Sie nahm zwei, drei Schlucke und zog sich Schuhe an.

»Lass uns keine Zeit verlieren«, sagte sie. »Ich will mich unbedingt bei Rauch zu Hause umsehen. Sein Café kennen wir ja schon.«

»Wir müssen damit rechnen, dass er uns nicht reinlässt. Bisher haben wir keinen Durchsuchungsbeschluss. Ich kann mir allerdings auch nicht vorstellen, dass er Valerie Köhler bei sich zu Hause festhält. Er wohnt in der dritten Etage und im Keller wird er sie kaum untergebracht haben. Üblicherweise befinden sich in diesen Wohnhäusern nur Kellerverschläge aus dünnem Lattenholz.«

»Andererseits hat Hendrik Rauch eine Verbindung zu drei Opfern und zu Valerie Köhler. Nur zu Frieda Raabe haben wir noch keine. Fest steht, der Kerl hat es auf dunkelhaarige Frauen abgesehen. Marlies Köhler hat er sogar gestalkt. Alles in allem sieht mir das nach einer ziemlich vielversprechenden Spur aus.«

»Aber er hat ein Alibi für den Tag, an dem Marlies Köhler verschwunden ist. Er war angeblich auf dieser Messe für Gastronomiebedarf. Erinnerst du dich?«

Julia nickte. »Bestimmt konnte er sich einfach ein Ticket besorgen oder er hat einen Freund darum gebeten. Habt ihr das auch überprüft?«

»Martin ist dran. Aber die Messe ist zwei Jahre her. Da gibt es keine Überwachungsaufnahmen mehr und Zeugen vermutlich ebenfalls nicht.«

»Wir werden ja sehen, was er uns zu den anderen Frauen erzählt. Bestimmt hat er nicht für jeden Zeitpunkt eine Ausrede.«

Julia öffnete die Wohnungstür und wartete, bis Florian sie abgeschlossen hatte.

Sie fuhren knapp eine halbe Stunde, bis sie den Häuserblock erreichten, in dem Hendrik Rauch wohnte. Florian sprang als Erster aus dem Wagen und eilte zur

Haustür, wo er auf den Klingelknopf zu Rauchs Wohnung drückte. Als Julia neben ihm stand, herrschte immer noch Stille. Entweder war Rauch nicht zu Hause oder er wollte sie nicht hereinlassen. Florian probierte es erneut. Nichts.

»Probiere es bei den Nachbarn«, schlug Julia vor.

Der Türöffner brummte. Florian blieb kurz stehen und rief Hallo in die Gegensprechanlage. Doch niemand reagierte. Also stiegen sie in die dritte Etage hinauf, in der Hendrik Rauch wohnte. Oben auf dem Treppenabsatz erwartete sie eine Frau in einer ausgebeulten Jeans und zerknitterten Bluse.

»Guten Morgen«, grüßte sie Florian und Julia mit rauchiger Stimme. »Wollen Sie zu mir oder zum Rauch nebenan?«

»Wir sind auf der Suche nach Hendrik Rauch, aber er öffnet nicht.«

»Kein Wunder, der ist heute Morgen schon ganz früh weg. So gegen fünf. Der hat seine Tür so laut zugeknallt, dass ich wach geworden bin. Mein Schlafzimmer grenzt ans Treppenhaus. Ich habe ihn die Treppe runtertrampeln gehört. Wahrscheinlich trifft er sich wieder mit seinem Bruder in der neuen Lagerhalle.«

»In was für einer Lagerhalle?«, hakte Florian nach.

»Na in der, die sie vor ein paar Wochen aus so einer Zwangsversteigerung erworben haben.« Sie grinste stolz. »Er meinte, ich könnte notfalls dort einziehen, falls ich mir hier die Miete nicht mehr leisten kann.«

Als sie Florians fragenden Blick bemerkte, fügte sie hinzu: »Ich bin arbeitsunfähig, wie man so schön sagt, und die Preise steigen und steigen, nur das bisschen Kohle, was ich im Monat bekomme, nicht.«

»Oh, das tut mir leid. Könnten Sie uns die Adresse dieser Halle geben? Wir müssen nämlich dringend mit Herrn Rauch sprechen.«

Die Nachbarin beäugte Florian misstrauisch.

»Was wollen Sie denn von ihm? Ich will ihn nicht in Schwierigkeiten bringen.«

»Hören Sie, Frau ...« Florians Blick schnellte zum Klingelschild. »Frau Krause. Eine junge Frau wird vermisst. Vermutlich schwebt sie in Lebensgefahr, und wir glauben, dass Herr Rauch uns helfen könnte, sie zu finden.« Er zog seinen Dienstausweis aus der Tasche und zeigte ihn der Frau, die ihn völlig entgeistert anstarrte.

»Und das sagen Sie mir erst jetzt, dass Sie von der Kripo sind?« Sie sah zu Julia hinüber. »Sie aber nicht, oder?«

»Ich bin Julia Schwarz von der Rechtsmedizin. Sie würden uns wirklich sehr helfen, wenn Sie uns die Adresse nennen könnten.«

»Junge, Junge«, murmelte die Nachbarin unsicher. Dann verschwand sie ohne ein weiteres Wort in der Wohnung, ließ die Tür jedoch offen.

Kurz darauf kehrte sie mit einem Zettel in der Hand zurück.

»Hier ist die Anzeige der Zwangsversteigerung, da steht auch die Adresse drauf.«

»Danke«, sagte Florian. »Ich hätte noch eine Frage. Können Sie uns sagen, ob Herr Rauch in dieser Woche jeden Abend zu Hause war?«

»Sie stellen mir vielleicht komische Fragen«, brummte Frau Krause und runzelte die Stirn. »Unter der Woche ist er meistens hier. Er stellt seinen verdammten Fernseher so laut, dass ich mithören kann. Aber gestern, da war es ruhig. Ich habe ihn nicht gehört.«

»Und am Abend vor vier Tagen?«, hakte Julia nach.

Frau Krause kratzte sich am Kinn. »Ich denke, er war zu Hause, aber meine Hand könnte ich dafür nicht ins Feuer legen.«

»Danke«, sagte Florian und machte auf dem Absatz kehrt.

Julia folgte ihm die Treppen hinunter. Während Florian zur Haustür hinausging, konnte sie es nicht lassen und warf einen Blick in den Keller. Sie öffnete die Feuerschutztür und blickte auf nackten Betonboden. Sicherheitshalber schaute sie sich um. Es sah aus, wie Florian vorhergesagt hatte. An beiden Seiten des Kellers befanden sich Holzverschläge, durch deren Holzlatten Julia hindurchblicken konnte. Dieser Keller hatte keine Ähnlichkeit mit dem vom Video. Sie eilte nach oben und setzte sich zu Florian ins Auto.

»Und?«, fragte er.

»Nichts«, murmelte sie. Einen Moment lang fürchtete sie, er würde ihr Vorhaltungen machen. Schließlich hatte er gleich gesagt, dass es nicht der Keller sein konnte, den sie suchten. Doch in seinem Blick lag lediglich Neugier.

»Wir schauen uns die Halle an. Rauchs Bruder steht auch auf meiner Liste. Wenn wir beide gemeinsam antreffen, ist es umso besser.«

Das Navigationssystem lotste sie Richtung Westen, an

der Fundstelle von Marlies Köhlers Leiche vorbei, in ein weiteres Gewerbegebiet, das allerdings wesentlich älter wirkte. An einer Halle aus dunkelroten Backsteinen stiegen sie aus. Mehrere Lieferwagen parkten vor dem Eingang.

Hendrik Rauch kam mit hochrotem Kopf heraus, einen schweren Sack über der Schulter. Als er sie bemerkte, verlangsamte er seine Schritte und eine tiefe Falte bildete sich auf seiner Stirn.

»Guten Morgen, Herr Rauch. Können wir Sie kurz sprechen?«, fragte Florian.

»Moment. Ich muss das Mehl loswerden.« Er bugsierte den Sack in einen Lieferwagen und wischte sich ein paar Schweißtropfen von der Stirn.

»Was gibt es denn schon wieder? Wir hatten doch erst gestern das Vergnügen.« Hendrik Rauch schloss die Türen und musterte Florian schlecht gelaunt.

»Die Ereignisse überschlagen sich«, erwiderte Florian. »Wo waren Sie gestern Abend?«

Rauch kniff die Lippen zusammen und schwieg.

»Er war bei mir«, sagte plötzlich ein Mann, den Julia gar nicht bemerkt hatte. Er war älter als Hendrik Rauch, doch der Blick in seinen Augen und sein kräftiger Körperbau erinnerten stark an ihn.

»Karsten Rauch, mein Name. Ich bin sein Bruder.«

»Ich heiße Florian Kessler und das ist Doktor Schwarz aus der Rechtsmedizin. Schön, Sie kennenzulernen, denn wir haben ebenfalls ein paar Fragen an Sie. Vielleicht können Sie uns erst einmal erzählen, wo Sie gestern Abend waren.«

»Im Restaurant, beim Chinesen.«

»Nein«, unterbrach ihn Hendrik Rauch. »Das verwechselst du. Gestern waren wir bei dir zu Hause und am Abend davor beim Chinesen.«

In Karsten Rauchs Augen blitzte Unverständnis auf, doch er widersprach seinem Bruder nicht.

»Genau so war es«, bestätigte er stattdessen.

»Aha«, sagte Florian. »Kann das jemand bezeugen?«

»Meine ... meine Frau?«, stotterte Karsten Rauch. »Ich kann sie später herbitten, wenn Sie mögen.«

»Nein, danke. Ich schicke einen Kollegen zu ihr. Können wir uns irgendwo ungestört unterhalten?« Florian schaute zwei Mitarbeiter an, die in diesem Moment weitere Säcke in einen Lieferwagen hievten.

»Jetzt gleich? Ich habe eigentlich noch viel zu tun«, entgegnete Karsten Rauch.

»Es wird nicht lange dauern«, versprach Florian.

Der Bäckermeister schaute Hilfe suchend zu seinem Bruder. Als dieser nickte, winkte er sie mit sich.

»Kommen Sie, vorne in der Halle ist ein Büro. Dort haben wir Ruhe.«

Sie folgten den Brüdern in die Halle. Der dunkle Betonboden passte ebenfalls nicht zu den weißen Fliesen aus dem Video. Julia fragte sich, ob es unter der Halle einen Keller geben könnte. Sie konnte jedoch keine Treppe entdecken. Sie nahmen in einem Container Platz, der zu einem Büro ausgebaut war. Florian zog einen Notizblock und ein Foto aus der Tasche.

»Kennen Sie die Frau?«, wollte er wissen und sah Hendrik Rauch an.

»Sie kommt mir irgendwie bekannt vor, aber ich denke nicht.«

»Und Sie?« Florian wandte sich an den Bruder.

Karsten Rauch schüttelte sofort den Kopf.

»Nein. Ich habe sie noch nie gesehen.« Er richtete seinen Blick auf Julia. »Ist sie tot? Deswegen sind Sie doch hier? Als Rechtsmedizinerin, meine ich.«

»Sie ist leider Opfer eines Gewaltverbrechens geworden«, bestätigte ihm Julia.

»Aber ich habe nichts damit zu tun«, fuhr Hendrik Rauch dazwischen. »Verdammt. Gestern erzählen Sie mir von zwei toten Frauen und heute ist die nächste tot? Ich habe hier wirklich viel Arbeit. Wann zum Teufel sollte ich denn da jemanden umbringen?« Er rempelte seinen Bruder von der Seite an. »Na los, Karsten. Jetzt sag mal was. Ständig helfe ich dir oder schufte im Café und ich kann keiner Fliege etwas zuleide tun.«

»Ja.« Sein Bruder nickte energisch. »Das kann ich nur bestätigen. Hendrik hat mir von Marlies Köhler erzählt. Das tut mir echt total leid. Ich kann mir das gar nicht erklären.«

»Merkwürdig an der Sache ist jedoch«, fuhr Florian fort, »dass jeder von Ihnen offenbar eine Mitarbeiterin verloren hat. Marlies Köhler aus der Bäckerei und Lotte Harburg aus dem Café. Vielleicht erläutern Sie uns das?« Florian blickte die beiden Brüder abwechselnd an.

»Keine Ahnung.« Die Stimme von Karsten Rauch klang hektisch. »Ich bin verheiratet. Ich mache mich nicht an junge Frauen ran.« Er warf seinem Bruder einen vielsagenden Blick zu.

»Spinnst du?«, fuhr Hendrik Rauch ihn an. »Was fällst du mir hier in den Rücken? Denkst du etwa ernsthaft, ich hätte etwas damit zu tun? Du hast doch gerade erst gesagt, dass ich damit nichts zu tun habe.«

Karsten Rauch wandte sich ab und starrte auf die Spitzen seiner Schuhe. Sein Brustkorb hob und senkte sich so schnell, dass Julia befürchtete, er könnte jeden Moment umkippen.

»Ich halte zu dir«, krächzte er und rieb sich plötzlich müde die Augen. »Aber du hättest besser die Finger von ihnen gelassen. Ich habe es dir damals schon gesagt, und jetzt siehst du, wo uns das hinführt. Die Kripo will uns in den Knast stecken.«

»Bleiben Sie bitte ruhig«, bat Florian. »Wenn Sie unschuldig sind, passiert Ihnen überhaupt nichts. Erzählen Sie uns einfach die Wahrheit, und helfen Sie uns, diese schrecklichen Mordfälle aufzuklären.«

Karsten Rauch öffnete den Mund und schloss ihn wieder, ohne zu sprechen. Hendrik Rauch hingegen verschränkte die Arme vor der Brust und sah Florian zornig an.

»Ich werde Ihnen mal was sagen, wir reden nicht mehr mit Ihnen. Wir suchen uns jetzt nämlich erst einmal einen Anwalt.« Er erhob sich und zerrte seinen Bruder ebenfalls vom Stuhl hoch.

»Komm mit«, befahl er ihm, und Julia fragte sich, wer von den beiden eigentlich der Ältere war.

21

Valerie weinte, obwohl nicht eine einzige Träne aus ihren Augen kam. Sie hatte keine mehr. Sie hatte gar nichts mehr. Der Schimpanse war dahintergekommen, dass sie ihn in dem Raum mit dem Schminktisch gesehen hatte. Kurz nachdem sie wieder auf der Matratze lag, war er zu ihr hereingestürmt und hatte sie beschimpft.

»Miststück, Hure, Schlampe!«, brüllte er und zerrte sie auf die Füße. Er packte ihre Oberarme so fest, dass sie vor Schmerzen aufschrie. Aber das interessierte ihn wenig.

»Weißt du, was man mit Mädchen macht, die nicht artig sind?«, fragte er und der dämliche Schimpanse auf der Maske grinste sie dabei ununterbrochen an.

»Ich mache es nicht wieder«, beteuerte sie, doch es stimmte ihn nicht um.

Er zerrte sie in den Flur und warf sie zu Boden.

»Du rührst dich nicht«, befahl er, schloss die Tür linker Hand auf und verschwand in dem Raum dahinter. Er kehrte mit einem langen, durchsichtigen Plastikschlauch zurück. Voller Entsetzen erkannte sie, dass der Schlauch mit einer Injektionskanüle verbunden war. Er riss ihren rechten Arm hoch und stach zu.

»Wie gesagt, besser, du rührst dich nicht. Du weißt ja, was passiert, wenn Luft in deine Vene gelangt.«

Sie wusste es nicht, aber seine rabenschwarzen Augen ließen keinen Zweifel daran, dass es ihren sicheren Tod bedeuten würde. Also blieb sie stocksteif auf dem eisigen Boden liegen. Selbst als sie merkte, dass sie kaum noch ihre Blase kontrollieren konnte, rührte sie sich nicht.

Der Schimpanse rollte einen Ständer in den Flur, an dem eine Flasche hing.

»Stillhalten«, zischte er und schloss den Plastikschlauch, der über die Kanüle in ihr Fleisch führte, an die Flasche an. Ihr Inhalt tropfte langsam in den Schlauch.

Zuerst fühlte es sich kalt an und dann heiß. Der Schimpanse lächelte und irgendwie vergrößerte sich der Abstand zwischen ihnen. Obwohl sich keiner von ihnen bewegte.

»Hast du Marlies auch Drogen eingeflößt?«, fragte sie mit letzter Kraft und kassierte einen kräftigen Schlag seiner Faust.

»Hör auf, die Rebellin zu spielen. Das steht dir nicht.«

Er ließ sie einfach liegen. Mitten im Flur. Das grelle Licht der Neonröhren über ihr flackerte. Sie blickte zur Treppe und sah, dass die Tür zur oberen Etage offen stand. Da war der Weg in die Freiheit. So nah und doch so fern. Sie bewegte die Beine, doch die versagten ihr den Dienst. Selbst die Lider konnte sie nicht länger aufhalten.

Immerhin funktionierten ihre Ohren. Sie hörte den Schimpansen, der im Schminkzimmer herumlief. Ob dort noch die unbekannte Frau saß? Die mit den geschlossenen Augen und der blassgrauen Haut? Was hatte er ihr angetan? Oder vielmehr: Was würde er ihr, Valerie, antun und was hatte er mit Marlies angestellt?

Plötzlich kam er wieder zu ihr. Sie wollte schreien, aber es ging nicht. Ein feuchtes Tuch berührte ihre Wangen und die Stelle, an der seine Faust sie getroffen hatte.

»Du blödes Miststück. Du hast mich provoziert! Sieh an, was du getan hast. Deinetwegen ist nun dein Gesicht beschädigt. Es ist nicht vorzeigbar. Verdammt!«

Er entfernte sich und kehrte mit einem Pinsel zurück. Sie konnte ihn nicht sehen, da ihre Lider den Dienst versagten. Sie waren einfach zugeklappt und ließen sich nicht mehr öffnen. Aber sie spürte den Pinsel, wie er sanft über ihr Kinn fuhr.

»Schon besser.« Sie wusste, dass er lächelte. »Rühr dich nicht«, säuselte er, während er ihr die Wangen tätschelte.

Valerie wollte den Kopf wegdrehen. Doch sie musste seine schrecklichen Berührungen stumm ertragen. Seine Finger wanderten ihren Hals entlang, hinunter zu ihren Brüsten. Er packte fest zu. In diesem Moment konnte sie nicht länger an sich halten. Eine warme Flüssigkeit breitete sich zwischen ihren Schenkeln aus. Der Schimpanse schien es nicht zu bemerken. Noch immer knetete er derb ihre Brüste.

Doch plötzlich hörte er auf.

Valerie wappnete sich für den nächsten Schlag. Er

würde sie dafür bestrafen, dass sie sich in die Hose gemacht hatte. Ihr einziger Trost war, dass sie es nicht spüren konnte. Aber er hastete davon, nur um gleich wieder zurückzukommen.

»Was ist denn hier passiert?«, fragte er mit honigsüßer Stimme. »Hat sich da jemand vor Angst eingenässt?«

Valerie vernahm ein leises Surren, wie von einer Kamera, die sich scharf stellte. Die Drogen rauschten durch ihr Blut. Sie spürte die Hitze, die sich in ihr ausbreitete. Den Schimpansen konnte sie kaum noch verstehen. Er redete wirres Zeug. Und dann packte er sie am Handgelenk und riss abermals ihren Arm hoch. Valeries Bewusstsein driftete davon. Sie wusste nicht, was er tat und ob er überhaupt noch neben ihr war. Selbst die Frau, die sie in dem Zimmer gesehen hatte, kam ihr auf einmal so unwirklich vor. Als wäre sie nie da gewesen. Als hätte sie sich alles nur eingebildet. Konnte das sein?

Träumte sie bloß einen schlimmen Traum und wenn sie aufwachte, wäre alles wieder gut?

Vielleicht war der Schimpanse auch nur eine Einbildung. Ein Albtraum, den sie einfach nur durchhalten musste, bis der nächste Morgen anbrach.

»Ja, du darfst jetzt nicht aufgeben. Tue es für mich«, flüsterte ihr jemand ins Ohr.

»Marlies?«, hauchte sie, und plötzlich konnte sie die Augen wieder öffnen.

»Du schaffst das für mich«, sagte Marlies, ihre wunderschöne Schwester. »Ich bin immer bei dir.«

Die Sonne schien so hell am Himmel, dass Marlies wie

ein Engel aussah. Ein goldener Kranz hatte sich um ihren Kopf gebildet.

»Marlies. Endlich habe ich dich gefunden.«

»Das hast du und jetzt kehre ich zurück.«

»Nein«, schrie Valerie, als sie bemerkte, wie ihre Schwester sich aufzulösen begann. Die Sonne, die sie eben noch so wunderbar angestrahlt hatte, bohrte sich durch Marlies' Körper und hinterließ nichts als Löcher, durch die Valerie den strahlend blauen Himmel hinter ihr sah.

»Ich bin immer bei dir«, waren Marlies' letzte Worte, und dann wurde Valerie herumgerissen und alles um sie versank in einer eiskalten Schwärze.

22

Die farblosen Betonwände der Klinik hinterließen einen traurigen Eindruck. Genauso traurig wie der Anlass, der sie hierherführte. Julia nickte Lenja zu und sie stiegen aus dem Wagen.

»Vier Jahre sind eine lange Zeit«, sagte Lenja und schlug die Beifahrertür zu.

Julia wollte den Autoschlüssel ins Schloss stecken, doch plötzlich fiel ihr wieder ein, dass ihr neuer Wagen sich mit der Fernbedienung verriegeln ließ. Sie drückte den Knopf und lächelte zufrieden, als der Wagen mit einem lauten Klick reagierte. Dann folgte sie Lenja ein paar Stufen zum Eingang hinauf, wo sich eine gläserne Schiebetür surrend vor ihnen öffnete.

Das Innere der Klinik wirkte mindestens so freudlos wie die äußere Fassade. Der graue Boden im Empfangsbereich hatte die besten Zeiten längst hinter sich. Die weißen Wände und der weiße Tresen, hinter dem eine Frau in ebenso weißem Kittel saß, führten dazu, dass Julia am liebsten auf der Stelle kehrtgemacht hätte. Zudem schlug ihnen ein Geruch aus fadem Kaffee, Reinigungsmitteln und menschlichen Ausdünstungen entgegen. Sie fragte sich unwillkürlich, wie ein Mensch mit labilem Gemütszustand sich in einer solchen Umgebung erholen sollte. Aber vielleicht hatte man ein möglichst reizarmes Umfeld schaffen wollen und da wären Farben, die Emotionen in dem Patienten auslösen könnten, möglicherweise fehl am Platz.

»Guten Tag, wir sind vom rechtsmedizinischen Institut und haben einen Termin mit Doktor Völler«, sagte Lenja.

Die Frau in Weiß fuhr mit dem Stift über eine Namensliste und machte ein Kreuz am linken Rand.

»Sie sind Doktor Julia Schwarz und Lenja Nielsen?«

»Richtig. Das sind wir.«

»Begeben Sie sich bitte in die dritte Etage, Zimmer drei-null-eins. Doktor Völler erwartet Sie bereits. Die Besucherausweise hängen Sie sich am besten um. Die dürfen nicht verloren gehen.« Sie entnahm aus einem Umschlag zwei vorbereitete Plastikkarten mit ihren Namen darauf und reichte sie Lenja.

»Danke«, erwiderte ihre Assistentin und hing sich eine Karte um den Hals.

Julia tat es ihr gleich. Sie nahmen die Treppe und öffneten mit der Karte die Sicherheitstür.

»Zimmer drei null eins«, wiederholte Lenja und sah sich um. Dann marschierten sie rechts den Gang hinunter und zu einer Tür, die genauso grau war wie der Fußboden.

Lenja klopfte an und kurz darauf hörten sie eine tiefe Stimme.

»Herein!«

In dem schmalen Büro erwartete sie ein Mann, der gut eins neunzig groß war und die Haare auf Schulterlänge trug. Er war etwa fünfunddreißig Jahre alt, und als er zur Begrüßung lächelte, erschienen Grübchen auf seinen Wangen.

»Wie schön, dass Sie mein Büro gefunden haben. Mein Name ist Heiko Völler. Setzen Sie sich doch bitte.« Er machte eine einladende Handbewegung.

»Ich bin Lenja Nielsen und das ist Julia Schwarz.«

Der Arzt ergriff Julias Hand und drückte fest zu. Nachdem sie am Besprechungstisch Platz genommen hatten, umrundete er seinen Schreibtisch und holte eine Akte aus dem Regal dahinter. Anschließend setzte er sich zu ihnen und schlug die Akte auf.

»Ich bin sehr froh, dass die Kriminalpolizei sich dazu entschlossen hat, Sie zu uns zu schicken. Wir hätten andernfalls kein Gespräch erlauben können. Da hätte auch der richterliche Beschluss nichts dran geändert. Mathilda ist derzeit sehr labil. Sie bildet sich leider immer noch ein, schuld am Verschwinden ihrer Freundin zu sein.« Er sah auf und ein Schatten huschte über sein Gesicht. »Offen gestanden gehen mir langsam die therapeutischen Möglichkeiten aus. Ich halte die Dosis ihres Medikaments so gering wie möglich, aber wenn nicht endlich eine Besserung eintritt, muss ich sie wohl demnächst erhöhen. Mathilda ist suizidgefährdet. Ich muss daher bei dem Gespräch dabei sein und notfalls eingreifen.«

»Selbstverständlich«, erwiderte Julia. »Wir erhoffen uns von ihr einen Hinweis auf den Täter. Die Polizei hat derzeit drei Verdächtige im Visier und wir würden Ihrer Patientin gern Fotos dieser Männer zeigen. Vielleicht ruft das eine Erinnerung in ihr wach.«

Dr. Völler rieb sich den Nacken, als hätte er eine Muskelverspannung. Doch es war wohl eher eine Verlegenheitsgeste.

»Okay. Florian Kessler hat mich schon am Telefon informiert, wie dringend die Angelegenheit ist und dass sich derzeit offenbar eine weitere Frau in Lebensgefahr befindet. Ich möchte da natürlich helfen. Allerdings darf sich Mathildas Zustand hierdurch nicht weiter verschlechtern. Es ist eine Gratwanderung.«

»Hat sie Ihnen gegenüber denn jemals einen Täter erwähnt?«, wollte Julia wissen. »Die Polizei hat damals keinen Verdächtigen festgenommen aus Mangel an Beweisen.«

»Ich glaube, inzwischen haben wir jeden jungen Mann ihres Semesters durch. Mathilda hat mit Lotte Harburg auf Lehramt Deutsch und Mathematik studiert. Sie waren auf einer großen Party, die im Hauptgebäude des Universitätscampus stattfand. Nicht nur ihr Semester, die halbe Uni hat dort gefeiert. Es ist im Grunde genommen unmöglich, unter all den Besuchern einen Schuldigen auszumachen. Sowohl Lotte als auch Mathilda sind oder waren zwei sehr attraktive Frauen. Es wimmelte bloß so von Verehrern. Um es kurz zu machen: Nein, wir konnten keinen ihrer Kommilitonen als möglichen Täter herausarbeiten. Aber vielleicht bringt es ja etwas, ihr die Fotos zu zeigen.«

»Gibt es sonst noch etwas, das wir beachten sollten?«, fragte Julia.

»Ich denke nicht. Kommen Sie, wir sprechen mit ihr in ihrem Zimmer, dort fühlt sie sich geborgen.«

Dr. Völler begleitete sie zum Fahrstuhl, und sie fuhren in die fünfte Etage, die ein exaktes Abbild von Dr. Völlers Etage darstellte. Die Farben und die Anordnung der Zimmer waren dieselben, nur die Sicherheitsvorkehrungen waren noch höher, denn an allen Fenstern waren zusätzlich Gitter angebracht. Unwillkürlich fühlte sich Julia an ein Gefängnis erinnert. Wie sollte eine vom Schicksal getroffene junge Frau an einem derart bedrückenden Ort ihre Lebensfreude wiederfinden? Dr. Völler klopfte an die letzte Tür in dem langen Gang und drückte die Klinke hinunter, als ein schwaches »Herein« ertönte.

»Guten Morgen, Mathilda«, begrüßte er eine kleine blonde Frau, die in der Ecke auf dem Bett saß und sie mit großen Augen ansah.

»Ich habe die Gäste mitgebracht, über die wir gestern gesprochen haben. Erinnerst du dich?«

Mathilda nickte zögerlich, sagte jedoch kein Wort.

»Ich bin Julia Schwarz und das ist meine Kollegin Lenja Nielsen. Wir möchten mit Ihnen reden, weil Sie uns vielleicht helfen können.« Julia streckte ihr die Hand entgegen und Mathilda drückte sie mit kalten, zarten Fingern. Sie wirkte so zerbrechlich, dass sie Julia sofort leidtat. Sie setzte sich zusammen mit Lenja auf die beiden Stühle neben dem Bett, die offenbar extra für ihr Gespräch dorthin gestellt worden waren.

»Was kann ich denn tun? Lotte ist tot. Es ist doch alles

egal. Selbst wenn Sie ihren Mörder finden, bringt es Lotte nicht zurück, und ich bleibe weiter alleine.«

Julia überlegte krampfhaft, was sie erwidern sollte.

»Hören Sie, Mathilda. Sie haben recht. Lotte wird nicht zurückkommen. Aber es gibt da eine andere Frau, die vom selben Täter festgehalten wird und die wir möglicherweise retten können.«

Mathildas Augen weiteten sich noch ein Stückchen mehr. »Eine andere Frau? Das wusste ich gar nicht.« Ihr Blick huschte unsicher zu Dr. Völler hinüber.

»Vielleicht erzählt Doktor Schwarz Ihnen kurz die Details«, sagte Dr. Völler. »Dann können Sie womöglich verstehen, dass Sie an der ganzen Sache damals keinerlei Schuld trifft.«

»Uns ist in der Rechtsmedizin aufgefallen, dass es weitere Opfer ein und desselben Täters gibt«, begann Julia. »Das Schema ist immer das Gleiche. Eine junge Frau verschwindet von einem Tag auf den anderen. Ihre Familie und ihre Freunde stehen vor einem Rätsel. Allerdings hätte keiner von ihnen das Verbrechen verhindern können, denn es ist ein Serientäter, der die Frauen entführt. Er geht extrem raffiniert vor. Unabhängig davon, was damals auf dieser Party geschah, hätte er Lotte so oder so verschleppt. Wenn nicht an jenem Abend, dann an einem anderen. Sie hätten nichts dagegen tun können. Wir glauben, dass er Lotte beobachtet hat. Vielleicht erkennen Sie ihn ja wieder.«

Julia holte die Fotos aus ihrer Tasche und breitete sie vor Mathilda aus.

»Einer von ihnen ist es?«, fragte diese erschrocken.

»Das sind drei Verdächtige. Mehr können wir leider nicht sagen.«

Mathilda betrachtete jedes Foto genau und tippte auf Hendrik Rauch.

»Das hier ist der Chef von Lotte. Sie hat öfter in seinem Eiscafé ausgeholfen. Ich war ein paarmal dort.« Sie blickte auf. »Hat er Lotte getötet?«

Julia zuckte mit der Schulter. »Wir wissen es nicht. Haben Sie ihn an jenem Abend auf der Studentenparty gesehen?«

»Nein. Das habe ich damals auch der Polizei gesagt. Aber er war interessiert an Lotte. Hat sie immer wieder zum Essen eingeladen oder ihr kleine Geschenke gemacht.«

»Und was ist mit diesem Mann?« Julia zeigte auf Adrian Haberland.

Mathildas Augen wanderten unruhig über das Foto.

»Ich weiß es nicht. Er kommt mir schon bekannt vor. Aber es war so voll auf der Party. So viele Gesichter. Keine Ahnung.«

»Und zu einem anderen Zeitpunkt? Haben Sie diesen Mann vielleicht mal an der Uni gesehen?«

Mathilda begann am Fingernagel zu knabbern, sodass Dr. Völler eingriff.

»Ist okay, Mathilda. Wir wissen, dass das alles vier Jahre her ist. Keiner von uns könnte sich genau erinnern.«

Mathilda hörte auf und legte die Hände in den Schoß.

»Ich kenne ihn nicht. Weder von der Uni noch sonst irgendwoher. Und den Dritten auf dem Foto habe ich ebenfalls noch nie gesehen.«

»Ich möchte Ihnen auch die Frauen zeigen, die leider dasselbe Schicksal mit Lotte teilen. Kommt Ihnen vielleicht eine bekannt vor?«

Julia breitete die Fotos von Frieda Raabe, Marlies Köhler und Emma Kaufmann vor Mathilda aus. Dann legte sie eine Aufnahme von Valerie Köhler dazu.

Während Mathilda die Frauen betrachtete, presste sie die Lippen fest zusammen.

»Sind sie alle tot?«, wollte sie nach einer Weile wissen.

Julia schob das Foto von Valerie Köhler beiseite und nickte. »Alle, bis auf diese.«

Mathilda nahm das Foto von Valerie. »Sie könnte noch gerettet werden?«

»Ja, sofern wir sie rechtzeitig finden.«

»Aber ich erkenne keine einzige dieser Frauen. Wie soll ich ihr denn helfen?« Mathildas Stimme klang panisch.

»Ganz ruhig«, fuhr Dr. Völler dazwischen. »Es ist nicht Ihre Aufgabe, den Täter herauszufinden. Das können Sie gar nicht. Sie sollen nur überlegen, ob Ihnen etwas einfällt, und wenn nicht, ist es auch gut. Niemand erwartet etwas von Ihnen.«

»Das stimmt«, bestätigte Julia. »Wir gehen lediglich jeder Spur noch einmal nach. Manchmal übersieht man Dinge oder hält sie für unwichtig, obwohl sie sich im Nachhinein doch als relevant herausstellen. Es ist ein großes Puzzle und wir müssen sorgfältig die einzelnen Teilchen finden und an die richtige Stelle legen. Also setzen Sie sich bitte nicht unter Druck. Erzählen Sie uns einfach von dieser Party und wann Ihnen auffiel, dass Lotte nicht mehr da war.«

»Okay«, sagte Mathilda mit dünner Stimme. »Wir waren spät dran. Kamen erst gegen halb zehn auf dem Campus an, weil wir vorher noch einen Film angesehen haben. Wir hatten schon zwei oder drei Bier getrunken und freuten uns auf die Party. Wir sind also ins Hauptgebäude und gleich auf die Tanzfläche, da wir dort Kommilitonen entdeckt hatten. Lotte fand diesen Jens damals ganz toll. Sie hat mit ihm getanzt und ich ebenfalls. Dann hat mich Martin, ein Freund von Jens, auf einen Drink eingeladen und ich bin mit ihm zur Bar. Lotte und Jens kamen ein wenig später nach. An der Bar haben wir bestimmt eine Stunde verbracht, bis ich zur Toilette musste.« Mathilda hielt inne und schluckte schwer, bevor sie weitersprach: »Als ich wiederkam, war Lotte weg. Ich dachte mir nichts dabei und habe mit den beiden Jungs weitergetrunken. Erst nach einer ganzen Weile wunderte ich mich, wo Lotte steckte. Ich rief sie auf dem Handy an, aber ihre Mailbox ging sofort ran. Auch das hat mich nicht gewundert, weil der Empfang in dem Gebäude sehr schlecht war. Ich fragte Jens, wo sie sein könnte. Der meinte, sie wäre auf der Toilette. Ich habe dort nach ihr gesucht, sie jedoch nicht gefunden. So richtig Sorgen hatte ich zunächst nicht. Wir waren schon oft gemeinsam auf Partys und sind dann unsere eigenen Wege gegangen. Ich glaubte, Lotte hätte jemanden kennengelernt. Ehrlich gesagt wurde mir erst am nächsten Tag klar, dass ihr was passiert sein musste, als sie immer noch nicht ans Telefon ging.« Mathilda senkte den Kopf und schlug die Hände vors Gesicht.

Dr. Völler erhob sich und sagte: »Ich denke, das ist genug für heute.«

»Natürlich«, erwiderte Julia und stand ebenfalls auf. »Mathilda, Sie haben uns sehr geholfen. Wir danken Ihnen. Das war ganz sicher nicht leicht für Sie.«

»Aber ich habe fast niemanden auf den Fotos erkannt«, schluchzte die kleine Frau.

»Das macht doch nichts, und außerdem ist das auch ein Ergebnis, das uns jetzt in eine bestimmte Richtung führt.« Julia wusste, dass sie ein wenig übertrieb, doch der Kern ihrer Aussage entsprach den Tatsachen.

»Wirklich?« Mathilda hob hoffnungsvoll den Kopf.

»Danke für Ihre Hilfe, und wenn Ihnen noch etwas einfällt, geben Sie mir bitte Bescheid.« Julia drückte ihr die Visitenkarte in die Hand.

»Das mache ich«, versprach Mathilda.

Als sie wieder vor der Klinik standen, atmete Lenja hörbar aus.

»So ein Mist«, schimpfte sie. »Wir sind keinen Schritt weitergekommen und wissen kein bisschen mehr, als in der verfluchten Polizeiakte über Lotte Harburg steht.«

Julia musste ihr recht geben. Es war einfach frustrierend. Sie stocherten im Nebel und Hendrik Rauch, der Hauptverdächtige, genoss weiterhin seine Freiheit. Florian hatte gestern Abend noch versucht, bei seinem Chef eine Überwachung des Mannes durchzubekommen, doch Hermann Meier hatte abgelehnt. Sie hatten nichts als Indizien und nicht einen schlagkräftigen Beweis. Hinzu kamen die Alibis, die Rauch laut den alten Polizeiakten vorzuweisen hatte.

»Es ist unglaublich«, sagte Julia. »Vier Opfer und ein fünftes in Lebensgefahr und wir haben nicht mal eine Hautschuppe oder ein Haar des Täters gefunden. Aber es nützt nichts. Wir müssen uns durch die alten Fälle kämpfen und hoffen, doch noch einen Hinweis zu finden. Es handelt sich um einen Täter aus Fleisch und Blut. Er hat Spuren hinterlassen. Wir müssen sie nur aufspüren.«

Lenja seufzte und nahm im Wagen Platz.

»Ich denke, wir gehen die Sache falsch an. Wie viele Stunden haben Martin und Florian jetzt schon mit der Befragung alter Zeugen verbracht? Wir sollten uns lieber auf dieses Video konzentrieren.«

Julia startete den Wagen. »Aber wo wollen wir bei dem Video ansetzen? Die Computerexperten konnten den Absender nicht zurückverfolgen, und auf der Aufnahme selbst gibt es keine Anhaltspunkte, wo sie entstanden ist.«

»Wir stecken echt in einer Sackgasse.« Lenja starrte enttäuscht aus dem Fenster. »Ich hatte wirklich gehofft, dass Mathilda uns irgendetwas erzählt, was uns weiterbringt. Aber nach vier Jahren war das wohl von vornherein aussichtslos.«

»Ich schlage vor, wir begeben uns ins Institut und führen die Obduktion an Emma Kaufmann durch. Wer weiß, vielleicht findet sich ein Hinweis, der uns auf die Fährte des Killers führt«, sagte Julia.

»So machen wir es«, gab Lenja zurück, doch in ihrer Stimme fehlte jeglicher Funken Hoffnung.

23

»Irgendwie kann ich schon nachvollziehen, dass Meier die Überwachungskapazitäten lieber für aussichtsreichere Fälle zurückhält«, brummte Martin und warf lustlos seinen Kugelschreiber auf den Tisch. »Mir geht dieser Fall langsam wirklich auf den Keks. Wir drehen uns im Kreis. Genau wie die Kollegen, die damals an den Vermisstenfällen dran waren.«

»Aber Rauch ist unser Hauptverdächtiger und er kennt alle Opfer bis auf Frieda Raabe. Ich finde, Hermann Meier hätte die Überwachung durchwinken können. Dann wüssten wir jetzt vielleicht, was der Kerl so treibt. Da wir die Dinge jedoch nicht ändern können, lass uns halt noch einmal von vorne anfangen«, sagte Florian und bemühte sich, motiviert zu klingen. Er wusste nicht, ob er Martin oder sich selbst überzeugen wollte, nicht aufzugeben. »Lotte Harburg ist seit eineinhalb Jahren tot. Sie verschwand drei Jahre zuvor auf einer Studentenparty. Es gab keinen Verdächtigen, bei dem die Beweislast für eine

Verhaftung ausgereicht hätte. Der Mordfall ist bis heute offen.«

Florian schlug die Akte auf und überflog abermals die Dokumente. Die Polizei hatte damals mit mehr als hundert Zeugen gesprochen. Niemand konnte sagen, wie Lotte Harburg die Party verlassen hatte. Es war, als hätte sie sich an der Bar oder auf der Toilette in Luft aufgelöst. Florian schaute auf die Uhr.

»Julia und Lenja müssten mittlerweile mit der Befragung von Lotte Harburgs Freundin fertig sein. Vermutlich haben sie nichts Neues herausgefunden, ansonsten hätten sie längst angerufen.«

Martin zwirbelte an seinem Schnauzer. »Ist ja auch logisch. Woran soll sich eine Frau, die in der Psychiatrie behandelt wird, nach vier Jahren noch erinnern? Denk nur mal an die ganzen Medikamente.«

»Okay«, seufzte Florian. »Frieda Raabe wurde vor einem halben Jahr tot an einer Düsseldorfer Bushaltestelle aufgefunden. Sie verschwand zwei Jahre zuvor. Bei ihr ging die Polizei zunächst von einem Drogentod aus. Sie war bekannt als Partygängerin. Es gab mehrere Verdächtige, darunter ihr Ex-Freund, der jedoch für den Zeitraum ihres Verschwindens ein Alibi hatte. Daneben stand der Nachbar unter Verdacht, der wiederum nachweislich auf einer mehrtägigen Dienstreise war, als das Opfer an der Bushaltestelle gefunden wurde.«

»Genau«, bestätigte Martin und blätterte in seinen Unterlagen. »Wir haben sämtliche Zeugen erneut befragt und die Alibis kontrolliert. Die beiden können es nicht gewesen sein. Das gilt übrigens auch für Daniel Radke.

Wir haben zur Sicherheit noch einmal überprüft, ob er die anderen Frauen entführt haben könnte. Fehlanzeige. Er ist nicht der Täter.«

»Damit dürfen wir die alten Fälle wohl abhaken und müssen uns auf die frischen Spuren bei Marlies Köhler und Emma Kaufmann konzentrieren«, stellte Florian fest.

»Was soll ich sagen?« Martin blickte Florian mit einer Mischung aus Frustration und Verzweiflung an. »Die Spurensicherung hat sich bei Marlies Köhler gründlich umgesehen und einen Laptop gefunden. Die Technik hat sämtliche Kontakte, E-Mails und sonstigen Nachrichten ausgewertet. Es gibt keinen Hinweis auf den Täter. Dasselbe gilt übrigens für Emma Kaufmann. Die Handys sind leider verschwunden. Darauf könnten sich Mitteilungen befinden. Aber an die kommen wir ohne die Geräte nicht ran. Die Mobilfunkanbieter haben wir zwar angefragt, allerdings könnte es Wochen dauern und dann hätten wir auch nur eine Liste der Anrufe und keine ausgetauschten Nachrichten. Bei Marlies Köhler ist inzwischen vermutlich alles gelöscht.«

»Verdammt«, fluchte Florian. »Und der Mietwagen, in dem sich Marlies Köhlers Leiche befand, ließ sich auch nicht zurückverfolgen.«

»Ich habe gestern noch einmal drei Fotos der Verdächtigen zur Autovermietung geschickt. Doch niemand hat Adrian Haberland, Hendrik Rauch oder Lars Brückner erkannt.«

Florians Handy klingelte. Als er Anna Schuberts Namen aufleuchten sah, hob er ab.

»Kessler hier«, sagte er.

»Ich wollte Ihnen Bescheid geben, dass Sie ab sofort in die Wohnung von Valerie Köhler können, falls Sie sich umsehen möchten.«

»Haben Sie etwas Relevantes entdeckt?«, wollte Florian wissen. Die Eltern von Valerie Köhler hatten ihnen die Schlüssel gegeben und die Spurensicherung hatte gestern bereits den gesamten Tag in der Wohnung verbracht.

»Wir haben ihren Laptop. Unser IT-Experte hat die E-Mails und den Browserverlauf überprüft. Es findet sich leider kein Hinweis auf einen Mann, mit dem sie sich in letzter Zeit verabredet hätte. Vermutlich sind diese Kontakte über ihr Handy gelaufen und das haben wir nicht.«

»Was ist mit diesem Paul, ihrem Freund? Wurden Nachrichten von ihm gefunden?«

»Nein«, erklärte Anna Schubert. »Keine einzige. Jedenfalls nicht aus den vergangenen sechs Monaten. Davor gab es ein paar E-Mails, in denen sie Belanglosigkeiten ausgetauscht haben. Aber das ist wie gesagt viel zu lange her.«

»Was ist mit klassischer Post?«, wollte Martin wissen. »Hat ihr jemand einen Brief geschrieben?«

Anna Schubert lachte am Telefon. »Sie sind mir wohl noch vom alten Schlag? Ich erzähle Ihnen mal was. Diese jungen Leute kennen gar kein Papier mehr. Hier liegt so gut wie nichts rum, außer im Drucker. Ich hätte schon Schwierigkeiten, wenn ich in diesem Haushalt eine Schriftprobe hervorzaubern müsste. In dieser Generation tippen sie nur noch oder wischen, aber sie schreiben offenbar nicht mehr mit einem Stift auf Papier. Und um weiteren Fragen vorzugreifen: Hier gibt es keine Spuren von gewaltsamem Eindringen. Absolut nichts deutet auf einen Kampf hin. Alles sieht danach aus, als hätte sie freiwillig und ungezwungen das Haus verlassen.«

»Wir haben also nichts«, fasste Florian die miserable Situation zusammen. »Ich danke Ihnen. Wir kommen dennoch zur Wohnung und sehen uns um. Ich will zumindest wissen, wie Valerie Köhler gelebt hat. Lassen Sie den Laptop doch bitte da.«

»Kein Problem. Sobald sich etwas Neues ergibt, hören Sie von mir.« Anna Schubert legte auf.

»Wir konzentrieren uns auf Valerie Köhler. Was macht die Fahndung nach ihrem Wagen?« Florian konnte sich die Frage eigentlich auch selbst beantworten. Er hatte seine Nachrichten bereits überflogen und wusste, dass das Auto bisher bei keiner Verkehrskontrolle gesichtet wurde. Es war verschwunden, genau wie der rote Fiat von Valeries Schwester.

»Ich denke, wir haben genug in den Akten gewühlt«, sagte er deshalb. »Lass uns in Valerie Köhlers Wohnung fahren. Vielleicht finden wir dort doch noch etwas.«

»In Ordnung«, brummte Martin und erhob sich von seinem Stuhl.

Als sie wenig später an dem Haus ankamen, trat die Nachbarin mit dem Kinderwagen vor die Tür.

»Und?«, fragte Ilona Kamper aufgeregt. »Haben Sie Valerie mittlerweile gefunden? Ich habe es tausendmal auf ihrem Handy probiert, aber es ist aus. Selbst die Mailbox springt nicht mehr an.«

»Leider bisher nicht, aber wir sind dran«, erwiderte Martin.

»Und was ist mit ihrer Wohnung?« Ilona Kamper ließ nicht locker. »Seit gestern ist die Spurensicherung dort drin. Die haben bestimmt was entdeckt. Valerie kann sich schließlich nicht in Luft aufgelöst haben.« Ihre Stimme zitterte beim letzten Satz.

»Wir tun wirklich alles, um sie zu finden.« Florian umrundete den Kinderwagen und öffnete die Haustür. »Falls Ihnen etwas einfällt, Sie wissen, wie Sie uns erreichen.«

»Ich denke ununterbrochen darüber nach, wo Valerie stecken könnte oder wer ihr etwas Böses wollte. Glauben Sie mir, bei dem kleinsten Verdacht wähle ich Ihre Nummer.«

Florian nickte müde und betrat den Hausflur. Martin folgte ihm die Treppe hinauf. Die Tür zu Valerie Köhlers Wohnung stand offen und drinnen waren immer noch die Kollegen von der Spurensicherung zugange. Florian atmete tief durch und stellte sich vor, niemand außer ihm wäre hier. Nachdem er Schuhüberzieher und Handschuhe übergestreift hatte, durchschritt er den Flur und nahm an der rechten Seite einen Garderobenständer mit ein paar Mänteln wahr. Daneben die Flurkommode mit einem Strauß Trockenblumen. Das Bild von einem blauen Meer mit Strand darüber an der Wand. Einen Strohhut, der auf dem Boden lag und vermutlich hinuntergefallen war. Auf dem Schuhregal stand eine ordentliche Auswahl an Stiefeln und Pumps. Florian schätzte die Größe auf neununddreißig. Er bog ins Wohnzimmer ab und erblickte ein Bücherregal. Mit dem Finger fuhr er über die Bücher. Es handelte sich hauptsächlich um Reiseführer und Liebesromane. Er zog ein altes, ein wenig zerfleddertes Buch heraus und schlug es auf. Valerie musste es mehrfach gelesen haben. Aber es befanden sich keine Notizen darin. Florian schob es zurück und sah sich weiter um. Das Zimmer war klein, jedoch sehr schön eingerichtet. Helle Farben wechselten sich mit bunten Farbtupfern ab. Valerie Köhler besaß Geschmack.

Florian stellte sich vor, wie die junge Frau auf der Couch saß und in einem Liebesroman las. Wie sie müde zu Bett ging. Er begab sich zum Schlafzimmer, wo ein schmales Bett stand. Die Türen des Kleiderschrankes waren geöffnet. Er zog ein paar leichte Sommerkleider heraus und klopfte den Boden des Schrankes ab. Eine so romantisch veranlagte Person wie Valerie Köhler, hatte vielleicht irgendwo ein Versteck, in dem sie ihr Tagebuch aufbewahrte. Als er auf Anhieb nichts fand, schaute er unter dem Nachttisch nach und unterm Bett. Dann ging er zum Fenster und begutachtete die Umgebung. Kahle Bäume säumten den Hof. Im Sommer war das sicherlich ein wunderschöner Platz, auf dem die Kinder spielen und die Eltern im Schatten sitzen konnten. Aber im Winter wirkte er grau und trostlos. Hatte dort draußen ihr Entführer gestanden und sie beobachtet? Vielleicht sogar in jenem Moment, als er ihr den Standort ihrer Schwester verriet? Hatte er sich gefreut, als sie zu ihrem Auto stürzte und in seine Falle tappte?

Der schrille Ton des Handys riss Florian aus seinen Gedanken.

»Florian Kessler«, meldete er sich.

»Hier ist Maik Tompson von der Technik. Ich habe

gute Nachrichten. Wir konnten das Video, auf dem Valerie Köhler zu sehen ist, nun doch zurückverfolgen und haben ermittelt, wer es uns geschickt hat.«

Florian hielt überrascht den Atem an und lauschte.

»Laut IP-Adresse handelt es sich um einen gewissen Adrian Haberland. Soll ich Ihnen die Anschrift durchgeben?«

»Das brauchen Sie nicht«, erwiderte Florian und hastete aus dem Schlafzimmer zu seinem Partner.

24

»Ich bin mir nicht sicher, ob wir nicht mehr in diese Abdrücke hineininterpretieren, als sie hergeben«, sagte Julia nachdenklich und legte das Skalpell beiseite.

Seit zwei Stunden waren sie mit der Obduktion von Emma Kaufmann beschäftigt. Sie hatten auf dem Kleid der Toten eine Fischschuppe sichergestellt, was sie nicht weiter verwunderte. Emma Kaufmann hatte in einem Supermarkt als Fischverkäuferin gearbeitet.

Lenja fuhr mit der Spitze ihrer Pinzette einen hellroten Kreis am Oberschenkel der Toten entlang. Ihre Hartnäckigkeit beeindruckte Julia. Vor ihr stand keine Assistentin mehr, die ihre Anleitung benötigte, sondern eine kluge und kompetente Rechtsmedizinerin.

»Ich weiß, es ist nicht eindeutig. Aber wir können auch nicht ausschließen, dass es sich um Abdrücke handelt.«

Julia nahm eine Lupe zur Hand und begutachtete die

kreisrunde Linie. Sie hob das Bein der Toten an und inspizierte abermals die Rückseite des Oberschenkels.

»Die hellroten Verfärbungen sind durch den Gefrierprozess entstanden, das würde ich als gesichert bezeichnen. Hinzu kommen Hautveränderungen durch das Auftauen und den einsetzenden Verwesungsprozess. Aber ob die kreisförmigen Muster von Eiswürfeln stammen ... Ich weiß es nicht.« Sie seufzte, wollte Lenjas Vermutung jedoch nicht sofort verwerfen. Sie nahm sich einen Arm vor, der an der Rückseite ähnliche Verfärbungen aufwies.

»Okay«, sagte Julia. »Nehmen wir einmal an, der Täter hätte sein Opfer nicht in eine Kühltruhe gelegt, sondern auf Eiswürfel. Wie hätte er das angestellt?«

Lenja schob grübelnd die Unterlippe hervor. »Er könnte den toten Körper zum Beispiel in einer Wanne mit Eiswürfeln gelagert haben. Das würde erklären, warum die Abdrücke an allen Seiten des Körpers zu finden sind.«

Julia schlug ein Buch auf und deutete auf eine Abbildung, die die menschliche Haut in verschiedenen Verwesungsstadien zeigte.

»Die Marmorierung könnte auch andere Gründe haben«, stellte sie abermals fest. »Trotzdem muss ich dir recht geben. Dein Argument klingt nicht abwegig. Doch aus welchem Grund sollte der Täter Eiswürfel benutzen?«

»Hendrik Rauch besitzt ein Eiscafé, das bedeutet, er verfügt zumindest über die technischen Möglichkeiten. Ist das nicht naheliegend?«, fragte Lenja.

»Vermutlich nicht«, antwortete Julia nachdenklich. »Der Mann produziert Speiseeis, keine Eiswürfel. Und selbst wenn, er bräuchte eine große Menge, um darin eine

Tote einzufrieren. Hinzu kommt, dass er das Eis auf Minustemperaturen halten müsste. Eine einfache Badewanne reicht nicht. Er könnte natürlich das Eis regelmäßig austauschen, aber das wäre ein riesiger Aufwand. Besser, er hätte eine Kühlkammer oder so etwas in der Art. Ich habe mich mit Florian in Rauchs Eiscafé umgesehen. Zwei Tiefkühltruhen standen in einem Raum neben der Küche und eine stillgelegte im Keller. Kein Kühlraum. Keine Wannen.«

»Erinnerst du dich an den Katalog, den ich dir vor ein paar Tagen gezeigt habe? Der vom Eiswürfellieferanten.«

Julia lachte. »Ja, die Eiswürfel sind besonders hart und doppelt gekühlt oder so ähnlich.«

»Doppeltes Frostverfahren für besonders harte und klare Eiswürfel. Das stand auf dem Prospekt. Die Firma könnte jedenfalls die nötigen Mengen liefern, auch täglich. Bestimmt würde niemand Fragen deswegen stellen. Aber es würde eine Unmenge kosten und der Aufwand wäre enorm, da hast du recht. Eine schlichte Tiefkühltruhe wäre viel leichter zu handhaben.« Lenja wirkte enttäuscht von ihrer eigenen Erkenntnis. Es tat Julia fast ein bisschen leid.

»Angenommen, der Täter verfügt über große Eismengen«, argumentierte Julia deshalb in die andere Richtung. »Er könnte ja in einer entsprechenden Firma arbeiten oder sie gehört ihm sogar. In diesem Fall könnte das Eis wiederum kostengünstiger sein als eine Tiefkühltruhe.«

»Vielleicht ist es der Eiswürfellieferant aus dem Prospekt«, erklärte Lenja trocken und fing dann laut an zu lachen. »Verdammt. Ich weiß, ich habe uns in eine Sackgasse manövriert. Trotzdem lassen mir diese Abdrücke keine Ruhe.«

»Wir werden Florian von diesen Überlegungen erzählen«, versprach Julia. »Und jetzt sollten wir uns anschauen, was Emma Kaufmann zuletzt zu sich genommen hat. Ich habe da so eine Vermutung.«

Sie beendeten die äußere Untersuchung der Leiche und fuhren mit der inneren Leichenschau fort. Nachdem sie die Bauchhöhle geöffnet hatten, ergriff Julia das Skalpell und schnitt den Magen auf. Ein breiiges Gemisch, halb verdaut, kam ihr entgegen. Übelriechender Gestank kroch Julia in die Nase, während sie unbeeindruckt versuchte, die Geruchsnoten zu identifizieren.

»Wir müssen Proben ins Labor geben. Aber der säuerliche Geruch und die grün-bräunliche Farbe sprechen für Fisch mit Brokkoli, dieselbe letzte Mahlzeit, die auch Marlies Köhler und Frieda Raabe zu sich genommen hatten. Der Verwesungszustand von Lotte Harburg war leider so weit vorangeschritten, dass der Mageninhalt sich vollständig verflüssigt hatte. Doktor Neumann konnte nicht mehr feststellen, was das Opfer zuletzt gegessen hatte und wie lange vor Eintritt des Todes.«

»Ich wette, Lotte Harburg hatte genau dasselbe bekommen. Der Täter scheint sehr routiniert vorzugehen, was bei vier Opfern und einer weiteren Entführung nicht wundert.« Plötzlich hatte Lenja offenbar eine Idee. Sie tippte sich mit dem Zeigefinger an die Stirn. »Sag mal, haben wir von Rauchs Café oder Restaurant eigentlich eine Speisekarte?«

Julia starrte Lenja fassungslos an. »Daran habe ich

noch gar nicht gedacht. O nein. Das wäre wirklich schrecklich pervers.«

»Aber nicht undenkbar«, entgegnete Lenja und streifte die Schutzhandschuhe ab. Sie setzte sich vor den Computer und gab den Namen des Cafés in die Suchmaske des Internetbrowsers ein.

»Hier ist sie«, freute sich Lenja und rief die Online-Speisekarte auf. »Pommes, Schnitzel, Bratwurst, Hähnchen und Fischfilet. Allerdings kein Brokkoli. Die schreiben hier etwas von frischer Gemüseauswahl des Tages.«

»Das könnte aber auch Brokkoli sein«, meinte Julia. »Fisch steht jedenfalls schon mal drauf.«

Hendrik Rauchs Gesicht erschien vor ihrem inneren Auge und seine massige Gestalt. War dieser Mann in der Lage, vier Frauen zu töten? Und wo hätte er die Leichen die ganze Zeit über aufbewahrt? Laut Florian gab es bis auf die Lagerhalle keine weiteren Immobilien im Besitz der Brüder. Natürlich könnte Rauch auch eine Halle oder eine Hütte irgendwo außerhalb der Stadt angemietet haben. Ohne Durchsuchungsbeschluss würden sie das jedoch nicht herausfinden.

Julia konzentrierte sich wieder auf ihre Arbeit und legte den Magen zum Wiegen in eine Edelstahlschale. Sie wiederholte diesen Vorgang mit den anderen Organen und diktierte das jeweilige Gewicht ins Aufnahmegerät. Zum Schluss entnahm sie mit Lenja die nötigen Proben und verfrachtete die Organe zurück in die Bauchhöhle.

Nachdem sie den Y-Schnitt sorgfältig vernäht und

Emma Kaufmann zurück in den Leichensack gelegt hatten, zog Julia die Schutzhandschuhe aus.

»Lass uns noch einmal in die Akten der anderen Opfer schauen und die Verfärbung der Haut beurteilen. Mir lässt es einfach keine Ruhe, dass wir noch immer keine handfeste Spur zum Täter haben.«

Sie warf die Handschuhe in den Abfallbehälter und rief einen Assistenten, der die Leiche zurück in den Kühlraum bringen sollte.

Als sie mit Lenja in ihrem Büro saß und gerade die Akte von Frieda Raabe aufschlug, klopfte es an der Tür. Ihre Sekretärin steckte den Kopf zur Tür herein.

»Da ist Herr Brückner für Sie.«

Julia runzelte die Stirn. »Lars Brückner?« Sie warf einen Blick zu Lenja, die genauso überrascht schien.

»Okay. Er soll hereinkommen.« Julia schlug die Akte zu und legte sie beiseite.

Im Türrahmen erschien ein junger Mann mit roten Haaren und einem Karton unter dem Arm.

»Guten Tag, Frau Schwarz. Es tut mir leid, dass ich Sie hier so überfalle, aber ich wollte nicht zur Polizei gehen.« Er schaute zu Lenja und biss sich auf die Unterlippe.

»Keine Sorge, das ist meine Assistentin Lenja Nielsen. Sie ist Ärztin.«

Lars Brückner wirkte erleichtert und stellte den Karton auf dem Besprechungstisch ab.

»Das ist gut. Ich habe keine allzu guten Erfahrungen mit der Polizei gemacht«, erklärte er. »Es war einfach nur schrecklich, als Marlies damals verschwand. Ich war als ihr Ex-Freund natürlich der Erste, den sie sich vorgenommen haben. Dabei hatte ich ein glasklares Alibi. Alle Kollegen haben bezeugt, dass ich seit vier Uhr morgens in der Bäckerei stand und geschuftet habe. Trotzdem wurde ich mehrfach befragt. Dabei waren wir längst nicht mehr zusammen, Marlies und ich.« Brückner schüttelte den Kopf und öffnete den Karton. »Ich bin es Marlies schuldig«, sagte er und holte ein paar Fotos heraus. »Ich habe hin und her überlegt. Mein Chef hat sich, was mich anbelangt, nie etwas zuschulden kommen lassen und mich immer gut behandelt. Aber das hier kann ich nicht länger mit mir herumtragen. Der Bruder meines Chefs, Hendrik Rauch, hat eine Schwäche für dunkelhaarige Frauen.« Brückners Blick blieb an Julias schwarzen Haaren hängen und er korrigierte sich: »Also hauptsächlich für Braunhaarige mit langen Haaren. Sobald er eine Kundin sieht, die in sein Schema passt, schleicht er ihr hinterher und ... wie soll ich es ausdrücken ... er macht heimlich Fotos von ihnen. Das hier habe ich in seinem Büro gefunden. Ist schon eine Weile her, drei Wochen genauer gesagt. Zuerst habe ich mir nichts dabei gedacht, aber nun, da Marlies tot und auch noch Valerie verschwunden ist, wollte ich es jemandem zeigen.«

»Und da haben Sie an die Rechtsmedizin gedacht?«, fragte Julia ungläubig.

»Mein Chef hat mir erzählt, dass Sie letztens mit der Polizei bei seinem Bruder im Café aufgetaucht sind. Ich dachte mir, Sie wären so etwas wie eine neutrale Stelle. Ich will einfach nur nicht wieder unter Verdacht geraten. Meine Nerven liegen ziemlich blank. Ich kann ja nicht mal beweisen, dass der Karton nicht von mir stammt.«

Julia verkniff sich die Worte, die ihr auf der Zunge lagen. Lars Brückner zählte zu den drei Hauptverdächtigen in diesen Mordfällen, auch wenn er sich dieser Tatsache offenbar nicht bewusst war.

»Darf ich?«, fragte Lenja, zog sich Schutzhandschuhe über und fing an, sich die einzelnen Fotos anzuschauen.

»Wo genau haben Sie diesen Karton gefunden?« Julia konnte sich nicht vorstellen, dass Hendrik Rauch ihn einfach so in seinem Büro stehen ließ. Sie erhaschte einen Blick auf Marlies Köhler, die beim Einsteigen in ihren roten Fiat vor ihrem Wohnhaus fotografiert worden war.

»Im Schrank«, antwortete Lars Brückner und senkte die Lider.

»Was hatten Sie denn am Schrank im Büro von Hendrik Rauch zu suchen?« Als auf Lars Brückners Hals ein roter Fleck erschien, dachte Julia an Florian und daran, wie er in solchen Gesprächen den Druck herausnahm.

»Hören Sie. Ich möchte Ihnen gerne helfen. Aber dazu muss ich wissen, wie Sie an diesen Karton gekommen sind. Theoretisch könnte er auch jemand anderem gehören.«

»Nein. Der Karton war hinter der Geldkassette versteckt. Ich ... ich wollte mir ein wenig Geld ausleihen. Und da bin ich ins Café eingestiegen, als alle schon weg waren, und wollte mir ein wenig Bargeld besorgen.« Als er Julias Blick bemerkte, hob er beschwichtigend die Hände. »Ich wollte nicht stehlen. Echt nicht. Nur was ausleihen und am nächsten Tag hätte ich es unbemerkt wieder zurückgegeben.«

»Verstehe«, erwiderte Julia trocken. »Wofür brauchten Sie das Geld?«

»Ich wollte nur an ein paar Spielautomaten gehen. Ein Kumpel hat mir einen Trick verraten. Einen hundertprozentigen. Und da habe ich jedenfalls den Karton hinter der Geldkassette entdeckt.«

»Und Sie haben ihn sofort mitgenommen?« Der junge Mann wurde Julia mit jeder Antwort unheimlicher.

»Ich dachte mir, ich könnte die Bilder vielleicht irgendwann einmal gebrauchen. Sie wissen schon, falls mich mein Chef mal feuern will oder sonst Ärger macht.«

»Sie wollten ihn mit den Fotos seines Bruders erpressen?« Julia schlug sich auf den Mund. Der Satz war schneller herausgekommen, als sie gewollt hatte.

»Na ja, nein, ich bin kein schlechter Mensch. Ich habe den Karton seit Wochen bei mir zu Hause und nichts damit angestellt.«

»Hendrik Rauch hat sie alle verfolgt«, stellte Lenja fest. »Alle. Hier ist auch ein Foto von Frieda Raabe. Sie hat im Café ein Eis gegessen, zusammen mit einer Freundin.«

Julia betrachtete das Foto. Der Puls schlug ihr bis zum Hals. Sie musste Florian informieren. Aber vermutlich würde Lars Brückner dann samt Karton abhauen. Das durfte sie nicht riskieren.

»Also schön«, sagte sie und überlegte, wie sie Brückner hinhalten konnte. »Haben Sie ein Foto von dem Schrank und der Kassette?«

Lars Brückner grinste verhalten. »Ich wusste, Sie sind eine kluge Frau. Selbstverständlich habe ich mich abgesichert.« Er zog sein Handy aus der Tasche und wischte einmal über das Display, als wäre er auf Julias Frage vorbereitet gewesen. Dann zeigte er ihr ein Foto von dem geöffneten Schrank. Im untersten Fach stand ein grauer Metallkasten, vermutlich die Kassette. Dahinter befand sich der Karton.

»War der Schrank nicht abgeschlossen?«

Lars Brückner rollte mit den Augen.

»Doch, schon. Genauso wie das Café. Ich habe ihn mit einem Dietrich geöffnet. Ist kein besonders kompliziertes Schloss.«

»Sie haben vielleicht Nerven«, stieß Julia aus. »Sie sind beim Bruder Ihres Chefs eingebrochen und haben dabei die Kasse und den Karton mitgehen lassen. Wie soll ich damit umgehen? Ich würde der Polizei gerne die vielen Fotos zeigen. Das dürfte sehr interessant für sie sein. Aber wie um Himmels willen soll ich Ihren Namen da raushalten? Die werden Sie als Zeugen haben wollen.«

»Bloß nicht. Ich bin vorbestraft, und wenn mein Chef mich feuert, finde ich so schnell keinen neuen Job. Ich möchte helfen, deshalb bin ich hier. Ihnen fällt ganz bestimmt etwas ein. Vielleicht können Sie die Kamera von Hendrik Rauch beschlagnahmen oder den Speicherstick. Da sollten alle Fotos drauf sein. Bitte halten Sie mich aus der Sache raus.«

»Also schön«, sagte Julia schließlich. »Verraten Sie mir denn wenigstens noch, wo sich diese Kamera befindet? Das wissen Sie doch vermutlich.«

Abermals rollte Brückner mit den Augen. »Die liegt auch im Schrank.« Er wischte über das Display seines

Handys und zeigte Julia ein Foto von der Kamera. Sie lag zwei Fächer oberhalb der Geldkassette.

»Würden Sie mir die Fotos weiterleiten?«

»Natürlich«, erwiderte Lars Brückner und innerhalb von wenigen Sekunden kündigte der Piepton auf Julias Handy den Eingang von zwei neuen Nachrichten an.

»Haben Sie weitere Informationen, die zur Auflösung des Falls beitragen könnten? Wir sorgen uns nämlich sehr um das Leben von Valerie Köhler.« Julia beobachtete Lars Brückners Reaktion genau. Ein Schatten huschte über sein Gesicht. Sie konnte jedoch nicht sagen, ob er ihre Sorge teilte oder an etwas anderes dachte.

»Nein. Wenn ich wüsste, wo Valerie steckt, würde ich es Ihnen erzählen.« Er erhob sich und ging zur Tür, wo er sich noch einmal zu ihnen umdrehte. »Es bleibt unter uns, von wem Sie diese Fotos haben. Richtig?«

Nachdem Julia genickt hatte, verließ Lars Brückner das Büro.

»Verdammt«, fluchte Lenja, als die Tür ins Schloss fiel. »Mit dem Typen stimmt doch was nicht. Wir können wohl kaum seinen Einbruchsversuch vertuschen.«

»Da hast du recht«, erwiderte Julia, während sie immer noch versuchte, Brückners Mimik zu interpretierten. Im Gegensatz zu Florian würde ihr dies wahrscheinlich nie gelingen.

»Ich frage mich allerdings, wieso Lars Brückner mit seinen Fotos nicht zur Kripo gegangen ist. Er hätte sie anonym dort abgeben können. Irgendwie befürchte ich, Brückner führt uns an der Nase herum. Doch warum will der Hendrik Rauch etwas anhängen?«

25

Er liebte die Kälte, denn sie bewahrte Frische. Sie hielt Insekten und Maden fern. Sie linderte Entzündungen und sorgte dafür, dass Blutgefäße sich zusammenzogen. Sie war eine Verjüngungskur, weil sie die Prozesse des Alterns verlangsamte. Auch das Herz schlug ruhiger, bis es irgendwann stehen blieb. Seine Finger fuhren über das glitzernde Eis. Licht brach sich tausendfach darin und ließ es wie Diamanten schimmern. Er nahm einen Eiswürfel und schaute zu, wie er zu schmelzen begann. Als er nur noch halb so groß war, warf er ihn zurück und wandte sich ab. Er musste sich um seine neueste Eroberung kümmern, die viel rebellischer war, als er angenommen hatte. Wenn er an ihre Schwester zurückdachte, kamen ihm fast die Tränen. Er hatte sie zu schnell weggegeben, weil er dachte, etwas Besseres für seine Sammlung zu bekommen. Genau so sah er sich: Er sammelte schöne Dinge, und er verbesserte seine Kollektion, sobald es sich ergab.

Frauen, die ihm gefielen, mussten das gewisse Etwas haben. Ansonsten verzichtete er. Aber sobald er eine entdeckt hatte, die sein Interesse weckte, konnte ihn nichts mehr aufhalten. Er scheute keine Mühen, um seine Sammlung zu erweitern.

Er griff zur Kamera und schaltete sie ein. Dann durchquerte er den Raum und blieb vor der Rebellin stehen. So nannte er sie inzwischen, denn keine seiner Frauen hatte derartig viel Widerstand geleistet wie sie. Er musterte ihren Knöchel, der immer noch ein wenig geschwollen war, und legte eine Tüte mit Eiswürfeln darauf. Bisher war sie nicht perfekt. Vielleicht würde sie das auch nie werden. Er hatte sich in ihr getäuscht. Hatte erwartet, dass sie dasselbe sanftmütige Wesen in sich trug wie ihre Schwester. Wie hatte er sich nur so irren können?

Er ging hinüber zu dem Schminktisch und suchte einen grellroten Lippenstift aus. Der würde von ihrem Knöchel ablenken, zumindest fürs Erste.

Nachdem er ihre Lippen angemalt hatte, fokussierte er die Rebellin durch die Linse seiner Kamera. Er steuerte langsam auf sie zu, begann die Sohlen ihrer Füße ins Bild zu setzen und filmte dann ihre schmalen Waden hinauf zu den Oberschenkeln, wo er ein oder zwei Sekunden länger verweilte. Anschließend erfasste er ihre Brüste, die nackt aus der Bluse hingen, und umkreiste sie mit der Kamera, als würde er sie streicheln. Zum Schluss nahm er sich ihre roten Lippen vor.

»Noch lebt sie«, sagte er leise und betonte genüsslich jedes einzelne Wort. Alle wussten, was bald bevorstand. Doch so weit war es noch nicht. Er schaltete die Kamera aus und legte sie auf den Tisch. Dann wandte er sich zu der Rebellin um und konnte kaum fassen, wie unschuldig sie dalag. Als ob sie kein Wässerchen trüben könnte. Dabei bereitete sie ihm ständig Probleme. Am liebsten würde er die Zeit zurückdrehen. Mit Marlies war es einfach besser gelaufen. Er seufzte und packte die Rebellin an der Schulter, um sie hochzuhieven. Er trug sie zurück in ihr Zimmer und konnte nur hoffen, dass das Medikament bald richtig wirkte, damit sie endlich gefügiger wurde. Sie hatte ihn mehr als einmal zum Ausrasten gebracht. Er war eigentlich nicht der Typ, der Frauen schlug. Aber bei ihr rutschte ihm ständig die Hand aus. Dieses kleine Miststück tat etwas mit ihm, das gar nicht gut war. Er hasste es, die Kontrolle zu verlieren. Das durfte nicht passieren. Ihr Gesicht musste hübsch bleiben, ansonsten wäre für alle der Genuss dahin. Wenn er sich eines nicht nachsagen lassen wollte, dann, dass er Frauen schlecht behandelte.

Er ließ die Rebellin sanft auf die Matratze gleiten und flößte ihr ein wenig Wasser ein. Nachdem er hinausgegangen war, schloss er die Tür und drehte den Schlüssel zweimal herum. Noch einmal würde sie es nicht aus ihrem Zimmer schaffen. Dafür sorgte er. Abermals schüttelte er fassungslos den Kopf. Keine der anderen Frauen hatte sich jemals getraut, das Zimmer zu verlassen. Aber er würde die Rebellin schon noch zähmen. Am Ende würde sie keinen Widerstand mehr leisten. Sie gehörte in seine Sammlung, und er würde ihr beibringen, es zu akzeptieren. Ob sie wollte oder nicht!

26

»Und wenn die Computerexperten sich irren?«, brummte Martin zweifelnd und klammerte sich am Griff oberhalb der Seitenscheibe des Dienstwagens fest, weil Florian abrupt die nächste Abbiegung nahm.

»Ich meine ja nur. Wir sind die ganze Zeit hinter Hendrik Rauch her und plötzlich jagen wir Haberland. Mir geht das irgendwie zu schnell.«

»Verstehe ich nicht«, erwiderte Florian und trat das Bremspedal durch, weil die Ampel vor ihnen auf Rot wechselte. »Wir haben drei Verdächtige. Ich habe weder Adrian Haberland noch Lars Brückner ausgeschlossen. Und insbesondere Haberland nicht. Der Kerl hat schon bei der ersten Befragung nicht die Wahrheit gesagt. Erinnerst du dich? Er hat behauptet, er habe die tote Marlies Köhler nicht in dem Wagen an der Straßenlaterne gesehen. Dabei war er der Erste, der dort war.« Die Ampel schaltete auf Grün um und Florian trat aufs Gas. »Er hat uns unverfroren angelogen.«

»Aber er hatte keinen Kontakt zu den anderen drei toten Frauen. Wir haben bei den Zeugenbefragungen immer wieder sein Foto gezeigt. Niemand hat ihn identifiziert«, gab Martin zu bedenken.

»Wir wissen ja nicht, wie er seine Opfer aussucht. Vielleicht sieht er sie auf der Straße. Schlank, dunkelhaarig, Mitte zwanzig und attraktiv. Sein Trigger geht an und er schlägt bei nächster Gelegenheit zu. In diesem Fall gibt es keine Verbindung.« Florian drosselte die Geschwindigkeit und hielt vor dem Wohnhaus von Adrian Haberland an. Inzwischen war es dunkel in Köln. Die Chancen standen gut, dass sie Haberland mit einer Pizza vor dem Fernseher antrafen.

»Und außerdem kann ich mir nicht vorstellen, dass Maik Tompson sich irrt. Er gehört zu den Besten im Team der Computerexperten. Niemals hätte er uns einen Namen gegeben, ohne ihn vorher mehrfach gegenzuchecken. Aber wenn du willst, rufen wir ihn noch einmal an. Er soll uns erklären, wie er Haberlands Namen ermittelt hat.«

Martin seufzte. »Ich wollte nur deine Euphorie ein wenig bremsen. Nenn es Bauchgefühl oder Intuition. Ich kann mir einfach nicht vorstellen, dass Haberland in seiner kleinen Wohnung da oben vier Frauen getötet hat.«

»In der Wohnung garantiert nicht. Aber vielleicht woanders. Er arbeitet in einem Gewerbegebiet. Womöglich nutzt er eine leer stehende Halle.«

»Okay. Du hast mich überzeugt. Wir befragen den Kerl, und wenn er Widerstand leistet, verbringt er die Nacht in einer Zelle.« Martin stieg aus und marschierte energisch auf den Hauseingang zu. Florian folgte ihm und klopfte auf das Pistolenhalfter an seinem Gürtel. Er wollte auf jeden möglichen Fall vorbereitet sein.

»Klingeln wir bei ihm oder bitten wir einen der Nachbarn, uns zu öffnen?«, fragte Martin, als er an der verschlossenen Haustür rüttelte.

»Wir klingeln«, entschied Florian. »Wir müssen sowieso mit ihm sprechen. Was soll er schon tun in den zwei Minuten, die wir bis zu seiner Wohnung brauchen? Abhauen aus dem fünften Stock wird er jedenfalls nicht.«

Martin brummte etwas Unverständliches und drückte auf den Klingelknopf. Es dauerte nicht lange und der Lautsprecher der Gegensprechanlage begann zu rauschen.

»Hallo?«, krächzte Haberland. »Wer ist da?«

»Kriminalpolizei. Dürfen wir reinkommen?«, sagte Martin.

Haberland gab keine Antwort, stattdessen sprang der Türsummer an.

Adrian Haberland lehnte lässig im Türrahmen, als sie die fünfte Etage erreichten.

»Hab ich was verbrochen?«, fragte er mit einem schiefen Grinsen auf den Lippen und winkte sie zu sich herein. »Sie kennen sich ja aus. Nehmen Sie Platz. Wollen Sie auch ein Bier? Ich wollte gerade eine Pizza essen.«

»Nein, danke. Ist die Tiefkühltruhe wieder in Ordnung?« Florian spähte in die Küche.

Die Truhe stand an Ort und Stelle.

»Nein, ich habe den Lieferservice kommen lassen. Sie

müssten ihn eigentlich noch gesehen haben. Hat vor zwei Minuten geklingelt«, rief Haberland aus dem Flur.

»Haben wir nicht«, antwortete Florian und nahm neben Martin auf der Couch Platz.

Vor ihnen lag eine Salamipizza in einem geöffneten Karton. Adrian Haberland betrat mit einer Bierflasche das Zimmer und setzte sich auf den Sessel.

»Ich habe echt Kohldampf. Stört es Sie, wenn ich esse?«

»Machen Sie ruhig. Wir stellen Ihnen dabei einfach unsere Fragen«, erklärte Florian und überlegte, ob er gleich mit der Tür ins Haus fallen sollte.

Martin kam ihm zuvor. »Kennen Sie Valerie Köhler?«

Adrian Haberland biss ein großes Stück Pizza ab. »Mmh«, machte er und schloss für einen Moment genüsslich die Augen.

Er kaute und schüttelte nach einer Weile den Kopf. »Wen? Valerie?«, nuschelte er. »Noch nie gehört.«

Florian holte ein Foto aus seiner Tasche und legte es neben die Pizza.

»Das ist sie. Kommt sie Ihnen bekannt vor?«

Adrian Haberland schob ein weiteres Pizzastück in den Mund, wobei seine Augen hektisch über die Aufnahme kreisten.

»Sieht der Frau aus dem Wagen ähnlich«, brummte er schließlich.

»Es handelt sich um die Schwester von Marlies Köhler, der Frau, die Sie im Wagen an der Straßenlaterne gesehen haben. Sie wird derzeit vermisst und wir müssen sie dringend finden.«

»Ich kenne weder die eine noch die andere.«

»Valerie Köhler ist Ihnen also noch nie begegnet?«, hakte Florian nach.

»Nein, das sage ich doch. Ich habe nichts mit ihr zu tun.«

»Sie haben diese Frau noch nie gesehen, auch nicht auf Fotos oder irgendwo im Netz?«

Adrian Haberland, der gerade in das nächste Pizzastück beißen wollte, stöhnte und legte die Pizza ab.

»Ich kann mich nur wiederholen. Ich kenne diese Frau nicht.«

Seine Worte hingen wie eine dunkle Wolke im Zimmer. Florian schwieg und ließ die Stille auf Haberland wirken. Der merkte zuerst nichts, aber nach ein paar Sekunden wurde er unruhig und blickte zwischen ihm und Martin hin und her.

»Warum sind Sie eigentlich hier? Bloß, um mich nach dieser Valerie zu befragen? Dafür opfern Sie doch nicht Ihren Feierabend.«

»Gut kombiniert«, erwiderte Florian. »Uns wurde ein Video zugespielt, auf dem Valerie Köhler zu sehen ist. Der Absender hat sich große Mühe gegeben, seine Identität zu verschleiern. Dennoch ist es unserer technischen Abteilung gelungen, seinen Namen und die Adresse herauszufinden.«

Wieder herrschte Stille. Dieses Mal knisterte sie und Haberland richtete sich in seinem Sessel auf.

»Ich war es nicht«, behauptete er leise, ohne Florian dabei in die Augen zu schauen.

»Unsere Experten sind sich sicher, dass dieses Video

von Ihnen abgeschickt wurde. Dürfen wir einen Blick auf Ihren Computer werfen?«

»Verdammt. Sie haben sich schon meine Kühltruhe angeschaut. Ist das wirklich nötig? Ich habe mit der Sache nichts zu tun.«

»Dann können Sie uns Ihren Computer ja ohne Sorge überlassen. Wir würden ja nichts darauf finden.« Florian spürte, wie Haberlands Widerstand bröckelte.

»Ich ... ich habe gar keinen Computer«, behauptete er unvermittelt. »Deshalb kann ich auch gar kein Video geschickt haben. Das ist alles nur ein Missverständnis.«

Florian erwiderte nichts. Stattdessen schaute er auf das Regal an der linken Wand. Haberland folgte seinem Blick stirnrunzelnd. Als er erkannte, was Florian sah, sprang er auf.

»Nein. Nicht meinen Laptop«, brüllte er und stürzte zum Regal, wo er das Gerät an sich riss.

Florian war mit einem Sprung bei ihm und packte seinen Arm. Der Laptop flog in hohem Bogen durch das Wohnzimmer und landete scheppernd auf dem Tisch neben der Pizza. Die Bierflasche kippte um und lief aus. Irgendwie schaffte es Adrian Haberland, sich aus Florians Griff zu winden. Er boxte ihm so heftig in die Magengegend, dass ihm die Luft wegblieb. Adrian Haberland nutzte die kurze Pause und stürzte sich Richtung Couchtisch. Martin war ebenfalls hochgesprungen, verpasste Haberland jedoch um Haaresbreite. Er stieß gegen Florian, sodass sie weitere wertvolle Sekunden verloren. Zudem versperrte Martins massiger Körper ihm die Sicht auf Haberland.

Dann ging alles sehr schnell. Glas splitterte und Martins Hemd färbte sich am Kragen rot. Der Fleck breitete sich rasch bis zur Brust aus. Florian bekam immer noch kaum Luft. Entsetzt sah er zu, wie Martin zusammensackte und Haberland mit der abgebrochenen Bierflasche in der Hand aus dem Zimmer rannte.

Florian verfolgte ihn nicht. Er sank auf die Knie zu seinem Partner und stützte ihn. Eine große Glasscherbe steckte in Martins Hals, vielleicht drei Zentimeter über dem Schlüsselbein. Blut sprudelte unaufhörlich aus der Schnittwunde. Florian stürzte zur Couch, griff ein Kissen und presste es auf die Wunde, während er mit der anderen Hand den Notruf wählte.

»Polizist lebensbedrohlich verletzt. Ich brauche sofort einen Notarzt. Beeilen Sie sich.« Er gab die Adresse durch und legte auf.

Martin stöhnte. Er war so blass, dass er jeden Augenblick ohnmächtig werden würde.

»Mach jetzt bloß nicht schlapp, Martin. Hörst du?«

Sein Partner öffnete die Lippen. »Ich versuche es«, krächzte er kraftlos.

»Du musst dich setzen.« Florian packte ihn mit dem freien Arm unter der Schulter und richtete ihn vorsichtig auf. Er wollte, dass Martin so wenig Blut wie möglich verlor.

»Ich schaffe das nicht«, stöhnte Martin und sackte zusammen.

»Du schaffst das, Kumpel. Ich bin bei dir und ich lasse dich hier nicht verrecken.« Florian zog den Sessel ein

Stückchen heran und lehnte Martin dagegen. »Rühr dich nicht. Ich hole ein Handtuch.«

In Windeseile rannte Florian ins Bad und schnappte sich das Handtuch neben dem Waschbecken. Er stürzte zurück zu Martin und tauschte das Tuch gegen das Kissen. Überall war Blut. Er musste sich zwingen, nicht hinzusehen. Panik drohte ihn zu übermannen. Er hielt fest die Hand auf die Wunde und konzentrierte sich auf seine Atmung. Festhalten und atmen, immer wieder.

»Du schaffst das«, wiederholte er und betete, dass der Arzt endlich kam.

Martins Lider flackerten.

»Nein, Martin! Sieh mich an. Du musst bei mir bleiben. Hörst du? Bleib bei mir. Mach die Augen auf und schau mich an! Martin!«

Doch Martin konnte nicht mehr.

»Tut mir ...«, flüsterte er und schloss die Augen. Sein Kopf sackte zur Seite.

Florian stieß ein Gebet aus. Verdammt, wo blieb nur der Arzt?

Endlich, nach einer gefühlten Ewigkeit, krachte es an der Tür. Schritte stürmten in die Wohnung und innerhalb von Sekunden füllte sie sich mit Sanitätern und der Verstärkung. Ein Mann mit weißer Hose und einem großen Arztkoffer ging neben Martin auf die Knie.

»Atmet er noch?«, fragte er und nahm das Handtuch weg.

»Ja, aber er verblutet. Die Scherbe steckt noch in der Wunde.«

»Das ist gut«, murmelte der Arzt, besah sich kurz die

Wunde. »Wir brauchen einen Druckverband und einen Zugang. Er muss so schnell wie möglich in den OP. Die Blutung kriegen wir hier nicht gestoppt.«

Florian machte Platz und schaute mit rasendem Herzen zu, wie Martin von den Sanitätern umringt wurde und schließlich mit einer Infusion im Arm auf eine Trage gehoben wurde. Zwei Sanitäter und zwei Polizisten packten sie und schafften Martin raus. Florian wankte ihnen hinterher. Er klammerte sich ans Treppengeländer und stolperte mehr die Stufen hinunter, als dass er sie hinabstieg. Unten wurde Martin eilig in den Rettungswagen verfrachtet. Seine Augen waren geschlossen. Er sah so blass aus, dass Florians Herz einen Moment aussetzte. Dann schlugen die Türen zu.

»Sie können später nach ihm sehen. Er kommt erst einmal in den OP.«

Der Rettungswagen gab Gas und entfernte sich. Florian starrte ihm noch hinterher, als er längst um die Ecke verschwunden war.

»Das wird schon wieder«, sagte ein Polizist und klopfte ihm auf die Schulter. »Die kriegen ihn wieder hin. Ganz bestimmt.«

Florian war unfähig, ein Wort zu erwidern. Er konnte seinen Blick nicht von dem Punkt lösen, wo er den Rettungswagen zuletzt gesehen hatte.

»Hier, trinken Sie etwas.«

Jemand hielt ihm eine Wasserflasche an den Mund. Florian schluckte mechanisch. Immerhin kehrte seine Sprache zurück.

»Ich muss sofort eine Fahndung nach Adrian Haberland herausgeben«, sagte er und gab dem Polizisten die Wasserflasche zurück.

Er tastete nach seinem Telefon und informierte die Zentrale. Dann setzte er sich kraftlos auf den Bürgersteig. Er hatte keine Ahnung, was er tun sollte. Seine Gedanken kreisten um Martin und um das viele Blut. Wieso, verdammt noch mal, hatte er Haberlands Attacke nicht kommen sehen? Er hätte die Dienstwaffe ziehen und den Mistkerl außer Gefecht setzen sollen. Das alles hätte überhaupt nicht passieren dürfen. Eine Träne lief ihm über die Wange.

»Sollen wir Sie ins Krankenhaus fahren?«

Florian nickte. »Schicken Sie die Spurensicherung in die Wohnung. Die sollen sie auf den Kopf stellen«, bat er den Polizisten und folgte ihm zu seinem Wagen.

»Mein Kollege erledigt das. Wir haben alles abgesperrt.«

Unterwegs wählte Florian Hermann Meiers Nummer und erstattete ihm kurz Bericht. Dann schrieb er Julia eine Nachricht. Wenn er jetzt mit ihr spräche, würde er in Tränen ausbrechen. Er musste stark bleiben. Für Martin. Verdammt! Was sollte er nur machen, falls Martin es nicht schaffte? Damit würde er nie im Leben fertig werden. Der alte Haudegen durfte einfach nicht sterben. Er war doch unverwüstlich!

Der Streifenwagen erreichte das Krankenhaus und stoppte direkt vor dem Eingang.

»Danke«, rief Florian und kletterte aus dem Wagen.

Er kam sich vor wie ein alter Mann, als er auf den

Eingang zuwankte. Hinter diesen Türen würde sich Martins Schicksal entscheiden.

Jeder Schritt fiel ihm schwer. Fast so, als schleppte er Bleigewichte mit sich. Die Türen öffneten sich surrend, und als er in der Eingangshalle stand, blickte ihm ein bekanntes Gesicht entgegen.

»Da sind Sie ja, Kessler. Endlich.« Hermann Meier streckte beide Arme aus und umfasste seine Schultern.

»Kopf hoch, Junge. Martin Saathoff ist aus hartem Holz. Der packt das.«

Florians Lippen zuckten. Er hatte solche Angst um Martin, dass er kein Wort hervorbrachte.

»Kommen Sie. Die Ärztin will uns sprechen.« Hermann Meier legte seinen Arm um Florian und führte ihn an der Anmeldung vorbei.

»Florian?«, rief eine Frauenstimme hinter ihnen.

Ungläubig fuhr er herum. Julia und Lenja stürmten auf ihn zu.

»Was ist passiert? Wie geht es Martin?«

Florian schaffte es nicht länger, sich zusammenzunehmen. Julias besorgter Blick ließ alle Dämme in ihm brechen. Die Tränen sprudelten ihm nur so aus den Augen und er sank schluchzend in ihre Arme.

»Ich weiß es nicht«, krächzte er. »Haberland hat ihn mit einer abgebrochenen Bierflasche attackiert. Von hinten. Eine Glasscherbe steckt in seinem Hals.« Florian schluckte schwer. »Da war überall Blut. Überall.«

»Alles wird gut«, flüsterte Julia und nahm sein Gesicht in beide Hände. »Glaub mir! Alles wird gut. Sieh mich mal an.«

Florian blinzelte, konnte jedoch nur die Konturen von Julias Gesicht wahrnehmen.

»Ich habe mit dem Notarzt gesprochen. Die Hauptschlagader ist nicht getroffen. Es ist trotzdem gefährlich, aber seine Chancen stehen gut.«

»Was? Ehrlich?«

»Ich würde niemals lügen«, erklärte Julia so sachlich, dass Florian erneut schluchzte. Er liebte diese Frau einfach so sehr. Es war klar, dass sie die Fakten ermittelte, noch bevor er überhaupt Luft holen konnte.

»Sage ich doch! Martin packt das, und jetzt auf zur Ärztin.« Hermann Meier zog Florian mit sich.

In der zweiten Etage erwartete sie bereits die junge Ärztin und führte sie in ein Sprechzimmer. Sie bestätigte das, was Julia ihm gerade erzählt hatte.

»Es wurde kein lebenswichtiges Blutgefäß getroffen. Trotzdem ist es eine schwierige Operation. Bisher verläuft sie jedoch gut. Oberarzt Doktor Wielke ist dabei, die Wunde zu verschließen. Der Blutverlust ist allerdings immens. Wir haben zwei Blutkonserven gegeben, und Ihr Kollege wird einige Zeit brauchen, bis er sich vollständig erholt hat. Ich muss Sie noch einmal darauf hinweisen, dass alles, was ich Ihnen gesagt habe, vorläufig ist. Wir müssen den Abschluss der Operation abwarten.«

»Danke«, stieß Florian erleichtert aus. »Wann können wir zu ihm?«

»Die Narkose wirkt noch eine Stunde nach. Das wird sicherlich erst morgen möglich sein. Doktor Wielke hat mir den Zwischenstand aus dem OP zugerufen, damit ich ein wenig Entwarnung geben kann und Sie nicht so lange im Ungewissen bleiben.«

»Tausend Dank«, sagte Florian und atmete tief durch. »Sie wissen gar nicht, wie viel mir das bedeutet.«

»Gern geschehen. Ich muss leider weiter. Heute ist die Hölle los. Bleiben Sie doch draußen im Wartebereich. Eine Schwester wird Ihnen Bescheid geben.« Die Ärztin lächelte ihnen noch einmal zu und eilte aus dem Sprechzimmer. Die Tür ließ sie offen.

»Ich kann euch gar nicht sagen, wie froh ich bin.« Florian erhob sich mit zitternden Beinen.

»Hier«, sagte Julia und hielt ihm ein Stück Traubenzucker hin. »Nimm, dann geht es dir gleich besser. Und wir sollten kurz zur Toilette gehen.«

Florian blickte Julia verwirrt an.

»Zur Toilette?«

Julia hob die Augenbrauen und deutete auf seine Hände. Er sah an sich hinunter und bemerkte erst jetzt, dass sie voller Blut waren.

27

Julia träumte von Martin Saathoff, der kreidebleich im Krankenbett lag, während die Geräte dahinter seine Vitalwerte überwachten. Die linke Seite seines Halses war bandagiert. Die Glasscherbe, die die Ärzte herausoperiert hatten, würde eine lange, breite Narbe hinterlassen, aber das war nichts im Vergleich zu dem Glück, das Martin Saathoff hatte. Die Scherbe verfehlte seine Hauptschlagader bei dem Angriff nur um wenige Millimeter. Nicht auszumalen, wenn Adrian Haberland die abgebrochene Bierflasche ein Stückchen weiter rechts angesetzt hätte. Julias Geist flog zu Florian, dem sie in der Besuchertoilette des Krankenhauses die Hände wie einem kleinen Jungen gewaschen hatte. Er hatte sich einen oberflächlichen Schnitt zugezogen, während er Saathoffs Blutung stillen wollte und dabei die Scherbe berührte. Julia hatte Florians Schnittwunde desinfiziert und ein Pflaster darüber geklebt. Im Traum wiederholte sie diesen Vorgang, wobei plötzlich Blut aus der Wunde quoll. Egal, was sie tat, es ließ sich nicht stoppen. Sie riss Papierhandtücher aus der Halterung an der Wand, doch als sie sich wieder umdrehte, lag Florian am Boden in einer riesigen Blutlache. Julia schreckte hoch und öffnete die Augen.

Etwas blinkte im Dunkeln. Sie brauchte ein paar Sekunden, bis ihr klar wurde, dass es ihr Handy war, das klingelte. Hastig griff sie danach und nahm den Anruf an.

»Julia? Hier ist Lenja. Du musst mir helfen. Ich komme hier alleine nicht mehr raus. Die Tür ist zugefallen und blöderweise ist mein Akku gleich leer ... Hallo? ... Julia ... Hörst du mich?«

»Ja, ich höre dich. Wo steckst du?«, fragte Julia und war sofort hellwach.

»Ich bin in einer Fabrikhalle in dem Gewerbegebiet in Marsdorf. Ich habe etwas Wichtiges herausgefunden und wollte mich umschauen. Dabei habe ich die offene Tür entdeckt, doch die ist zugeflogen, und jetzt komme ich nicht mehr raus. Ich weiß, es war total blöd von mir. Kannst du mir helfen?«

Julia atmete tief durch und versuchte, ihre Sorge zu unterdrücken.

»Verdammt! Lenja. Warum machst du so was ohne mich? Hättest du nicht Bescheid geben können?«

»Tut mir leid. Du sahst so müde aus. Ich wollte dich nicht vom Schlafen abhalten.«

»Bleib, wo du bist, und schone deinen Akku. Ich hole Hilfe.«

Sie legte auf und wählte Florians Nummer, erreichte jedoch bloß seine Mailbox. Sie teilte ihm mit, was geschehen war, und bat ihn um Rückruf. Dann sprang sie aus dem Bett und lief unruhig auf und ab. Als Florian sich auch nach mehreren Minuten nicht meldete, beschloss sie, nicht länger zu warten. Lenja brauchte ihre Hilfe. Nur gut, dass sie Sophia der Umstände wegen bei ihren Eltern gelassen hatte. Florian war im Krankenhaus bei Martin Saathoff geblieben. Sie hatte ihn nicht davon überzeugen können, mit nach Hause zu kommen. Er wollte da sein, wenn sein Partner aufwachte.

Julia zog sich rasch an und verließ das Haus.

Wieder einmal freute sie sich über ihr neues Auto, das sofort ansprang und nicht so herumzickte wie ihr altes Gefährt. Die Adresse war noch im Navigationssystem gespeichert. Wenn alles glatt lief, wäre sie in fünfzehn Minuten bei Lenja. Es war ein Uhr nachts, die Straßen waren mit Sicherheit frei. Julia fuhr durch die dunklen Straßen Kölns, während ihre Gedanken abschweiften. Florian hatte ihnen von Adrian Haberland berichtet. Der hatte nicht nur Martin Saathoff schwer verletzt, sondern offenbar auch das Video mit Valerie Köhler an die Polizei geschickt. Die Fahndung nach ihm lief bisher erfolglos. Aber es waren erst wenige Stunden vergangen. Julia dachte an die arme Valerie und hoffte, dass sie noch lebte. Es war einfach schrecklich, dass sie keine Ahnung hatten, wo sie versteckt wurde. Sie fragte sich, was Lenja herausgefunden hatte. Es musste sehr wichtig sein, wenn sie dafür mitten in der Nacht in ein Gewerbegebiet fuhr. Julia hieß ihre Aktion nicht gut, vor allem weil Adrian Haberland da draußen frei herumlief. Es war nicht auszumalen, wie er reagierte, wenn ihm Lenja geradewegs in die Arme rannte.

Abermals versuchte sie Florian zu erreichen, doch wieder meldete sich nur die Mailbox.

Julia erhöhte das Tempo und schaffte es knapp über eine tiefgelbe Ampel. Kurz darauf entdeckte sie am Straßenrand ein Schild, welches das Gewerbegebiet Marsdorf ankündigte. Ihr Navi zeigte jetzt nur noch fünf Minuten bis zur Zieladresse an. Julia raste durch menschenleere, schlecht beleuchtete Straßen. Die rabenschwarzen Umrisse der umliegenden Industriehallen kamen ihr gruselig vor. Warum zum Teufel war Lenja bloß hierhergefahren? War sie von allen guten Geistern verlassen?

Als sie die Straßenlaterne erreichte, an der vor wenigen Tagen der Wagen mit Marlies Köhlers Leiche gestanden hatte, überlief sie eine Gänsehaut. Was war der Schwester des Opfers an dieser Stelle bloß widerfahren? Hatte sie die tote Marlies auf dem Fahrersitz entdeckt? Nicht auszudenken, was die arme Valerie dabei empfunden haben musste.

Julia fuhr an der Laterne vorbei und umrundete die Fabrikhalle für die Herstellung von Staubsaugern, in der Adrian Haberland arbeitete. Mit Grauen dachte sie daran, dass er am Tag von Marlies Köhlers Auffinden bereits gegen fünf Uhr oder früher vor Ort gewesen war. Was zum Henker hatte er mitten in der Nacht hier getrieben? Und hoffentlich war er jetzt nicht in der Nähe. Sie steuerte auf die Fabrikhalle zu, die Lenja ihr genannt hatte.

Frostkontor hieß die Firma, deren Logo aus einem Berg von Eiswürfeln bestand und das über dem großen Eingangstor hing. Julia parkte ihren Golf direkt davor und wählte Lenjas Nummer.

»Ich stehe vor dem Haupteingang«, erklärte sie, als Lenja abhob. »Wo bist du?«

Lenjas Stimme klang dumpf und verzerrt. »Ich bin an der Hinterseite durch eine Stahltür rein und anschließend so zwanzig, dreißig Meter geradeaus. Rechts geht es in den Produktionsbereich. Du musst an den Maschinen vorbei, bis du auf eine Treppe in den Keller stößt. Da gehst du runter und wieder einen Gang entlang, nach links, und dann müsstest du vor der Tür stehen, die ich nicht mehr aufbekomme.«

In Julias Kopf ratterte es. Verflucht. Was Lenja ihr beschrieb, hörte sich an, als steckte sie in einem Labyrinth.

»Okay. Leg auf. Ich melde mich, wenn ich dort bin.«

Die Verbindung war unterbrochen und Julia rannte um das Gebäude. Die Hintertür fand sie schnell. Sie drückte die Klinke hinunter und betrat die Halle, aus der ihr ein metallischer Geruch entgegenschlug. Sie schaltete die Taschenlampe ein und ging geradeaus. Nach ungefähr zwanzig Metern wandte sie sich nach rechts. Von der Decke hingen Schläuche herab, die in roboterartigen Maschinen endeten. Sie lief auf einen doppeltürigen Tiefkühlschrank zu, der halb fertig montiert war. Julia durchquerte die Halle und umrundete mehrere Fließbänder, auf denen sie Bauteile für Tiefkühltruhen sah. Sie achtete darauf, nicht über irgendwelche Kabel zu fallen oder etwas herunterzureißen. Ein wenig kam sie sich vor wie auf einem fremden Planeten. Die Dunkelheit tat ihr Übriges.

Endlich entdeckte sie an einem Pfeiler ein grünes Schild, das den Ausgang markierte. Dahinter befand sich eine Stahltür, die genauso aussah wie die, durch die sie in das Fabrikgebäude gelangt war. Sie suchte nach der Kellertreppe, konnte sie jedoch nirgendwo entdecken.

»Mist«, fluchte sie leise und kehrte in den Produktionsbereich zurück. Was hatte Lenja gesagt, wo sie lang musste? Sie drehte sich einmal um die eigene Achse und plötzlich tauchte in einiger Entfernung ein Gitter auf. Das könnte die Treppe sein. Julia atmete erleichtert auf. Sie war vorher zu weit nach links geraten und deshalb am Ausgang gelandet. Sie erreichte die Treppe und stieg die Stufen hinab. Als sie unten die Kellertür öffnete, schlug ihr eisige Kälte entgegen. Unwillkürlich zog sie den Mantel enger zusammen, bevor sie sich in einen schmalen Flur begab.

»Lenja?«, rief sie verhalten und lauschte auf eine Antwort.

Als sie nichts hörte, beschleunigte sie ihre Schritte. Von dem Flur gingen alle paar Meter weitere Gänge ab. Ein Schatten tauchte neben ihr auf und sie begann zu laufen. Sie prallte fast gegen eine rote Tür. Schwer atmend blieb sie stehen. Offenbar spielte ihr Verstand verrückt. Sie leuchtete den Flur aus. Niemand verfolgte sie. »Lenja?«, flüsterte sie und klopfte an die Tür. »Bist du hier drin?«

»Julia? Ich bin so froh, dass du da bist. Kannst du mich rauslassen?«

Julia richtete den Strahl ihrer Taschenlampe auf die Tür. Eine Metallkiste war von einem Stapel heruntergefallen und blockierte die Tür.

»Ich hab es gleich«, sagte sie und legte das Handy auf

den Boden. Sie schob die Kiste beiseite und drückte die Türklinke hinunter.

Lenja flog ihr entgegen und umarmte sie. »Du bist meine Retterin. Ich habe schon gedacht, ich muss bis zum Morgen hier ausharren und kassiere dann direkt eine Anzeige wegen unerlaubtem Betreten des Geländes.«

»Mir war nicht klar, dass du mitten in der Halle feststeckst. Was hast du denn hier gesucht?«, fragte Julia und versuchte, nicht vorwurfsvoll zu klingen.

Lenja senkte den Blick. »Es war dumm von mir, ich weiß«, murmelte sie. »Aber ich konnte nicht schlafen und habe im Internet Informationen zu Adrian Haberland recherchiert. Stell dir vor, ich habe herausgefunden, dass er bei *Frostkontor* gearbeitet hat, bevor er vor ein paar Monaten zu der Staubsaugerfabrik wechselte.«

Julia staunte nicht schlecht. »Wie bist du denn darauf gekommen?«

»Soziale Medien«, entgegnete Lenja. »Er hat damit geprahlt, dass er mit einer dicken Lohnerhöhung abgeworben wurde.« Sie verzog die Miene. »Ich hätte natürlich nicht hierherfahren dürfen, aber nachdem ich das entdeckt hatte, fand ich keine Ruhe mehr. Ich habe mein Rad geschnappt und bin los. Die Hintertür stand offen und ich habe nicht nachgedacht. Ich wollte nur einen schnellen Blick in die Halle werfen.« Sie schwieg schuldbewusst.

»Versprich mir, dass du nie wieder alleine einer Spur nachgehst. Das ist Sache der Polizei«, erwiderte Julia und zuckte zusammen, als es plötzlich hinter ihnen polterte.

»Was war das?«, fragte sie und leuchtete erneut in den Gang.

»Keine Ahnung«, flüsterte Lenja und führte Julia ein paar Meter weiter, bis sie einen Durchgang auf der rechten Seite erreichten. Dahinter tat sich ein großer Raum auf. Julia konnte jedoch mit dem schmalen Lichtkegel ihrer Taschenlampe nicht sofort alles erfassen. Es war eiskalt und es roch nach einer merkwürdigen Mischung aus Metall und Wasser und noch etwas Undefinierbarem.

»Schau dir das an«, wisperte Lenja und deutete nach vorn.

Julia folgte ihrem Zeigefinger mit den Augen und erblickte eine große, verschlossene Tür mit der Aufschrift »Kühlraum«.

»Ich sagte doch, diese Firma verleiht Tiefkühltruhen oder Kühlschränke und sie liefert auch Eiswürfel für den Gastronomiebedarf.«

Julia näherte sich vorsichtig der Tür und öffnete sie einen Spalt. Ein kalter Windzug schlug ihr entgegen. Im Inneren des Kühlraums waren Regale voller verpackter Eiswürfel zu sehen. Die Eiswürfel waren in klaren Plastikbeuteln eingehüllt und stapelten sich bis zur Decke.

»Ich habe im Internet gelesen, dass sie hier spezielle Eiswürfel für Veranstaltungen und Großkunden produzieren. Sieht so aus, als ob sie eine große Lieferung vorbereiten würden«, erklärte Lenja.

Julia konnte nicht sprechen. Sie dachte an die Leichen von Marlies Köhler und Emma Kaufmann und an die kreisrunden Verfärbungen, die sie auf ihrer Haut festgestellt hatten. Ob Lenja recht hatte und der Täter die Leichen hier irgendwo aufbewahrte?

Abermals polterte es in der Ferne. Julias Puls schoss in die Höhe.

»Haberland läuft frei herum. Was, wenn er hier ist?«, fragte sie und in diesem Augenblick hörte sie Schritte.

Sie kamen die Kellertreppe herunter.

»Wir müssen uns verstecken«, zischte Julia leise und suchte den Raum ab. Rechter Hand standen zwei Schubkarren, gerade groß genug, um dahinter zu verschwinden. Julia huschte hinüber und winkte Lenja mit sich. Die Schritte waren schon ganz nahe. Sie krochen hinter die Schubkarren und Julia schaltete das Licht aus. Allerdings blieb es nicht lange dunkel. Ein greller Lichtkegel schoss auf sie zu. Er wirbelte durch den Raum und wurde plötzlich langsamer, bis er auf der Schubkarre zur Ruhe kam, hinter der Julia kauerte. Sie hoffte, wer auch immer in diesem Gebäude war, würde weitergehen. Aber der Lichtkegel klebte regelrecht auf ihr fest und die Schritte kamen direkt auf sie zu. Julia wagte nicht, zu atmen. Sie umklammerte die Taschenlampe in ihrer Hand, bereit, sich zu wehren. Alle Muskeln in ihrem Körper spannten sich an. Sie glaubte, der Mann stände unmittelbar vor ihr, als es auf einmal still wurde. Nur der Lichtstrahl fixierte sie weiterhin. Etwas knirschte ganz dicht vor ihr. Julia rechnete jeden Augenblick damit, entdeckt zu werden. Doch dann entfernten sich die Schritte. Zuerst langsam, schließlich schneller und kurz darauf umschloss sie die Dunkelheit.

»Ist er weg?«, flüsterte Lenja nach einer Weile.

»Weiß nicht«, gab Julia zurück.

Ihre Oberschenkel brannten von der angespannten Haltung in der Hocke. Sie erhob sich und lockerte die Beine. Anschließend lauschte sie in den dunklen Raum hinein.

»Lass uns abhauen«, sagte sie und schaltete die Taschenlampe ein. »Wir müssen hier raus. Vielleicht war das Adrian Haberland. Wenn er uns erwischt, bringt er uns um.« Ihr Blick wanderte zu den Eiswürfeln und sie erschauderte.

»Und was, wenn er Valerie Köhler hier versteckt hält?« Lenja deutete auf den Boden unter ihren Füßen.

Julia erstarrte. Sie standen auf weißen Fliesen.

»Verflucht, Lenja. So geht das nicht. Wir müssen hier raus und den Rest der Polizei überlassen. Und außerdem wüsste ich nicht, wo hier eine Leiche versteckt sein sollte.« Julia seufzte und schwenkte den Lichtstrahl abermals über die Regale mit den verpackten Eiswürfeln.

»Der Raum ist offen«, fügte sie hinzu. »Jeder, der in dieser Fabrik arbeitet, kann hier ein und aus gehen. Das ist kein guter Ort, um eine tote Frau aufzubewahren.«

»Auf der anderen Seite sind weitere Räume. Da war ich noch nicht.«

»Lass uns abhauen«, beharrte Julia. »Die Polizei kann sich hier umschauen. Außerdem gibt es eine Reihe von Firmen, die einen ähnlichen Service anbieten, wie beispielsweise die von deinem Prospekt.«

»Okay, wir verschwinden. Ich denke, der Kerl ist weg«, schlug Lenja vor.

Julia nickte und ging mit der Taschenlampe voran. Sie

bewegten sich auf Zehenspitzen auf die Treppe zu. Julia registrierte die weißen Fliesen unter ihren Füßen.

»Dahinten«, flüsterte Lenja. »Siehst du den Sack in der Ecke?«

Tatsächlich lehnte neben der Treppe ein dunkler Sack an der Wand, so hoch wie ein Mensch. Unwillkürlich musste Julia an einen Leichensack denken. Lenja eilte zu dem Fund und zog den Reißverschluss auf. Edelstahl kam zum Vorschein. Anscheinend handelte es sich um irgendwelche Schienen oder Ersatzteile. Jedenfalls war es kein Mensch.

Gerade als Julia die erste Stufe nach oben nahm, knallte irgendwo eine Tür. Julia fuhr erschrocken zusammen und auf einmal hallten schon wieder Schritte durch den Keller.

»Wer ist da?«, brüllte eine dunkle Stimme.

Julia zögerte keine Sekunde und stürmte mit Lenja die Treppe hinauf. Ein großer Mann war ihnen dicht auf den Fersen. Das gleißende Licht seiner Taschenlampe streifte sie, während er versuchte, sie einzuholen.

»Halt! Stehen bleiben!«, schrie er.

Julia verlor das Gleichgewicht und stolperte auf der obersten Stufe. Ein dumpfer Schmerz durchfuhr ihr Knie, aber Lenja packte sie blitzschnell am Arm und zog sie hoch.

»Stehen bleiben«, brüllte ihr Verfolger abermals.

Seine zornige Stimme trieb Julia und Lenja an, schneller zu laufen. Sein aggressiver Tonfall verhieß nichts Gutes. Sie mussten hier raus. Lenja wich geschickt einer Maschine aus, während Julia fast dagegen prallte. Im letzten Moment gelang es ihr, auszuweichen. Beinahe hatten sie es ans Ende des Produktionsbereiches geschafft, da flammte plötzlich das Licht über ihnen auf.

»Ihr entkommt mir nicht!«

Sie stürmten durch den Gang zu der roten Tür und hasteten ins Freie. Sie preschten um die nächste Ecke und schafften es zur Vorderseite der Halle. Der Typ war noch nicht zu sehen. Julia zerrte den Autoschlüssel im Lauf aus der Tasche und entriegelte den Wagen. Lenja sprang auf den Beifahrersitz, während Julia den Motor startete.

Das vordere Tor der Halle öffnete sich ruckartig und der Mann stürzte heraus. Er sprintete die Rampe hinunter, direkt auf ihren Wagen zu. Julia trat das Gaspedal durch, riss das Lenkrad herum und drückte den Schalthebel nach vorn. Das Getriebe ächzte, die Reifen quietschten und hinter ihnen brüllte der Mann. Ihr Golf geriet ins Schlingern, fing sich jedoch und sie jagten davon.

»Unglaublich«, rief Lenja, als sie um die Kurve schossen und genügend Abstand zwischen sich und ihrem Verfolger gebracht hatten. »Du solltest Rennen fahren.«

Ein erleichtertes Lachen drang aus Julias Brustkorb. Sie wusste selbst nicht, wie ihr dieses Fahrmanöver gelungen war.

»Wer war dieser Kerl?«, fragte sie atemlos.

»Vermutlich Security. Aber definitiv nicht Haberland. Seine Stimme klang, als wäre er schon über sechzig.«

»Trotzdem, er war verdammt schnell.«

Lenja grinste. »Wollen wir zurückfahren und nachschauen?«

Julia schüttelte den Kopf. »Bloß nicht. Ich bin heilfroh, dass der Kerl uns nicht erwischt hat.«

»Ich auch. Hoffentlich hat er dein Kennzeichen nicht gesehen.«

»Das wäre nicht gut.«

»Es ist dunkel und Kameras waren da keine. Das habe ich vorher gecheckt.«

»Und dein Fahrrad?«, fragte Julia. »Wir können es nicht einfach dortlassen.«

»Keine Sorge, ich habe es vor der Staubsaugerfabrik abgestellt. Fahr weiter. Ich hole es ein anderes Mal.«

Julia gab Vollgas und endlich meldete sich Florian. Noch während der Fahrt berichtete sie ihm, was geschehen war.

28

Er schnitt den Bauch auf und zog die Gedärme und anderen inneren Organe heraus. Im Gegensatz zu der Kälte, die im Raum herrschte, fühlten sich die Organe in der Hand an, als würden sie glühen. Er blähte die Nasenflügel und sog den Geruch tief ein. Alles roch frisch. Keine Spur von Verwesung. Er ließ die Innereien auf die Eiswürfel fallen und sah fasziniert zu, wie das Eis darunter zu schmelzen begann. War es nicht beeindruckend, wie Kälte und Wärme miteinander interagierten? Er liebte dieses Ritual. Als er sich sattgesehen hatte, legte er das Messer beiseite und warf den ausgenommenen Fisch in eine Kiste. Dann zog er die Gummihandschuhe aus und sah auf die Uhr. Es war Zeit. Er stapfte zu der Glastür, hinter der die Rebellin lag. Er hatte ihr eine hohe Dosis Fentanyl verabreicht, sodass sie keinen Widerstand leisten konnte. Heute nicht.

Und auch sonst nicht mehr, fügte er in Gedanken hinzu.

Sie hatte es nicht besser verdient. Genau wie die anderen. Er dachte an die Kellnerin zurück. Lotte. Ein wundervolles Geschöpf mit dunklen Locken und blauen Augen. Er hatte sie vom ersten Augenblick an gewollt. Doch er war unerfahren gewesen. Sie war das erste Stück in seiner Sammlung. Es war so aufregend, als er sie endlich in seiner Gewalt hatte und mit ihr machen konnte, was er wollte. Er hatte ihr K.-o.-Tropfen ins Getränk gemischt und sie einfach abgeschleppt. Niemand hielt ihn auf. Die Leute tanzten und feierten, alle völlig alkoholisiert. Er hätte nackt durch die Menge laufen können und es wäre keiner Menschenseele aufgefallen. Ein betrunkenes Mädchen in seinem Arm erregte schon gar keine Aufmerksamkeit. Lotte war selbst schuld. Sie hatte ihm von der Party erzählt. Zugegeben, nicht direkt. Sie hatte mit ihrer Freundin darüber gesprochen, aber er fühlte sich eingeladen. Er beobachtete sie den ganzen Abend unentwegt. Und als ihre Freundin zur Toilette ging, schlug er zu. Unmittelbar vor den Augen dieses jämmerlichen Waschlappens, der sich an seine Lotte ranschmeißen wollte. Der Kerl war so betrunken, dass er nichts mehr mitbekam. Gewiss, auch ihm hatte er etwas ins Getränk gemischt. Er musste schließlich auf Nummer sicher gehen. Trotzdem, die Dosis entsprach vielleicht einem Viertel von dem, was er in Lottes Glas gegeben hatte. Der Kerl war ein Weichei. Aber ihm sollte es recht sein, denn von da an gehörte Lotte ihm.

Und als er das Interesse an ihr verlor, kam Frieda. Sie kam im wahrsten Sinne des Wortes mit ihm. Einfach so. Kein Wunder. Sie kannte ihn ja. Sie vertraute ihm. Und sie hatte sich ein oder zwei Joints reingezogen. Sie liebte Partys und er liebte sie. Anfangs zumindest. Bis sie ihm zu langweilig wurde. Ihm und vermutlich auch seinem Publikum. Er musste mehr haben als nur eine Frau, und weil er sich nicht zwischen Marlies und Emma entscheiden konnte, nahm er sie einfach beide zu sich.

Ein blauer Ball hüpfte plötzlich die Treppe herunter. Ein Junge kam hinterhergesprungen und blieb abrupt stehen, als er ihn bemerkte. Mit schreckgeweiteten Augen starrte er ihn an.

»Verdammt noch mal! Kannst du nicht aufpassen? Du hast hier nichts zu suchen«, knurrte er.

Der Junge lief knallrot an, packte mit beiden Händen den Ball und stob ohne ein Wort davon. Er sah ihm hinterher, und er überlegte, ob er ihm folgen sollte.

29

»Was haben Sie mitten in der Nacht in dem Gewerbegebiet gemacht?«, fragte Florian und hatte Mühe, sich zu beherrschen.

Sein Partner lag im Krankenhaus, aber er war über den Berg. Schon am Morgen hatte Martin wieder blöde Witze gemacht. Florian ließ es ihm durchgehen. Er war heilfroh, dass die Glasscherbe in seinem Hals nichts Schlimmeres angerichtet hatte. Nach Julias Nachricht auf seiner Mailbox hatte er mehrere Streifen in das Gewerbegebiet geschickt und tatsächlich hatten sie den flüchtigen Adrian Haberland vor der Staubsaugerfabrik in seinem Wagen aufgegriffen. Angeblich wusste er nicht wohin und wollte dort übernachten, bis sich die Lage beruhigt hätte. Florian glaubte ihm kein Wort. Dieser Mistkerl hatte seinen Partner attackiert. Er ballte die Fäuste. Es kam wirklich selten vor, dass er die Nerven verlor. Die Ereignisse der letzten Stunden hatten ihn jedoch dünnhäutig werden lassen.

»Ich war nicht bei *Frostkontor*. Sie können mich das noch hundertmal fragen und Sie kriegen immer wieder dieselbe Antwort.« Adrian Haberland wischte sich genervt eine Schweißperle von der Stirn.

»Wo ist Valerie Köhler?«, fragte Florian jetzt frei heraus. Er hatte die Nase voll. Dieser Mistkerl gehörte ins Gefängnis. Nicht auszumalen, was geschehen wäre, wenn Julia und Lenja ihm in die Arme gelaufen wären.

»Weiß ich nicht«, erklärte Haberland und verschränkte die Arme.

»Sie haben das Video mit ihr an die Polizei geschickt. Lügen ist also zwecklos. Außerdem durchkämmt eine Einheit gerade die Fabrikhalle und das umliegende Gelände. Es wäre besser für Sie, zu kooperieren«, knurrte Florian.

Haberland verzog keine Miene. Er betrachtete Florian, als wäre er ein neuartiges Lebewesen, das er noch nie zuvor gesehen hatte.

»Ich habe damit nichts zu tun.«

Florian reichte es. Er zog den Bericht des Computerexperten aus dem Ordner und legte ihn vor Haberland auf den Tisch.

»Ihre IP wurde ermittelt. Es dauert höchstens noch drei Stunden und wir erhalten grünes Licht für die Durchsuchung Ihrer Wohnung. Glauben Sie mir, was wir auf Ihrem Computer finden, bringt Sie mit Sicherheit ins Gefängnis. Dazu kommt die gefährliche Körperverletzung meines Partners. Falls Sie für sich noch irgendetwas rausholen wollen, sagen Sie mir jetzt, wo Valerie Köhler ist. Und ...« Florian beugte sich über den Tisch und sah

Haberland fest in die Augen. »Es wäre besser für Sie, wenn die Frau am Leben ist.«

»Das mit Ihrem Partner tut mir leid. Ich bin in Panik geraten«, murmelte Adrian Haberland zerknirscht. Er rieb sich das Kinn und grübelte einen Moment lang. Dann begann er zu reden.

»Ich habe Ihnen das Video geschickt. Aber nicht, weil ich dieser Frau etwas getan habe, sondern weil sie so aussah wie die Frau aus dem Auto. Ich wollte etwas Gutes tun und habe es deshalb an die Polizei weitergeleitet. Ich konnte schließlich nicht wissen, dass es sich um die Schwester handelt. Verdammt, so blöd wäre ich doch nicht.«

Dumm genug, um einen Beamten anzugreifen, war Haberland jedenfalls, dachte Florian und biss sich auf die Zunge.

»Und wer hat das Video aufgenommen, wenn nicht Sie?«, fragte er und lehnte sich wieder zurück.

»Keine Ahnung. Ich habe noch nicht mal eine Kamera.«

Florian deutete auf sein Smartphone, das vor ihm lag. Und schüttelte langsam den Kopf.

»Wollen wir auf diesem Niveau weitermachen? Ihre Chancen sinken von Minute zu Minute.«

Haberland stöhnte. »Verdammt. Ich wollte echt nur helfen. Die Frau tat mir leid, vor allem, weil ich weiß, wie es endet.«

Florian wurde hellhörig. »Was soll das bedeuten, Sie wissen, wie es endet?«

»Na ja. Es sind immer dieselben Videos. Zuerst leben

sie noch und dann sterben sie. Was soll ich sagen. Ich bin eigentlich nicht so ein Typ. Aber mein Kumpel fährt drauf ab. Er zieht sich ständig solche Videos aus dem Darknet rein. Ist total krank.« Er rollte mit den Augen und vermied den Blickkontakt zu Florian.

»Wie heißt denn Ihr Kumpel?«

»Ralf Wollschläger. Er war mein Kollege, bevor ich bei *Frostkontor* aufgehört habe. Er liefert Eis und Kühlgeräte aus.«

Florian schossen sofort Julias Worte in den Kopf. Sie hatte ihm erzählt, dass die toten Frauen unter Umständen mit Eis tiefgefroren worden sein könnten. Es gab ein paar verdächtige Abdrücke auf der Haut der Leichen.

»Hat Ralf Wollschläger das Video aufgenommen?«

»Nein. Natürlich nicht. Er steht nur auf solche Sachen.«

»Solche Sachen?«, erwiderte Florian. »Wollen Sie mir jetzt weismachen, er schaut sich Videos an, auf denen Frauen umgebracht werden, und geilt sich daran auf?«

Adrian Haberland senkte den Blick. »Kann schon sein«, brummte er undeutlich.

Florian sprang auf. »Warten Sie kurz.«

Er rannte aus dem Verhörraum und bat den Kollegen vor der Tür, Ralf Wollschläger sofort zur Befragung herzuholen. Notfalls sollten die Kollegen ihn festnehmen. Dann begab er sich eine Etage höher zu den Computerexperten und bat Maik Tompson, ihn mit einem Laptop in den Verhörraum zu begleiten.

Adrian Haberland betrachtete sie feindselig, als sie eintraten.

»Wer ist das?«, wollte er wissen.

»Das ist Maik Tompson, unser Computerexperte. Seien Sie doch so freundlich und zeigen Sie uns die Website, auf der sich die Videos befinden, von denen Sie sprachen.«

Haberlands Lippen verzogen sich zu einem hässlichen Grinsen. »Und was kriege ich dafür? Kann ich dann gehen?«

»Sie haben meinen Partner schwer verletzt«, zischte Florian und klappte den Laptop vor Haberland auf. »Das ist mindestens gefährliche Körperverletzung, vielleicht sogar versuchter Totschlag. Also nein. Sie dürfen nicht gehen, und jetzt machen Sie schon oder wollen Sie, dass Valerie Köhler stirbt?«

Haberland stieß abermals ein tiefes Stöhnen aus. »Ich habe keine Ahnung, wie die Seite heißt.«

»Und wie sind Sie dann an das Video gekommen?«

»Mein Kumpel hat es mir per AirDrop auf den Computer gesendet.«

»Es reicht jetzt wirklich, Herr Haberland! Wir verlieren hier kostbare Zeit«, sagte Florian fassungslos. »Ihnen ist schon klar, dass Sie hier mit dem Leben einer jungen Frau spielen?«

»Verdammt! Wer hat Ihnen denn überhaupt das Video geschickt? Das war ich. Keine Ahnung, auf welcher Seite das online war. Ich bin nicht so, hab ich doch gesagt.«

»Okay. Wenn Sie nicht so sind, dann erlauben Sie uns, Ihre Wohnung und insbesondere Ihren Laptop in Augenschein zu nehmen.«

Adrian Haberland schüttelte energisch den Kopf. »Ich

bin doch nicht verrückt. Sie wollen mir was anhängen. Ich will einen Anwalt, jetzt sofort!«

30

Ralf Wollschläger war neununddreißig Jahre alt und hatte nur noch wenige Haare auf dem Kopf. Seine kleinen Augen blitzten listig und wanderten über Julias Körper, als wäre sie nackt. Sie sah, wie es hinter seiner Stirn arbeitete, doch sie ließ sich von seinem Röntgenblick nicht beeindrucken. Trotzdem kam der Kerl ihr irgendwie bekannt vor. Sie wusste nur nicht mehr woher.

Den Mann neben Wollschläger hatte sie hingegen noch nie gesehen. Er trug einen dunkelblauen Anzug und ein weißes Hemd. Im Gegensatz zu seinem Mandanten wirkte der Anwalt wie aus dem Ei gepellt. Jedes Haar auf seinem Kopf lag perfekt ausgerichtet, und die randlose Brille auf seiner Nase verlieh ihm zweifellos Kompetenz.

Florian hatte Julia gebeten, als Sachverständige aus der Rechtsmedizin an der Vernehmung teilzunehmen. Martin Saathoff wurde weiterhin im Krankenhaus behandelt und sollte sich auch in den nächsten Tagen schonen. Florian wollte keinen neuen Kollegen in den Fall einarbeiten. Dafür blieb keine Zeit, wenn sie Valerie Köhler retten wollten.

»Könnten Sie bitte noch einmal erklären, warum Sie meinen Mandanten ohne Vorwarnung zu einer Befragung auf das Polizeirevier gebeten haben?«, schnurrte der Anwalt mit samtiger Stimme.

Florian erklärte ihm die Situation und zeigte ihm den Bericht des Computerexperten. Dabei schilderte er, dass Adrian Haberland ausgesagt hätte, Ralf Wollschläger kenne eine Website im Darknet, auf der gezeigt wird, wie Frauen getötet werden. Zudem hätte er das Video an Haberland weitergeleitet.

»Die Verbreitung solcher Videos ist strafbar«, fügte er hinzu.

»Das ist starker Tobak«, erwiderte der Anwalt und runzelte die Stirn. Eine tiefe Falte erschien über seiner Nasenwurzel. »Ist die Aussage von Herrn Haberland denn belastbar? Soweit ich weiß, ist er bei der Polizei kein Unbekannter.«

»Wir haben keinen Grund, an seiner Aussage zu zweifeln, und außerdem existiert ein Video, auf dem Valerie Köhler zu sehen ist. Sie wird derzeit vermisst und wir versuchen sie zu finden. Es wäre also sehr wichtig, dass wir Zugriff auf die Seite im Darknet erhalten. Womöglich entdecken wir dort Hinweise auf ihren Aufenthaltsort.«

»Ich verstehe«, sagte der Anwalt und bedeutete Ralf Wollschläger, zu reden.

»Ich bin nicht oft auf dieser Seite«, erklärte Wollschläger.

Florian schob ihm den Laptop hin. »Wenn Sie die Seite einfach aufrufen könnten?«

»Also gut.« Wollschläger klappte den Laptop auf und gab eine Adresse in den Browser ein. Der IT-Experte hatte einen Beamer an das Gerät angeschlossen, sodass sie an der Wand mitverfolgen konnten, was sich auf dem Bildschirm tat.

Eine Seite öffnete sich, die bis auf das Feld für die Passworteingabe völlig schwarz war. Sie hatte nicht einmal einen Namen. Wollschläger tippte das Passwort ein. Daraufhin veränderte sich die Seite. Ein doppelflügliges Tor erschien auf dem Bildschirm und ging knarrend auf.

Die Worte: *Willkommen Fremdling* leuchteten in blutroten Buchstaben auf.

Wollschläger klickte auf die Schrift und abermals veränderte sich die Seite. Nebeneinander poppten mehrere rechteckige Vorschaufenster für Videos auf. Wollschläger kreiste mit der Maus über der ersten Reihe und wählte schließlich eine Aufnahme aus, auf der ausschließlich weiße Fliesen im Vorschaubild zu sehen waren.

Florian kannte das Video. Es zeigte Valerie Köhler.

»Okay. Adrian Haberland erwähnte weitere Videos. Können Sie uns eins zeigen?«

Ralf Wollschläger nickte und klickte auf den Namen unter dem Video. *Der Sammler*, nannte sich die Person, die es hochgeladen hatte. Niemand von ihnen sprach diesen grässlichen Namen laut aus. Julia sah Florian an, wie sehr ihn das Ganze mitnahm, dabei hatte Wollschläger das nächste Video noch nicht einmal aufgerufen. Es dauerte eine Weile, bis sich die Seite aufbaute. Zuerst war wieder nichts als ein schwarzer Bildschirm zu sehen. Dann erschienen ein weißes Dreieck und das Vorschaufenster, aus dem sie ein Auge anstarrte. Wollschläger startete das Video.

Das hellblaue Auge begann zu blinzeln. Julia wusste sofort, zu wem es gehörte. Sie hatte es auf ihrem Obduktionstisch ausgiebig gemustert. Zu diesem Zeitpunkt war die Iris allerdings schon stumpf gewesen. Doch die gelben Linien, die sich kreisförmig um die Pupille wanden, hatte Julia nicht vergessen.

»Das ist Marlies Köhler«, stieß sie aus und konnte den Blick nicht abwenden.

Marlies Köhler blinzelte, während die Kamera sich entfernte und nach und nach das gesamte Gesicht erfasste. Hässlicher roter Lippenstift verunstaltete die hübsche Frau und verwandelte sie in jemanden, der sie nie gewesen war. Eine Hure, eine Person, die sich für Geld einem Mann hergab. Die Kamera zoomte weiter heraus und gab den Blick auf die weißen Bodenfliesen frei, auf denen Marlies Köhler nackt und schutzlos lag. Julia beobachtete ihre Atmung. Der Brustkorb hob und senkte sich kaum erkennbar. Die starren Pupillen sprachen dafür, dass sie unter Drogeneinfluss stand.

»Sind das da etwa Eiswürfel unter ihr?«, fragte Florian plötzlich und riss Julia aus ihren Gedanken.

Erst jetzt registrierte sie die Eiswürfel, die sich auf den

weißen Fliesen verteilten. Sie schaute zu Ralf Wollschläger, der sich mit der Zungenspitze über die Lippen leckte. Und in diesem Moment fiel ihr wieder ein, wo sie diesen Widerling schon einmal gesehen hatte.

»Sie waren im Café Rauch«, sagte sie zu ihm.

Wollschläger sah sie mit einem Schulterzucken an. »Na und?«

Florian zählte offenbar blitzschnell eins und eins zusammen.

»Diese Frau dort auf dem Video liegt unbekleidet auf Eiswürfeln. Sie liefern ganz zufällig Eiswürfel aus, auch ans Café Rauch, in dem zwei weitere Opfer verkehrten.«

»Also das geht mir jetzt ein bisschen zu schnell«, schaltete sich der Anwalt ein und verstummte im selben Moment. Er deutete auf die Videoprojektion an der Wand.

Wie lange wird sie noch durchhalten?, stand da in blutroten Buchstaben. Drei Sekunden später endete das Video.

Der Anwalt schnappte nach Luft.

»Ich bin ehrlich gesagt etwas schockiert«, stammelte er mit bleichem Gesicht. »Vielleicht schauen Sie sich das Material in Ruhe durch und ich bespreche mich mit meinem Mandanten. Gehen Sie davon aus, dass ich Sie sofort informiere, sobald mir der Aufenthaltsort dieser armen Frau, also ich meine Valerie Köhler, zu Ohren kommt.«

»Was wir brauchen, sind konkrete Hinweise. Sie können sich gerne mit Herrn Wollschläger zurückziehen, aber nach allen Erkenntnissen können wir ihn nicht entlassen. Ich werde einen Haftbefehl beantragen. Dafür haben Sie sicherlich Verständnis.«

Der Anwalt setzte zu einem Nicken an, schüttelte jedoch im letzten Moment den Kopf.

»Natürlich entspricht das nicht den Interessen meines Mandanten. Dürfen wir hierbleiben?«

»Selbstverständlich«, sagte Florian und nahm den Laptop. »Wir schauen in einer Stunde wieder vorbei. Dann bräuchten wir Ihre Aussage, was Sie an den betreffenden Tagen gemacht haben.« Florian übergab dem Anwalt eine Liste. »Dies sind die vier Opfer und hier stehen die Tage, an denen sie als vermisst gemeldet wurden. Für die Woche vorher benötigen wir komplette Angaben, wo sich ihr Mandant jeweils aufgehalten hat und wer das bezeugen kann. Das danebenstehende Datum markiert den Tag, an dem das jeweilige Opfer gefunden wurde. Auch für diese Zeitpunkte brauchen wir eine entsprechende Auskunft. Valerie Köhler wird seit einer Woche vermisst. Wir müssen wissen, was Herr Wollschläger am Abend ihres Verschwindens getan hat.«

»Das ist teilweise sehr lange her«, sagte der Anwalt und schob die Liste zu Wollschläger hinüber. »Wir geben unser Bestes, müssten aber sicherlich für die ein oder andere Angabe telefonieren.«

»Das ist kein Problem«, erklärte Florian und erhob sich.

Julia stand ebenfalls auf und folgte ihm aus dem Verhörraum. Sie suchten den IT-Experten auf, der sofort den Laptop in Beschlag nahm.

»Das ist eine anonyme Plattform im Darknet. Es wird

schwierig werden, einzelne User zurückzuverfolgen«, erklärte Maik Tompson.

»Ich weiß«, entgegnete Florian. »Aber wir müssen wissen, wer diese furchtbaren Videos hochgeladen hat. Und wir müssen das Material auswerten und herausfinden, wo Valerie Köhler festgehalten wird.«

»Und alles innerhalb der nächsten Stunden, nehme ich an.« Tompson spitzte die Lippen. »Ich versuche erst einmal, den *Sammler* zu identifizieren. Leicht wird das nicht. In den Videos sind selten persönliche Gegenstände oder Hinweise auf den Aufnahmeort zu finden. Diese Leute sind sich bewusst, dass die Polizei ihnen dicht auf den Fersen ist. Sie haben gelernt, ihre Spuren geschickt zu verwischen, sowohl was den Ort als auch ihre Identität betrifft. Aber wir können uns aufteilen. Schauen Sie sich doch unterdessen die älteren Videos von dem sogenannten *Sammler* an. Ich beginne mit den neuen.« Maik Tompson sprang zu einem Computer am Nachbartisch. »Ich öffne Ihnen hier die Seite, dann können Sie gleich loslegen.«

Florian und Julia setzten sich an den Schreibtisch. Eigentlich hatte Julia wenig Lust, sich die ekelhaften Aufnahmen eines kranken Perversen anzuschauen, jedoch sah sie ein, dass dies im Moment ihre einzige Option war.

Insgesamt hatte der *Sammler* zwanzig Videos hochgeladen. Soweit Julia das beurteilen konnte, war keines davon älter als zwei Jahre.

»Lotte Harburg und Frieda Raabe werden wir wohl nicht sehen«, schlussfolgerte sie und deutete auf die

Datumsangaben. »Wurden von diesen beiden Frauen keine Videos aufgenommen?«

»Vielleicht wurden sie von der Plattform gelöscht«, erwiderte Florian und klickte das älteste Video an. »Konzentrieren wir uns auf die Umgebung«, sagte er und starrte auf den Bildschirm.

Wieder erschien Marlies Köhler. Sie lag bewusstlos auf demselben Untergrund wie im ersten Video. Die Aufnahme begann dieses Mal mit einem Fuß und endete mit dem Kneten ihrer Brüste.

»Kannst du kurz anhalten?«, bat Julia und betrachtete die Hände des Täters, die in gelben Gummihandschuhen steckten. »Vielleicht sehen wir ein Stück von seinem Arm, wenn du es langsamer abspielst.«

Doch da war nichts. Wer auch immer Marlies Köhler quälte, er achtete verdammt gut darauf, nicht in das Sichtfeld der Kamera zu geraten. Julia schloss die Augen, als das Video aufhörte. Sie hatte keine Ahnung, wie sie das weitere Male aushalten sollte. Es war schrecklich, der Frau beim Sterben zuzusehen. Im Laufe der folgenden vier Filme wurde Marlies Stück für Stück blasser. Unter ihrer Haut zeichneten sich bläuliche Adern ab. Ihre Augen sanken immer mehr in die Höhlen und die einzige Farbe auf ihren Lippen war der grellrote Lippenstift.

In Video Nummer sieben starb Marlies Köhler. Es brach Julia das Herz, als sie ihren letzten Atemzug tat. Ihr Blick wurde starr und das Leben verließ den von Drogen geschwächten Körper. Julia entging kein Detail ihrer Qualen, obwohl sie sich bemühte, auf die Umgebung zu achten.

»Es sind immer die gleichen weißen Fliesen. Nie sehen wir mehr als den verdammten Boden und vielleicht noch ein paar Eiswürfel. Der Kerl weiß, was er tut.« Florian ließ die Maus los und sah auf die Uhr. »Wir sollten eine Pause von den Videos machen. Lass uns mit Ralf Wollschläger und seinem Anwalt reden. Ich denke, der Kerl ist es. Hast du ihm mal in die Augen geschaut?«

»Er ist ekelhaft«, erwiderte Julia und erhob sich hastig.

Keine Sekunde länger wollte sie mit diesen schrecklichen Bildern verbringen. Doch ein schlechtes Gewissen plagte sie. Vielleicht verbarg sich auf einem der anderen Videos ein entscheidender Hinweis.

»Ich kämpfe mich da gleich durch«, erklärte Maik Tompson, als könne er Julias Gedanken lesen. Er warf ihr einen mitleidigen Blick zu. »Sie sollten sich das nicht länger antun. Ich bin das gewohnt und kann damit umgehen. Die Identität konnte ich bisher nicht herausbekommen. Ich probiere noch ein wenig rum und melde mich dann.«

»Danke«, sagte Julia und hastete Florian hinterher, die Treppe hinunter in die Etage mit den Verhörräumen.

Auf dem Flur kam ihnen Wollschlägers Anwalt entgegen. Er war kreidebleich.

»Haben Sie Informationen für uns?«, fragte Florian.

»Nein, ich muss passen. Herr Wollschläger möchte sich von einem anderen Anwalt vertreten lassen, und ich gebe zu, ich bin nicht böse drum. Dieser Mann ...« Sein Blick huschte zu dem Verhörraum. »Er ist merkwürdig, um es vorsichtig auszudrücken. Hier ist Ihre Liste, die hat er ausgefüllt.« Er drückte sie Florian in die Hand.

»Geht es Ihnen gut?«, fragte Julia, die bemerkte, dass die rechte Hand des Anwalts leicht zitterte.

Er fuhr sich über die Stirn und nickte. »Ja. Mir ist nur ein wenig übel. Solche Fälle nehmen mich mit. Wenn Sie mich jetzt entschuldigen würden. Ich habe noch dringende Termine heute.«

Julia sah dem Mann verwundert hinterher, der mit steifen Schritten in Richtung Ausgang stürmte.

»Da stimmt doch was nicht«, brummte Florian und öffnete die Tür zum Verhörraum.

Ralf Wollschläger saß seelenruhig auf seinem Platz und nickte, als er Florian bemerkte.

»Ich hörte soeben, dass Sie sich von einem anderen Anwalt vertreten lassen möchten?«

»Da haben Sie richtig gehört. Der Typ ist ein Weichei. Ich sollte ihm von diesen Videos erzählen und das habe ich gemacht. Dabei ist ihm wohl übel geworden. Er ist raus wie von einer Hornisse gestochen und auf die Toilette.«

»Was haben Sie ihm denn erzählt?« Florian setzte sich Wollschläger gegenüber und Julia nahm neben Florian Platz.

Wollschläger beugte sich vor. »Haben Sie die anderen Videos vom Sammler gesehen?«, fragte er heiser und ein hässliches Grinsen verzerrte seine Lippen. »Er holt sich eine Frau nach der nächsten und er spielt sie zu Tode. Ist das nicht fantastisch?«

Florian beugte sich nun ebenfalls zu Wollschläger vor. Ihre Nasenspitzen waren höchstens zwanzig Zentimeter voneinander entfernt.

»Sie sagen mir sofort, wo Valerie Köhler ist«, zischte Florian leise.

Wollschlägers Grinsen verbreiterte sich. »Wieso sollte ich? Und selbst wenn ich es wüsste, würde ich es nicht tun.«

»Es reicht«, stieß Florian aus. »Sie sind vorläufig festgenommen!«

31

Ein paar Stunden zuvor

»Warum nennst du dich Sammler?«, hatte ihn mal jemand gefragt.

»Weil ich schöne Dinge liebe«, hatte er geantwortet.

Er saß im Auto, das Fernglas an die Augen gepresst, und beobachtete sein nächstes Opfer. Die langen dunklen Haare fielen ihr in leichten Wellen über die schmalen Schultern. Sie wirkte so zerbrechlich und sie war schüchtern. Das mochte er. Schon der Gedanke an die Rebellin hingegen sorgte für ein unangenehmes Ziehen in seiner Magengegend. Selbst wenn sie betäubt war, wehrte sie sich noch. Er fuhr sich genüsslich mit der Zunge über die Unterlippe. Mit Patricia wäre es bestimmt viel schöner. Am liebsten hätte er die Rebellin noch heute hinter den

Horizont geführt, aber es gab einen Spender, der sie sehen wollte. Was blieb ihm also anderes übrig, als die ungezogene Schlampe weiter durchzufüttern? Wie konnten zwei Menschen, die von denselben Eltern abstammten, dieselbe Erziehung genossen und dieselbe Schule besucht hatten, vom Wesen her derartig verschieden sein? Äußerlich sahen sie aus wie Zwillinge, aber innen drinnen ...

»Verflucht«, schrie er auf, weil sich die Wasserflasche zwischen seinen Schenkeln verselbstständigt hatte und sich ein dunkler Fleck auf seiner Hose ausbreitete.

»Das ist alles nur deine Schuld«, brüllte er zornig und zuckte zusammen, als ein Fußgänger zur Seitenscheibe seines Lieferwagens hereinschaute und ihn kritisch musterte.

»Tut mir leid. Bin spät dran«, sagte er und erntete ein verständnisvolles Nicken.

Ja, ja. Lieferdienste standen unter permanentem Zeitdruck. Sie mussten sogar in eine Flasche pinkeln, weil sie ansonsten mit den Terminvorgaben nicht klarkamen. Erst letzte Woche hatte er wieder einen Artikel darüber in der Zeitung gelesen. Er zuckte mit den Achseln und grinste in sich hinein. Der Mann spazierte mit seinem Hund weiter den Bürgersteig entlang und dachte nicht einmal im Traum daran, dass er hier eigentlich gerade eine Frau ausspionierte. Beim Blick auf die Uhr stieß er allerdings einen weiteren Fluch aus. Er war tatsächlich spät dran und er hatte noch so einiges auszuliefern. Die Kunden würden sich beschweren, wenn er unpünktlich käme. Vielleicht nahmen sie ihm die Ware auch gar nicht mehr ab und das konnte er sich nun wirklich nicht leisten.

Trotzdem warf er einen letzten sehnsuchtsvollen Blick durch sein Fernglas. Patricia stand die ganze Zeit am Fenster und telefonierte. Das tat sie jeden Tag. Unglaublich, was die Frau plapperte. Daran würde er arbeiten müssen. Aber solange sie gefügig war und tat, was er wollte, konnte er damit leben. Die meisten Frauen redeten ununterbrochen, da war sie keine Ausnahme. Bestimmt würde er viele Spenden für Patricia erhalten. Er kannte mindestens fünf Männer, die ihm viel Geld dafür bezahlen würden, sie sterben zu sehen. Er ließ seufzend das Fernglas sinken und legte es auf den Beifahrersitz. Stundenlang hätte er dieser Frau noch zusehen können. Doch die Pflicht rief. Er würde sich in ein paar Tagen um sie kümmern. Das Zimmer neben der Rebellin war vorbereitet. Er befeuchtete die Lippen und stellte sich vor, was er mit Patricia anstellen würde. Dann schnallte er sich an und setzte seine Lieferroute fort.

32

Martin Saathoff saß aufrecht im Bett und lächelte. Julia stellte ihm einen Becher Kaffee auf den Beistelltisch, während Lenja ein Stückchen Schokolade abbrach und es ihm in die freie Hand drückte. Die andere war in einer Schlaufe fixiert, damit die Wunde an seinem Hals gut verheilen konnte.

»Mmh, ich liebe Vollmilchschokolade.« Er strahlte wie ein Honigkuchenpferd.

Obwohl Lenja in der Vergangenheit Saathoffs Annäherungsversuche immer zurückgewiesen hatte, zeigte sie sich heute ungewöhnlich fürsorglich ihm gegenüber. Julia war sich bewusst, wie sehr Lenja der Angriff auf Saathoff zu Herzen ging.

»Wir sollten los«, sagte Julia mit Blick auf die Uhr, als ihr Handy klingelte.

Anna Schuberts Name von der Spurensicherung leuchtete auf.

»Gibt es Neuigkeiten?«, fragte Julia neugierig.

Florian war mit Zeugenbefragungen beschäftigt. Er setzte Himmel und Hölle in Bewegung. Ein Richter hatte Durchsuchungsbeschlüsse für die Wohnungen von Adrian Haberland und Ralf Wollschläger erlassen und zwei Teams durchforsteten dort in diesem Moment jeden Quadratzentimeter. Des Weiteren waren Florians Kollegen ausgeschwärmt, um Ralf Wollschlägers Alibis zu überprüfen, während der Kerl in einer Zelle schmorte und kein Wort mehr ohne seinen neuen Anwalt sprach. Angeblich hatte er an allen Tagen, die auf Florians Liste standen, Eis und Kühlgeräte ausgeliefert. Der Chef von *Frostkontor* persönlich hatte ihnen die Lieferrouten übermittelt. Da es sehr viele Kunden waren, wollten Julia und Lenja ein paar Gespräche übernehmen. Bisher gab es keine auch noch so winzige Spur von Valerie Köhler, und sie befürchteten, dass sie nicht mehr lange lebte.

Den Computerspezialisten war es nicht gelungen, die Identität des *Sammlers* ausfindig zu machen. Die Seite im Netz war inzwischen offline, der Betreiber untergetaucht. Vermutlich würde die Seite irgendwann an anderer Stelle wieder erscheinen, doch darauf konnten sie nicht warten.

»Bisher nichts Belastendes gegen Wollschläger«, antwortete die Leiterin der Spurensicherung. »Der Mann besitzt unzählige verstörende Videos, aber Hinweise auf den Aufenthaltsort von Valerie Köhler oder Anhaltspunkte zu einem der anderen Opfer konnten wir nicht finden.« Anna Schubert seufzte. »Ich habe außerdem mit dem anderen Team gesprochen, das bei Adrian Haberland in der Wohnung ist. Dasselbe Ergebnis.«

»Schöner Mist«, erwiderte Julia. »Ich hoffe, die Polizei kann sie trotzdem in Gewahrsam behalten, zumindest so lange, bis wir Valerie Köhler gefunden haben.«

»Das hoffe ich auch«, erwiderte Anna Schubert. »Sobald sich etwas Neues ergibt, hören Sie von mir.«

Julia legte auf. Lenja hatte Martin Saathoff inzwischen die ganze Schokolade überlassen. Sie stand neben seinem Bett und fragte:

»Was hat sie gesagt?«

»Nichts, was uns weiterbringt. Lass uns losfahren.«

Sie verabschiedeten sich von Martin Saathoff und gingen zum Auto. Julia gab die Adresse des Supermarktes ins Navigationssystem ein, in dem Emma Kaufmann bis vor zwei Jahren gearbeitet hatte. Der Markt wurde regelmäßig von Ralf Wollschläger mit Eis beliefert. Lenja sollte sich dort noch einmal umhören, während Julia den Frischfischlieferanten des Supermarktes aufsuchen würde, ebenfalls ein Kunde von Wollschläger.

»Glaubst du, die Befragungen bringen überhaupt etwas?«, fragte Lenja, als sie auf dem Parkplatz des Supermarktes hielten.

»Es ist neben der IT und der Spurensicherung der einzige Ansatzpunkt. So lange Ralf Wollschläger den Mund nicht aufmacht, bleibt uns nichts anderes übrig. Zeige den Mitarbeitern noch einmal die Fotos der Opfer und die der Verdächtigen. Wer weiß, womöglich kann sich jemand erinnern und bringt uns auf die richtige Spur. Ich habe die Hoffnung noch nicht aufgegeben, dass wir Valerie Köhler rechtzeitig finden.«

Lenja verzog die Miene. Sie wirkte keineswegs überzeugt, stieg jedoch aus und winkte ihr zum Abschied zu.

Julia gab die Adresse des Fischlieferanten ein. Auf der Liste von Florian stand der Name mehrfach, und sie hatten herausgefunden, dass der Betrieb von Jan Becker, einem stadtbekannten Fischzüchter, zweimal in der Woche mit Eis versorgt wurde. Seine Zuchtanlage befand sich am Rande Kölns in südwestlicher Richtung. Zwanzig Minuten entfernt von dem Supermarkt, an dem sie Lenja abgesetzt hatte.

Je weiter sie sich dem Stadtrand näherte, desto mehr Bäume säumten den Straßenrand. Ihre kahlen Äste wirkten vor dem grauen Himmel irgendwie traurig. Der Wind, der heute kräftig blies und die Zweige schaukeln ließ, tat sein Übriges dazu. Julia schaute auf die Uhr. Die Dämmerung würde jeden Augenblick einsetzen und auf sie wartete noch die Arbeit im Institut. Ähnlich wie Lenja rechnete sie sich keine großen Chancen aus, etwas über den Verbleib von Valerie Köhler herauszufinden. Sie konnte nur hoffen, dass die Festnahme von Ralf Wollschläger rasch dazu führte, dass er mit der Sprache herausrückte. Es schauderte sie, als sie an die listigen kleinen Augen des Mannes dachte und daran, wie er sie gemustert hatte. Sie traute ihm einiges an Brutalität zu. Die Tatsache, dass er sich jetzt in Schweigen hüllte, sprach nicht unbedingt für ihn. Florian sah die Dinge genauso. Sollten die Angaben der Alibis auf der Liste nicht stimmen, konnte er Wollschläger damit in die Enge drängen. Außerdem neigten manche Verbrecher dazu, mit ihren Taten zu prahlen. Wenn sie sich an das selbstgefällige

Grinsen Wollschlägers erinnerte, konnte dies auf ihn durchaus zutreffen.

Sie fuhr eine schmale Straße entlang, an die zu beiden Seiten braungrüne Wiesen grenzten. Vor ihren Augen erhob sich in einiger Entfernung ein Gebäude, das laut Navigationssystem ihr Ziel war. Sie näherte sich langsam. Der Vorgarten des Hauses war von einer niedrigen Mauer umschlossen. Dahinter spielten zwei Kinder mit einem Ball. Ein Mädchen und ein Junge, vielleicht acht oder neun Jahre alt. Ein Mann stand unweit dabei, und als der Ball zu ihm flog, flankte er ihn hinüber zu dem Jungen. Der Kleine legte einen Sprint hin und katapultierte den Ball mit einem kräftigen Schuss zwischen zwei Holzpfähle, die offenbar als Tor dienten. Er jubelte, während das Mädchen den Kopf hängen ließ. Der Junge holte den Ball und schoss ihn zu dem Mann. Er trug Gummistiefel, nahm den Ball jedoch trotzdem auf und lenkte ihn in Richtung des Mädchens. Von neuem Ehrgeiz gepackt, kämpften die Kinder um den Ball, der bald abermals im Tor landete.

Julia parkte den Wagen und beobachtete lächelnd die Szene. Unwillkürlich fragte sie sich, wie Sophia in acht oder neun Jahren wohl aussehen würde. Wäre sie ein sportlicher Wirbelwind wie die Kleine auf der Wiese? Und würde sie noch ein Kind haben? Der Gedanke erschreckte sie. Zwei Kinder. Was für eine Herausforderung. Sie sah in das strahlende Gesicht des Mannes und dachte: *und was für ein Glück.*

Julia stieg aus und ging auf den Mann zu.

»Guten Tag«, sagte sie und gab ihm die Hand. »Mein

Name ist Julia Schwarz. Sind Sie der Inhaber der Fischzucht, Jan Becker? Die Kripo müsste mich heute Morgen bei Ihnen angekündigt haben. Ich bin hier, um Ihnen ein paar Fragen zu stellen.«

Der Mann erwiderte ihren Gruß. »Ja, der bin ich. Freut mich, Sie kennenzulernen. Ich helfe sehr gerne.« Sein Blick wanderte hinüber zu den Kindern. »Kommen Sie rein. Dann können wir in Ruhe reden.«

Er führte Julia ins Haus und durch das Wohnzimmer in einen hellen Wintergarten, an den sich eine Terrasse anschloss. Dahinter schien das Grundstück gar kein Ende zu nehmen. An eine schmale Wiese grenzten etliche Teiche, gesäumt von knorrigen Bäumen.

»Setzen Sie sich doch«, sagte Jan Becker und deutete auf einen gemütlichen Korbsessel, der mit flauschigen Kissen ausgestattet war.

Eine kleine, rundliche Frau kam auf Julia zu.

»Guten Tag. Ich bin Martha Becker, Jans Schwester. Möchten Sie vielleicht einen Kaffee oder einen Tee trinken?«

»Danke, ein Kaffee wäre wirklich nett«, antwortete Julia und ließ sich in den Sessel sinken.

»Hatten Sie einen anstrengenden Tag?«, fragte Jan Becker und musterte sie freundlich.

»Wohl eher eine anstrengende Nacht.« Julia verzichtete darauf, ihm von Lenjas Ausflug zu *Frostkontor* zu erzählen. »Wir haben vor ein paar Monaten unsere Tochter bekommen und seitdem sind die Nächte sehr viel kürzer.«

Jan Becker lächelte verständnisvoll. »Ich kenne das von meiner Schwester. Nur gut, dass die beiden jetzt groß sind.

Mein Neffe Max ist neun und meine Nichte Rebecca elf. Ich freue mich jedes Mal, wenn sie mich hier besuchen kommen. Man kann inzwischen so viel mehr mit ihnen unternehmen.« Er nahm ihr gegenüber Platz. »Wie kann ich Ihnen denn helfen?«

Julia zog die Liste mit den Daten hervor, an denen Ralf Wollschläger den Fischzüchter mit Eiswürfeln beliefert haben wollte.

»Könnten Sie mir bestätigen, ob Sie an den genannten Tagen Eis von *Frostkontor* bezogen haben? Ich bin mir bewusst, dass es eine ganze Weile her ist, aber vielleicht erinnern Sie sich auch daran, ob Herr Wollschläger der zuständige Fahrer war?«

Jan Becker runzelte die Stirn. »Wir erhalten zweimal die Woche Ware. Ich sehe am besten in meinen Unterlagen nach.«

Er erhob sich und kehrte nach wenigen Minuten mit einem Laptop zurück.

»Das ist ja schon vier Jahre her«, brummte er gedankenverloren, als er das erste Datum überprüfte. »Meine Buchhalterin hat die Lieferscheine digitalisiert ... Ah ... hier ist er ja.« Er drehte den Laptop zu Julia herum. »Die Lieferung kam gegen Mittag.«

Julia betrachtete das Dokument. Es wies den Tag, die Uhrzeit und die Menge an Eis aus. Jan Becker oder vielleicht auch ein Mitarbeiter hatte den Empfang der Lieferung bestätigt. Aber das Dokument enthielt nicht den Namen des Fahrers.

»Ob Ralf Wollschläger oder jemand anderes gefahren ist, kann ich nicht erkennen«, sagte sie.

»Das stimmt. Ich suche mal den jüngsten Lieferschein heraus. Vielleicht kann man dort etwas sehen.«

Es dauerte eine Weile und dann schüttelte Jan Becker den Kopf. »Nein. Der Fahrer wird standardmäßig nicht erfasst. Ich kann nur sagen, dass Herr Wollschläger uns seit Jahren beliefert, außer wenn er krank ist oder Urlaub hat. Dann übernimmt das jemand anders von *Frostkontor*.«

»Was können Sie denn noch über Herrn Wollschläger berichten? Ist er immer pünktlich? Gab es irgendwann Unstimmigkeiten oder hat er sich mal merkwürdig verhalten?«

Jan Becker runzelte die Stirn. »Darf ich fragen, was er ausgefressen hat?«

»Wir sind auf der Suche nach einer jungen Frau, die seit einer Woche vermisst wird. Wir gehen davon aus, dass Herr Wollschläger ihren Aufenthaltsort kennt, allerdings hat sein Anwalt ihm geraten zu schweigen, weshalb wir nun verzweifelt auf der Suche nach Hinweisen sind. Deshalb befragen wir sein komplettes Umfeld in der Hoffnung auf den entscheidenden Tipp.« Julia legte ein Foto von Valerie Köhler auf den Tisch.

In diesem Moment kam Beckers Schwester mit einer dampfenden Tasse Kaffee herein.

»Liebe Güte«, stieß sie aus und stellte die Tasse vor Julia ab. »Sind Sie ihretwegen hier?«

Julia nickte. »Sie wird seit einer Woche vermisst.«

Martha Becker stemmte die Hände in die Hüften. »Und Sie vermuten, dass dieser Eiswürfellieferant sie in seiner Gewalt hat?«

Abermals nickte Julia.

»Ich bin mit den Kindern nicht so oft zu Besuch bei Jan, wir wohnen im Saarland, aber ein paarmal habe ich den Mann zu Gesicht bekommen. Er war mir von Anfang an unheimlich. Haben Sie mal seinen Blick gesehen? Mit dem stimmt was nicht.«

Julia konnte ihre Aussage nur bestätigen. »Haben Sie eine Idee, wo er die junge Frau versteckt haben könnte?«

Hinter Martha Beckers Stirn arbeitete es, während sie sich auf einen Stuhl setzte. »Mein Bruder lebt hier sehr abgeschieden. Bestimmt gibt es viele Möglichkeiten.« Sie sah zu ihrem Bruder. »Du kennst doch sicherlich seine Lieferroute? Vor uns ist ein Supermarkt dran. Der, den du auch jede Woche belieferst.«

»Das stimmt«, bestätigte Jan Becker. »Auf der Strecke liegt zudem ein altes Gewerbegebiet mit leer stehenden Gebäuden. Dort könnte man jede Menge Leute verschwinden lassen, ohne dass jemand sie findet.«

Julia notierte sich die Adresse des Gewerbegebietes.

»Danke. Ich gebe das an die Kripo weiter. Können Sie sonst noch etwas über Herrn Wollschläger berichten?«

»Das, was meine Schwester sagt, trifft schon zu. Er ist ein schräger Vogel. Aber er hat immer pünktlich geliefert und sich nichts zuschulden kommen lassen.« Jan Becker breitete den Arm aus und deutete auf die Teiche. »Er hätte hier einiges mitgehen lassen können. Das Eis muss bis zu dem Gebäude dahinten getragen werden. Das ist unser Schlachthaus. Er geht meist allein dorthin und lädt seine Lieferung ab. Nach so vielen Jahren kennt er sich hier bestens aus.«

Julia nickte nachdenklich. »Und dort werden die Fische geschlachtet?«

»Ja. Wir schlachten montags und freitags. Das sind übrigens genau die zwei Tage in der Woche, an denen wir uns Eis liefern lassen. Der Fisch muss absolut frisch gehalten werden. Ausliefern tun wir meist am selben Tag.«

»Darf ich mir das mal ansehen?«, fragte Julia.

»Natürlich. Ich zeige Ihnen gerne unsere Fischzucht.« Jan Becker erhob sich und klappte den Laptop zu. »Ich kann Ihnen übrigens alle Daten bestätigen. *Frostkontor* hat an allen angegebenen Tagen geliefert. Wenn Sie mögen, lässt meine Buchhalterin Ihnen die Lieferscheine zukommen.«

»Das wäre sehr nett.« Julia stand ebenfalls auf und folgte Jan Becker auf die Terrasse.

»Wir züchten Forellen, Saiblinge, Huchen, Karpfen und Störe. Je nach Jahreszeit auch Flussbarsche, Zander und Hechte. Die Teiche werden aus unserer eigenen Quelle gespeist. Wir produzieren zwanzig bis dreißig Tonnen Fisch im Jahr«, erklärte er und führte sie um ein paar Teiche herum.

Julia betrachtete die Fische, die im Wasser schwammen und nicht ahnten, warum sie hier waren und was sie erwartete, sobald sie die richtige Größe erreicht hatten.

Am nächsten Teich deutete Jan Becker auf einen Hecht, der knapp unter der Oberfläche im Wasser stand. Er bewegte leicht die Flossen, ohne sich auch nur einen Millimeter zu rühren.

»Das ist ein Zuchtbecken«, fuhr Becker begeistert fort.

»Der Hecht gehört zu meinen Lieblingsfischen. Sehen Sie, wie nah die Rückenflosse am Schwanz sitzt? Damit kann er blitzschnell aus dem Stand beschleunigen.«

Julia hörte bloß mit halbem Ohr zu, denn sie näherten sich dem Schlachthaus.

»Gibt es eine Zufahrt für den Lieferwagen?«, fragte sie, weil sie außer Teichen und Wiesen nichts sah.

Jan Becker starrte noch immer auf seinen Hecht. Dann blickte er auf.

»Hinter dem Haus ist die Zufahrt. Es hat meinen Eltern gehört. Sie haben früher dort gewohnt. Nachdem sie gestorben waren, haben wir es ein wenig umgebaut.«

Becker wanderte um ein paar große Becken herum, die an das Schlachtgebäude angrenzten.

»In diesen Quellbecken landen alle Fische, die geschlachtet werden sollen. Sie bleiben ungefähr zwei Tage darin, damit jeder Hauch von Alge aus ihrem System verschwindet. Das ist gut für den Geschmack.«

Becker öffnete die Tür und ließ Julia den Vortritt. Der Geruch, der ihr entgegenschlug, kam ihr bekannt vor. Wenn er auch von einer fischigen Note überdeckt wurde. Vor ihnen breiteten sich Tische mit eisgefüllten Wannen aus, auf denen ausgenommene Fische lagen. Aus einem Raum dahinter vernahm Julia ein Geräusch, das sie an eine elektrische Säge erinnerte. Die Säge verstummte und ein bärtiger Mann mit Gummistiefeln kam mit einem Eimer voller Innereien von geschlachteten Fischen heraus. Als er an Julia vorbeiging, wurde der Geruch nach Fisch so stark, dass sie für einen Moment die Luft anhielt.

»Hier vorne wird der Fisch für die Verladung abgeholt

und hier brauchen wir auch das meiste Eis. Rechts liegen noch ein paar Kühlräume für Ware, die erst morgen oder übermorgen rausgeht.«

Julia sah sich um und bemerkte eine Treppe.

»Was ist im Keller?«

»Das ist unser Lager.«

Als sie zur Treppe ging, um einen Blick hinunterzuwerfen, klingelte ihr Handy.

»Schwarz«, meldete sie sich und nahm die ersten Stufen. Aus dem Augenwinkel bemerkte sie, wie Jan Becker sich zurückzog, damit sie telefonieren konnte.

»Hier spricht Tanja Schröder von der Rechtsmedizin Düsseldorf. Ich habe sämtliche Akten überprüft. Wir hatten bis auf Frieda Raabe keinen vergleichbaren Fall in den letzten fünf Jahren. Aber mir ist noch etwas aufgefallen, was ich Ihnen mitteilen wollte. In der Akte von Frieda Raabe, die ich Ihnen mitgegeben habe, fehlte leider eine Seite. Da ist mir wohl ein Fehler beim Kopieren passiert. Auf ihrer Kleidung wurde eine Fischschuppe gefunden. Sie stammt von einem Hecht. Ich schicke Ihnen gleich einen Scan der fehlenden Seite.«

»Das ist sehr nett«, erwiderte Julia und bemerkte, dass Dr. Schröder nicht mehr in der Leitung war.

»Hallo?«, fragte sie, aber offenbar hatte sie hier unten keinen Empfang. Die Balken auf ihrem Handydisplay waren verschwunden. Kein Wunder, sie stand mittlerweile im Keller.

Sie hielt das Handy in die Luft, doch es war ein hoffnungsloses Unterfangen. Sie beschloss, Dr. Schröder gleich zurückzurufen, wenn sie wieder oben war. Zuerst wollte sie sich hier kurz umsehen. Der Keller war vollgestopft mit verschiedenen Gerätschaften: Keschern, Körben, Fischfutter, Netzen, alles, was man zur Fischzucht benötigte. Am Ende sah sie eine Tür. Erstaunt stellte sie fest, dass es offenbar ein weiteres Untergeschoss gab. Julia schaltete das Licht ein und stieg noch eine Treppe hinab. Eisige Luft umfing sie, und es schien so, als würde es mit jeder Stufe kälter werden. Sie dachte an Frieda Raabe, die in einem Supermarkt in der Kosmetikabteilung beschäftigt war. Auch bei Emma Kaufmann wurde eine Fischschuppe gefunden, was Sinn ergab, da sie an einem Fischstand in einem anderen Supermarkt arbeitete. Doch wie gelangte eine Fischschuppe an Frieda Raabes Kleidung?

Julia wusste nicht, ob der Supermarkt in Düsseldorf ebenfalls mit einer Frischfischtheke ausgestattet war. Außerdem gab es etliche Wege der Übertragung. Ralf Wollschläger belieferte Fischhändler und Supermärkte gleichermaßen, möglich war alles. Julia erreichte das Ende der Treppe und schaute auf einen weiß gefliesten Boden, während es in ihrem Kopf ratterte.

Das Eiscafé, in dem das erste Opfer Lotte Harburg ausgeholfen hatte, befand sich in einem kleinen Einkaufscenter. Julia war mit Florian dort gewesen. Es beherbergte etliche Läden. Eine weiße Flosse gleich am Eingang, links von einem Döner-Laden, tauchte vor ihrem inneren Auge auf. Ein Fischladen. Und auch die Bäckerei, in der Marlies Köhler gearbeitet hatte, lag gleich neben einem Supermarkt mit Frischfischtheke. Wollschläger lieferte mit seiner Firma *Frostkontor* ausschließlich in Köln und Umgebung. Der Fischzüchter hingegen war in ganz Nordrhein-Westfalen und garantiert auch in Düsseldorf bekannt.

Die Erkenntnis traf Julia wie ein Schlag. Sie starrte auf die weißen Fliesen unter ihren Füßen, die genauso quadratisch waren wie die auf den Videos. Sie drehte sich um und wollte die Treppe wieder hinaufgehen, als sie in das grinsende Gesicht eines Schimpansen blickte.

33

Verdammt! Er hatte Julia Schwarz komplett unterschätzt. Sie hatte sich ihm als übermüdete Mutter präsentiert und war dann so mir nichts, dir nichts in seinen Keller spaziert. Erst viel zu spät realisierte er, dass er vergessen hatte abzuschließen. Seine Mitarbeiter stellten kein Problem dar. Keiner von ihnen verlief sich je in den Keller, geschweige denn in den darunterliegenden. Verflucht, er hatte sich zu sehr in Sicherheit gewogen und war nachlässig geworden. Er hatte am Morgen noch die Rebellin besucht, sich jedoch anschließend beeilen müssen. In dem ganzen Chaos war er einfach raus aus dem Schlachthaus, ohne nachzudenken.

Was sollte er jetzt bloß mit dieser Frau machen? Er sah seine Nichte und seinen Neffen vor sich, die lauthals lachend über die Wiese rannten, an den Teichen vorbei. Er dachte an seine Schwester, die ihre Kinder von ganzem Herzen liebte. So wie auch er es tat. Wollte er eine Mutter auf dem Gewissen haben? Eigentlich nicht. Die Frau war locker dreißig Jahre alt. Sie trug einen Pagenschnitt und eine Brille. Er fand sie nicht unattraktiv, fühlte sich jedoch von ihrem Äußeren nicht angesprochen. Diese Frau war ein Problemfall, genau wie die Rebellin, die sie zu ihr geführt hatte. Er verfluchte sich für seine Idee, Marlies gegen ihre jüngere Schwester auszutauschen. Er hätte Marlies noch jahrelang behalten können. Doch er hatte den Hals nicht vollbekommen. Glaubte, er bräuchte frisches Blut für seine Kunden. Einer von ihnen hatte ihm eine hohe Summe für Marlies' Schwester geboten und er benötigte nicht bloß den Kick, sondern auch das Geld. In Wahrheit kam er kaum über die Runden. Er konnte den Kredit für das neue Haus nur durch seine Nebeneinkünfte zurückzahlen. Wenn er das aufgab – was er weder vorhatte noch wollte –, war es vorbei. Er konnte ohne seine Sammlung nicht leben. Verdammt! Verdammt! Verdammt!

In seinem Kopf rasten die Gedanken so schnell, dass ihm fast schwindelig wurde. Er musste die Polizistin loswerden. Unauffällig. Niemand durfte wissen, dass sie hier war. Ihre Kollegen sollten denken, dass sie mit einem anderen Zeugen gesprochen hätte und dann verschwunden war. Nur wie sollte er herausbekommen, wohin sie sonst noch wollte?

Plötzlich fiel ihm ein, dass er ihr Handy hatte. Er nahm es in die Hand, doch es ließ sich nicht entsperren. Er brauchte ihr verdammtes Gesicht. Hoffentlich war die dumme Kuh noch bewusstlos. Er hatte ihr einen ordentlichen Schlag verpasst und sie in den Schminkraum geschleift. Was Besseres war ihm auf die Schnelle nicht eingefallen. Er hastete die Stufen wieder hinab, schloss die Tür ins zweite Untergeschoss auf und ging auf Zehenspitzen nach unten. Sein Herz raste, und es beruhigte sich auch nicht, als er sie auf dem Boden vor dem Spiegel liegen sah. Sie hatte sich nicht von der Stelle gerührt. Gott sei Dank!

Schnell hielt er ihr das Handy vors Gesicht. Es funktionierte. Ohne einen weiteren Blick auf sie zu werfen, rannte er hinaus, schloss ab und eilte die Treppen hoch. Als er wieder im Erdgeschoss angekommen war, überflog er ihre Kalendereinträge. Obduktion in Sektionssaal fünf, stand da für den späten Nachmittag.

Er verstand kein Wort. Wer zum Teufel war diese Frau in seinem Keller? Plötzlich vibrierte das Handy in seiner Hand. Fast ließ er es fallen. Dann las er eine Nachricht von einer Lenja.

Bin hier fertig. Soll ich zu Dir kommen?

Verdammt! Die Frau wusste vermutlich, wo Julia Schwarz sich aufhielt. Er durchsuchte ihre Nachrichten und fand eine von einem Florian, der sie bat, einen Supermarkt, einen Fischzüchter und ein Restaurant aufzusuchen. Das musste es sein.

Hastig antwortete er: *Nein, brauchst du nicht. Ich habe meine Pläne geändert und bin in dem Restaurant. Der Fischzüchter war nicht da.*

Verstehe. Dann bis später, erschien auf dem Display und er grinste zufrieden. Puh, das war gerade noch einmal gut gegangen. Er musste jetzt bloß Julia Schwarz' Leiche in der

Nähe des Restaurants ablegen und er wäre raus aus der Nummer.

Mit viel ruhigerem Puls schob er das Handy der angeblichen Polizistin in seine Tasche und ging hinüber in den Raum, in dem die Fische geschlachtet wurden.

Nun brauchte er nur noch das passende Werkzeug!

34

Wenn Julia Schwarz für eines bekannt war, dann für ihre kurzen und knappen Antworten. In Lenjas Magen grummelte es. Sie spürte, dass etwas nicht stimmte. Ihr Zeigefinger schwebte über der Taste, mit der sie Julia anrufen konnte, aber sie tat es nicht. Stattdessen wählte sie die Nummer des Restaurants, das sie als Nächstes besucht hätten.

»Grönfeld hier«, meldete sich eine Frauenstimme.

»Hier spricht Lenja Nielsen. Ich wollte nachfragen, ob meine Kollegin Julia Schwarz schon bei Ihnen eingetroffen ist?«

»Nein. Wieso denn? Sie sind doch erst in einer Stunde angekündigt.«

»Das ist richtig. Ich danke Ihnen für die Auskunft.« Lenja legte auf und fluchte. Sie hatte gleich geahnt, dass Julia nicht im Restaurant war. Es passte nicht zu ihr, dass sie ihre Pläne änderte. Und der Fischzüchter kannte seinen Termin. Warum sollte er plötzlich nicht anwesend sein?

Ihr Handy klingelte und sie hob ab.

»Lenja Nielsen«, meldete sie sich.

»Hier spricht Doktor Schröder, Rechtsmedizin Köln. Ich habe gerade mit Doktor Schwarz telefoniert, allerdings wurde unsere Verbindung getrennt und seitdem kann ich sie nicht mehr erreichen. Ich wollte Ihnen noch den Bericht wegen der Fischschuppe schicken, die wir an der Kleidung von Frieda Raabe gefunden haben. Aber vielleicht richten Sie ihr das aus.«

»Das mache ich«, erwiderte Lenja. »Wann haben Sie denn mit ihr telefoniert?«

»So vor zehn Minuten. Sie war unterwegs. Ich habe jedenfalls komische Geräusche im Hintergrund gehört, wie von einer Säge oder elektrischen Messern.«

»Danke. Nett, dass Sie mich informiert haben.« Lenja wurde ganz flau im Magen. Julia war in Gefahr. Sie musste ihr helfen, und zwar sofort.

Auf dem Parkplatz des Supermarktes herrschte Hochbetrieb. Eine ältere Dame schob ihren Einkaufswagen vor sich her und hielt genau neben Lenja, um ihren Wagen aufzuschließen. Lenja sah ihr angespannt zu, dann fragte sie:

»Entschuldigen Sie. Ich habe einen Notfall und leider kein Auto. Ich muss dringend meiner Kollegin helfen. Es geht um Leben und Tod. Darf ich bitte Ihr Auto ausleihen?«

Die Alte musterte Lenja scharf. Dann lenkte sie den

Einkaufswagen an die Bordsteinkante und öffnete die Fahrertür.

»Na los, junge Dame. Springen Sie rein. Es ist doch sicherlich eilig?«

Lenja ließ sich das nicht zweimal sagen. Sie setzte sich auf den Beifahrersitz, schnallte sich an und nannte der Frau die Adresse.

»Fischzucht Jan Becker? Kenne ich«, rief sie und trat aufs Gas.

35

Florian verfluchte sich dafür, Julia in die Ermittlungen eingebunden zu haben. Was, wenn ihr etwas Schlimmes geschah? Aber für Vorwürfe war es zu spät. Darüber hätte er sich früher Gedanken machen müssen. Außerdem wusste er nur zu gut, dass niemand Julia aufhalten konnte, sobald sie sich etwas in den Kopf gesetzt hatte. Trotzdem, sie waren jetzt Eltern und Sophia brauchte Julia wie die Luft zum Atmen. Auch er brauchte sie. Ohne Julia verlor seine Welt jeglichen Halt und er würde ins Bodenlose stürzen. Sein Herz krampfte sich zusammen, während er mechanisch sämtliche Maßnahmen einleitete, die zur Ergreifung von Jan Becker führen sollten. Ein Einsatzkommando würde schnellstmöglich ausrücken, die Fahndung nach ihm lief an und alle umliegenden Dienststellen wurden informiert. Für alle Fälle war der Rettungsdienst zur Fischzuchtanlage unterwegs.

Florian raste über die schmale Landstraße, die zu Jan

Beckers Fischzucht führte, und atmete erleichtert auf, als er Lenja vor der Haustür erblickte. Wenigstens hatte sie auf ihn gehört und nichts auf eigene Faust unternommen. Neben Lenja stand eine ältere Dame, die wild mit den Armen fuchtelte und mit einer Frau redete, die im Türrahmen lehnte. Florian sprang aus dem Wagen und rannte auf die drei Frauen zu.

»Wo ist Julia?«, brüllte er schon von Weitem und erntete einen schockierten Blick von der Frau in der Tür.

»Ich weiß es nicht. Mein Bruder ist auch nicht hier«, erklärte sie. »Er hatte plötzlich etwas Dringendes vor und ist sofort mit dem Lieferwagen los. Ich ... ich habe keine Ahnung, wohin.« Ihre Stimme brach. Tränen schossen ihr in die Augen. »Warten Sie.« Umständlich holte sie ihr Handy aus der Tasche und wählte mit zitternden Händen eine Nummer. Hinter ihr im Haus bemerkte Florian einen Jungen, der sie aus schreckgeweiteten Augen beobachtete.

»Nur die Mailbox springt an«, sagte die Frau verzweifelt. »Ich kann nicht sagen, wo sie sind.«

»Verflucht noch mal«, zeterte die alte Dame. »Überlegen Sie doch mal. Es geht um Leben und Tod!«

»Ich denke ja nach«, jammerte die Frau hilflos.

»Was hatte er denn morgen vor? Vielleicht hat er einen Termin vorgezogen«, versuchte Lenja zu helfen.

Florian hörte gar nicht mehr hin. Die Schwester von Jan Becker hatte offenbar keine Ahnung, was ihr Bruder nebenher trieb, und stand völlig unter Schock. Er drängte sich wortlos an ihr vorbei ins Haus und näherte sich dem Jungen. Er hielt ihm seinen Dienstausweis hin.

»Ich bin Polizist und heiße Florian«, erklärte er lächelnd.

»Ich bin Max. Hat mein Onkel etwas Schlimmes getan?«, wollte er wissen. Tränen schimmerten in seinen Augen.

»Erinnerst du dich an die Frau mit den schwarzen Haaren und der Brille? Ihr Auto steht bei euch vor dem Haus.«

Max nickte.

»Das ist meine Frau«, fuhr Florian fort. »Wir haben erst dieses Jahr unser Baby bekommen und es braucht dringend seine Milch. Es weint die ganze Zeit vor Hunger.« Er zeigte ein Bild von Julia und Sophia auf seinem Smartphone. »Kannst du mir helfen, sie zu finden?«

»Aber was ist mit meinem Onkel?«

»Ich hatte gehofft, dass er weiß, wo Julia ist. Leider ist er nicht hier. Weißt du vielleicht, wo sie sein könnte?«

»Vielleicht«, stieß der Junge zögerlich aus und senkte die Lider. »Aber mein Onkel will nicht, dass ich in das Haus gehe«, flüsterte er so leise, dass Florian es kaum verstand.

»Verstehe. Du brauchst auch gar nicht in das Haus zu gehen. Es reicht, wenn du mir zeigst, wo es ist. In Ordnung?«

Max sah ihn unsicher an. Langsam nickte er.

»Okay. Ich zeige es dir.« Der Junge sprang auf und führte ihn durch das Wohnzimmer in den Wintergarten. »Dahinten ist es.«

Florian erblickte Teiche, kahle Bäume und versteckt hinter einem Hügel ein Haus aus rotem Klinkerstein.

»Und da finde ich sie?«, fragte er zweifelnd.

»Komm!« Der Junge wurde offenbar mutiger. Er öffnete die Terrassentür und rannte um den ersten Teich auf das Haus zu. Florian hatte Mühe, ihm zu folgen.

Außer Atem erreichte er das Haus. Max war bereits hineingegangen. Der Geruch von stinkendem Fisch schlug Florian entgegen. Es schien ihm, als sei es im Haus kälter als draußen, wahrscheinlich wegen des vielen Eises auf den Tischen, auf denen ausgenommene Fische lagen. Florian starrte in einen Eimer mit blutigen Innereien und versuchte, die Übelkeit zu verdrängen, die in ihm aufstieg. Aus dem hinteren Teil des Gebäudes drang ein schneidendes Maschinengeräusch. Durch den Türspalt sah er einen Mann in Gummistiefeln, schwarzen Gummihandschuhen und dunkelblauem Overall. Sofort wanderte seine Hand zu der Pistole, die unter seiner Jacke versteckt war. Aber der Mann trug Kopfhörer und nahm sie gar nicht wahr.

»Das ist Anton«, erklärte der Junge. »Er ist heute zum Schlachten eingeteilt. Der Keller ist dahinten.« Er streckte den Zeigefinger aus. »Es gibt zwei Treppen und der Schlüssel liegt unter dem Vorleger.«

»Ich danke dir«, sagte Florian und begab sich zu der Tür, wo er sich zu dem Jungen umdrehte. »Geh zurück zu deiner Mutter. Du bist ein sehr mutiger Junge.«

Max nickte erfreut und rannte nach draußen. Florian zog die Waffe und stieß die erste Tür auf. Vorsichtig stieg er die Treppe hinunter und gelangte in einen Lagerraum, der vollgepackt mit allen möglichen Dingen war. Von Fischfutter über Angelsehnen bis hin zu Plastikwannen.

Er suchte nach der zweiten Treppe. Sein Blick fiel auf einen grauen Vorleger vor einer Stahltür. Er hob ihn hoch und entdeckte den Schlüssel. Hastig öffnete er die Tür. Mit einer Hand streckte er die Waffe voraus, mit der anderen tastete er nach einem Lichtschalter. Als er ihn fand, drang ein grauenvoller Schrei an sein Ohr.

»Hilfe!«, rief eine Frauenstimme.

Florian wurde eiskalt, denn diese Stimme gehörte nicht zu Julia.

36

Kurz zuvor

Julia wusste, dass sie warten musste, bis die Übelkeit verschwand. Becker hatte ihr einen kräftigen Schlag verpasst. Sie hatte keine Ahnung, wie lange sie hier bewusstlos auf dem Boden gelegen hatte, aber langsam kehrten ihre Sinne zurück. Noch zwei, drei Minuten und sie könnte die Augen öffnen und sich umsehen. Sie schluckte schwer und bemühte sich, ruhig zu bleiben. Unter ihr waren die eiskalten weißen Fliesen. Sie spürte die frostige Kälte, die Zentimeter für Zentimeter in ihr hochkroch und Besitz von ihr ergriff. Unerbittlich umklammerte sie ihren Körper und verlangsamte den Blutfluss in ihren Adern. Für ihren Schädel war das gut. Die Stelle, an der Becker sie getroffen hatte, würde nicht so stark anschwellen. Doch für ihren Verstand und ihre

Muskeln war die Kälte Gift. Wenn sie entkommen wollte, dann brauchte sie Kraft, und die kam nur mit ausreichender Durchblutung. Gerade als sie die Augen öffnen wollte, hörte sie ein Geräusch. Sie lauschte und stellte entsetzt fest, dass sich jemand näherte. Jan Becker! Er kehrte zurück. Julia machte einen tiefen Atemzug und rührte sich nicht. Beckers schwere Schritte waren höchstens ein paar Meter entfernt. Sie konnte seinen Atem hören. Ihn riechen.

Er blieb direkt neben ihrem Kopf stehen. Seine Körperwärme strahlte bis zu ihr herab. Am liebsten hätte sie die Arme ausgestreckt und ihn abgewehrt. Aber sie war noch viel zu benommen. In einem Kampf gegen ihn hätte sie keine Chance. Besser, sie stellte sich bewusstlos. Dann ließ er sie vielleicht in Ruhe. Der Kerl war pervers, und er liebte es, seine Opfer zu quälen. Sie hatte es in den Videos gesehen. Er würde seinem üblichen Schema folgen. Also hielt sie still, auch wenn es ihr unendlich schwerfiel.

Völlig unerwartet entfernte er sich wieder. So schnell wie er aufgetaucht war, so schnell war er auch wieder fort. Er hatte sie nicht einmal berührt. Verwirrt öffnete sie die Augen ein wenig und versuchte, in der Dunkelheit etwas zu erkennen oder den Mistkerl zu spüren.

Aber er war tatsächlich weg. Sie hörte, wie oben eine Tür zuschlug und der Schlüssel im Schloss gedreht wurde. Das war ihre Chance!

Ganz vorsichtig richtete sie sich auf. Ihr Hinterkopf sandte eine Schmerzwelle durch ihr Hirn. Sie hielt inne, atmete und Millimeter für Millimeter setzte sie sich weiter auf. Sie tastete die Wunde ab und stellte erleichtert fest, dass sie nicht stark blutete. So schlimm konnte es nicht sein. Julia biss die Zähne zusammen und stand auf. Sie taumelte in die Richtung, aus der Jan Becker gekommen war, und fand den Lichtschalter. Das grelle Deckenlicht benebelte ihre Sinne. Sie musste eine gefühlte Ewigkeit warten, bis sie etwas sehen konnte. Das Erste, was sie wahrnahm, waren die weißen Fliesen. Dann sah sie einen schmalen Tisch mit Schminkutensilien. An der Wand neben dem Spiegel hing ein Kleiderbügel, den sie als Waffe benutzen könnte. Julia schaute sich nach ihrer Tasche um, doch der Mistkerl hatte sie mitgenommen. Handyempfang hätte sie sowieso nicht, aber wenigstens eine Schmerztablette hätte sie nehmen können. Sie musste ohne klarkommen. Langsam öffnete sie die Tür und lugte hinaus. Der Flur war leer. Die Treppe ebenso. Sie rüttelte an der ersten geschlossenen Tür. Sie sprang auf und gab den Blick auf ein Becken voller zerstoßenem Eis frei. Neben dem Raum befand sich eine Glastür. Der Schlüssel steckte von außen. Julia drehte ihn herum und roch sofort die Mischung aus körperlichen Ausdünstungen und Exkrementen. Sie schaltete das Licht ein und ihr Herz begann auf der Stelle zu rasen.

Auf einer schäbigen Matratze lag zusammengekauert eine menschliche Gestalt.

»Valerie?«, flüsterte Julia und kniete sich neben die Frau.

Eilig entfernte sie die Kanüle aus der Vene in der Achselhöhle. In den angeschlossenen Schlauch tropfte Fentanyl.

»Valerie? Können Sie mich hören?«

Ein schwaches Wimmern drang aus der Kehle der Frau. Julia nahm die Wasserflasche neben der Matratze und benetzte ihre Lippen mit Feuchtigkeit. Sie richtete den Oberkörper der Frau auf, damit sie trinken konnte, doch in diesem Moment hörte sie schnelle, schwere Schritte, die die Treppen herunterstürmten. Sie sprang auf, ignorierte den Schmerz in ihrem Kopf und griff nach der Kanüle mit dem Fentanyl-Beutel. Sie löschte das Licht und huschte in das Zimmer, wo sie aufgewacht war, und versteckte sich hinter der Tür.

Im selben Moment öffnete Jan Becker die Tür. Julia zögerte nicht. Kaum hatte Becker zwei Schritte in den dunklen Raum getan, stürzte sie sich auf ihn und stieß ihm die Kanüle in den Hals. Sie drückte auf den Infusionsbeutel und hoffte, dass Becker eine ordentliche Dosis abbekam. Bevor er reagieren konnte, schnappte sie sich den hölzernen Kleiderbügel neben dem Spiegel und schlug damit auf Becker ein. Der kräftige Mann wankte, ging jedoch nicht zu Boden.

»Du verdammtes Luder«, brüllte er dumpf durch die Maske und schwang eine Axt.

Julia wich aus und erwischte Becker mit dem Bügel am Kopf. Der Mann stöhnte, fiel aber nicht um. Vermutlich hatte er nicht genug Fentanyl abbekommen. Julia hatte nur noch eine Chance. Sie schoss auf ihn zu und rammte ihm das Knie zwischen die Beine.

Endlich. Becker sackte zusammen. Sie wollte an ihm vorbei, doch Becker erholte sich schneller als gedacht. Er packte ihren Knöchel und riss sie zu Boden. Julia wehrte sich heftig. Seine Hände waren auf einmal überall. Sie spürte einen scharfen Schmerz im Bein. Ihre Kräfte schwanden. Verzweifelt holte sie aus und schlug Becker auf den Arm. Die Axt polterte zu Boden. Und dann hörte sie eine Stimme:

»Nimm das, du Dreckskerl!«

Etwas sauste durch die Luft und traf Becker von hinten. Julia vernahm das Knirschen von Knorpel, vielleicht auch das Bersten von Knochen. Becker stolperte hinaus in den Flur, die Treppe hoch, während Julia sich den schmerzenden Oberschenkel hielt. Vor ihr stand Valerie Köhler. Mit der blutigen Axt in der Hand sah sie aus wie ein wütender Racheengel. Doch Julia empfand ihren Anblick als Erlösung und sackte endgültig auf dem Boden zusammen.

37

Florian sprintete die Treppe hinunter und erblickte Julia und Valerie auf dem weißen Fliesenboden. Blut hatte sich unter ihnen ausgebreitet, und er wusste sofort, dass es Julias war. Valerie Köhler presste ein Stück Stoff auf Julias Oberschenkel.

»Sie verblutet«, weinte sie.

Florian löste vorsichtig das Tuch und begutachtete die klaffende Wunde.

»Weiter pressen«, befahl er. »Ich muss Hilfe holen. Hier unten ist kein Empfang.«

Er stürmte die Treppen hinauf und kontaktierte den Notarzt, der vor dem Wohnhaus jenseits der Teiche in Bereitschaft stand. Ein Rettungswagen setzte sich mit blinkenden Lichtern in Bewegung und nahm den Weg um das weitläufige Gelände, bis er beim Schlachthaus ankam, vor dem Florian wartete. Ein Arzt in Weiß mit orangefarbener Weste stieg aus und folgte Florian hastig die Treppen in den Keller hinab.

»Die Arterie ist nicht getroffen«, stellte der Notarzt erleichtert fest, als er Julias Schnittwunde begutachtet hatte, und legte ihr einen Druckverband an.

»Es geht mir gut«, behauptete Julia, die so blass war, dass es Florian angst und bange wurde.

»Die Wunde am Hinterkopf gefällt mir nicht. Das muss genauer untersucht werden.« Der Notarzt erhob sich und winkte zwei Sanitäter herbei, die Julia die Treppen hinaufhalfen.

»Sie kommen ebenfalls mit«, ordnete der Notarzt an und stützte die blutverschmierte Valerie Köhler, die immer noch stark benommen wirkte.

Draußen wartete Lenja mit Tränen in den Augen.

»Ich bin bald wiederhergestellt«, flüsterte Julia ihr zu. Sie war so schwach, dass sie ohne Hilfe nicht gehen konnte. Die Sanitäter verfrachteten sie und Valerie Köhler in den Rettungswagen und schlossen die Türen.

Mit Martinshorn und Blaulicht rasten sie davon. Florian rannte zurück zu seinem Wagen, gefolgt von Lenja, die zu ihm auf den Beifahrersitz sprang, um dem Rettungswagen hinterherzufahren. Unterwegs meldete sich die Einsatzzentrale, doch er war kaum in der Lage, die Situation zu erfassen.

Offenbar hatte man Jan Becker gefunden. Er war mit seinem Lieferwagen gegen einen Baum gerast und schwer verletzt. Florian konnte jedoch keinen weiteren Gedanken an dieses Scheusal verschwenden. Er wollte nur noch zu Julia und wissen, ob es ihr gut ging. Alles andere hatte Zeit.

EPILOG

Zwei Wochen später

Valerie Köhler wirkte zerbrechlich und unsicher, als sie das Café betrat und sich suchend umblickte. Julia winkte ihr von ihrem Fensterplatz aus zu. Valerie lächelte und steuerte auf den kleinen Tisch zu, den Julia für sie ausgesucht hatte.

»Danke, dass Sie sich Zeit für mich nehmen«, begrüßte Valerie sie und setzte sich.

»Das ist doch selbstverständlich«, erwiderte Julia und schob ihr eine Tasse mit dampfendem Kaffee hinüber. »Der ist mit Milch und einem Löffel Zucker«, erklärte sie.

»Das haben Sie sich gemerkt?«, fragte Valerie erstaunt.

»Ich werde doch nicht vergessen, wie meine Lebensretterin am liebsten ihren Kaffee trinkt.« Julia lächelte.

Valerie Köhler hatte ihr wirklich das Leben gerettet,

nachdem Jan Becker sie mit der Axt am Oberschenkel getroffen hatte. Aus Sorge, Julia könnte verbluten, war Valerie bei ihr im Keller geblieben und hatte ununterbrochen ein Stück Stoff auf die Wunde gedrückt, bis Florian eintraf. Zuvor hatte sie Jan Becker buchstäblich in die Flucht geschlagen. Sie hatte die Axt nach ihm geworfen, die Becker im Kampf mit Julia fallengelassen hatte, und ihn am Rücken getroffen. Jan Becker hatte die einsetzende Wirkung des Fentanyls gespürt und war davongelaufen. Mit letzter Kraft schleppte er sich in seinen Lieferwagen und schickte seiner Schwester eine Nachricht, dass er dringend wegmüsse. Schon kurz darauf kam er mit dem Wagen von der Straße ab und prallte gegen einen Baum. Von dort wurde er schwer verletzt ins Krankenhaus transportiert. Eine Woche lang lag Becker im Koma.

»Ich bin so froh, dass wir uns treffen konnten«, sagte Valerie und nippte an ihrem Kaffee.

»Natürlich. Wie geht es Ihnen?«, fragte Julia, obwohl die dunklen Augenringe und das blasse Gesicht von Valerie Bände sprachen.

»Letzten Freitag haben wir meine Schwester beerdigt. Ich werde sie den Rest meines Lebens vermissen. Wenn ich nur daran denke, was sie in den Wochen vor ihrem Tod durchmachen musste …« Valerie hielt inne und nippte abermals an ihrem Kaffee. »Sie wissen es vermutlich besser als ich, was ihr passiert ist. Deshalb bin ich hier. Ich muss irgendwie mit der Sache abschließen und ich habe so viele Fragen.« Sie blickte mit Tränen in den Augen Julia an.

»Na los, fragen Sie mich alles, was Sie wissen möchten«, sagte Julia und ergriff ihre Hand. »Ich kann mir vorstellen, wie schwer das alles für Sie ist.«

Valerie schluckte und wischte sich die Tränen weg.

»Hat der Schimpanse gestanden?«

Julia nickte. »Die Beweislage gegen Jan Becker ist so erdrückend, dass er nicht mal versucht hat, seine Verbrechen zu leugnen. Die Polizei hat in dem Keller jede Menge Videomaterial sichergestellt, das seine Gräueltaten dokumentiert.«

»Und hat er mit den anderen Frauen dasselbe gemacht wie mit Marlies? Und bitte, lassen Sie nichts weg, auch wenn es grausam ist.«

Julia zögerte einen Moment, aber als sie Valeries entschlossenen Blick sah, antwortete sie:

»Er hat seine Opfer betäubt, missbraucht und anschließend mit einer Überdosis Fentanyl getötet. Dabei zeichnete er jede Einzelheit mit einer Kamera auf und lud die Videos ins Darknet hoch. Seine zahlenden Kunden durften sich aussuchen, wie lange seine Opfer noch zu leben hatten und wann es Zeit war, nach einer neuen Frau zu suchen. Diese Kunden haben oft hohe fünfstellige Beträge geboten.« Julia bemühte sich, die Fakten nüchtern zu präsentieren, ohne Jan Becker direkt als das zu bezeichnen, was er in Wahrheit war: ein sadistischer Psychopath, der Freude am Quälen und Töten empfand. Das Geld, das er von seinen Kunden erhielt, war lediglich ein angenehmer Zusatz. Das erste psychologische Gutachten über Becker legte nahe, dass er auch ohne finanziellen Anreiz gemordet hätte.

»Haben die auch für mich geboten?«

»Ja. Sie haben zudem bestimmt, wie Becker die toten Frauen inszenieren sollte.«

»Und weiß die Polizei schon, wer diese Kunden sind?«

Julia seufzte und schüttelte den Kopf. »Leider ist es bisher nicht gelungen, die Identität dieser Leute offenzulegen. Weder ihre Wege im Netz noch die der Kryptowährung, mit der sie Jan Becker bezahlten, ließen sich nachvollziehen. Es wird Monate, vielleicht sogar Jahre dauern, bis die ausländischen Server beschlagnahmt werden können. Ehrlich gesagt bin ich mir nicht sicher, ob diese Männer je zur Verantwortung gezogen werden können. Aber ich hoffe es.«

»Und Beckers Schwester, hat die etwas geahnt?«

»Nein, nicht das Geringste. Auch in der Nachbarschaft wäre niemand jemals darauf gekommen, dass Becker zu solchen Morden fähig war. Dieser Mann gehört zu den Serientätern, die ihre dunklen Triebe perfekt vor der Welt verbergen können. Er hat sein gesamtes Umfeld über Jahre hinweg getäuscht. Nur sein Neffe hat sein Geheimnis erahnt.«

Valerie Köhler senkte den Blick. »Wie geht es dem Jungen?«, murmelte sie.

»Ich befürchte, er wird noch sehr lange damit zu kämpfen haben, dass sein Onkel ein Serienkiller ist. Mir tun die Familienmitglieder unendlich leid. Im Grunde hat Becker seine Schwester und ihre Kinder bloß benutzt, um seine Fassade vom netten Onkel aufrechtzuerhalten und die Umgebung zu täuschen.«

»Vermutlich«, entgegnete Valerie. »Das passt zu ihm. Wie hat er seine Opfer eigentlich ausgewählt?«

»Er suchte sie während seiner Liefertouren aus. Lotte Harburg arbeitete als Kellnerin im Café Rauch, das sich in einem kleinen Einkaufszentrum mit Supermarkt und Fischladen befindet. Nach eigenen Angaben wartete Becker über ein Jahr, bis er sie entführte. Er schnappte sie auf einer Studentenparty. Es war die perfekte Gelegenheit. Niemand verdächtigte ihn, als sie verschwunden war, und das gab ihm den Mut, weiterzumachen. Zudem kamen seine Videos im Darknet gut an, und er bekam die Möglichkeit, seine Finanzen aufzubessern. Um nicht aufzufallen, verlagerte er seine Aktivitäten nach Düsseldorf, wo er ebenfalls einen Supermarkt mit Fisch belieferte. Offenbar passte Frieda Raabe genau in sein Beuteschema, genauso wie Ihre Schwester und Emma Kaufmann. Becker hat gestanden, dass er bereits ein weiteres Opfer ausgespäht hat. Eine Köchin in einem Edelrestaurant, die Ihren Platz hätte einnehmen sollen. Glücklicherweise konnte er seine Pläne nicht mehr in die Tat umsetzen. Ich gehe davon aus, dass Becker das Gefängnis nie wieder verlässt.«

»Hoffentlich«, stieß Valerie aus. »Der Kerl ist absolut pervers. Ich hoffe, eines Tages schmort er in der Hölle! Allein der Gedanke an das Essen lässt mich schaudern. Immer nur Fisch und Brokkoli.« Sie verzog angewidert das Gesicht. »Ich glaube, ich kann das nie wieder essen.«

»Das gehörte zu seinem Plan. Auch die anderen Frauen mussten das durchmachen. Er genoss es regelrecht, seine Opfer auf diese Weise zu quälen.«

»Ich frage mich, warum er meine Schwester und die anderen armen Frauen tiefgefroren hat. Er hätte doch wenigstens dafür sorgen können, dass man sie schnell findet. Dann hätten die Familien zumindest Gewissheit gehabt.«

Julia stellte ihre Kaffeetasse ab. »An die Angehörigen verschwendet dieser Mann keinen Gedanken. Er kreist nur um sich selbst und seine Bedürfnisse. Über Mitgefühl verfügt er nicht. Im Verhör hat er ausgesagt, dass er die Frauen sammeln wollte. Deshalb hat er sie eingefroren. Einer seiner Kunden hat das wohl herausgefunden und ihn dazu überredet, eine Frau wieder aufzutauen und im Wald abzulegen. Offenbar hat dieses perverse Geschäft gut funktioniert, denn wie wir wissen, hat er es anschließend bei jedem seiner Opfer wiederholt und die Inszenierung perfektioniert.«

Julia verzichtete darauf, Valerie die Einzelheiten zu erläutern. Dass sie ihre tote Schwester in einem Auto gesehen hatte, wog schwer genug.

»Was haben Sie jetzt vor?«, fragte sie stattdessen.

»Ich nehme mir noch ein paar Wochen frei, und dann fange ich wieder an, in der Redaktion zu arbeiten. Ich denke, das wird mir helfen, über die Dinge hinwegzukommen. Ich danke Ihnen jedenfalls für Ihre Zeit und die vielen Antworten.« Valerie erhob sich.

»Sie können mich jederzeit anrufen, falls Sie mehr wissen wollen oder einfach nur jemanden zum Reden brauchen«, bot Julia an und winkte die Kellnerin herbei, um zu bezahlen.

»Das mache ich«, versprach Valerie und reichte ihr die Hand zum Abschied.

Julia sah ihr hinterher, wie sie zur Tür hinaus

verschwand. Sie nahm sich vor, Valerie in ein paar Tagen anzurufen, sofern sie nichts von ihr hörte. Die junge Frau lag ihr am Herzen und vielleicht konnte sie ihr ein wenig Halt in dieser schweren Zeit geben. Sie bezahlte die Rechnung, und als sie nach draußen ging, erwarteten Florian und Sophia sie bereits.

»Da ist ja mein kleiner Liebling«, rief Julia erfreut und schloss Sophia sanft in die Arme. Sie spürte ihre Wärme und das Glück, das sie mit ihrer Familie hatte. Auf einmal kam ihr der Himmel viel blauer vor und der Wind nicht mehr so kalt. Lachend wirbelte sie Sophia durch die Luft, die vor Begeisterung kicherte. Selbst das aufkommende Pochen in ihrem Oberschenkel hielt sie nicht zurück. Der Schmerz machte ihr nichts aus, denn die Liebe zu ihrer Tochter überstrahlte alles.

Ende

NACHWORT DER AUTORIN

Liebe Leserin, lieber Leser,

ich möchte mich ganz herzlich dafür bedanken, dass Sie meinen Roman gelesen haben. Ich hoffe, Ihnen hat die Lektüre gefallen und Sie hatten ein spannendes Leseerlebnis.

Die Figuren in meinem Buch sind übrigens frei erfunden. Ich möchte nicht ausschließen, dass der eine oder andere Charakterzug Ähnlichkeiten mit denen heute lebender Personen haben könnte, dies ist jedoch keinesfalls beabsichtigt.

Wenn Sie an Neuigkeiten über anstehende Buchprojekte, Veranstaltungen und Gewinnspielen interessiert sind, dann tragen Sie sich in meinen klassischen E-Mail-Newsletter oder auf meiner WhatsApp-Liste ein:

- **Newsletter: www.catherine-shepherd.com**

- **WhatsApp: 0152 0580 0860** (bitte das Wort *Start* an diese Nummer senden)

Sie können mir auch gerne bei Facebook, Instagram und Twitter folgen:

- **www.facebook.com/Puzzlemoerder**
- **www.twitter.com/shepherd_tweets**
- **Instagram: autorin_catherine_shepherd**

Natürlich freue ich mich ebenso über Ihr Feedback zum Buch an meine E-Mail-Adresse:

kontakt@catherine-shepherd.com

Zum Abschluss habe ich noch eine persönliche Bitte an Sie. Wenn Ihnen dieses Buch gefallen hat, würde ich mich über eine kurze Rezension freuen. Keine Sorge, Sie brauchen hier keine »Romane« zu schreiben. Einige wenige Sätze reichen völlig aus.

Sollten Sie bei *Leserkanone*, *LovelyBooks* oder *Goodreads* aktiv sein, ist natürlich auch dort ein kleines Feedback sehr willkommen. Ich bedanke mich recht herzlich und hoffe, dass Sie auch meine anderen Romane lesen werden.

Ihre Catherine Shepherd

WEITERE TITEL VON CATHERINE SHEPHERD

Zons-Thriller Band 1 bis 4

Zons-Thriller Band 5 bis 8

Zons-Thriller Band 9 bis 12

Zons-Thriller Band 13

Laura Kern-Thriller Band 1 bis 4

Laura Kern-Thriller Band 5 bis 8

Julia Schwarz-Thriller Band 1 bis 4

Julia Schwarz-Thriller Band 5 und 7

ÜBER DIE AUTORIN

Die Autorin Catherine Shepherd (Künstlername) lebt mit ihrer Familie in Zons und wurde 1972 geboren. Nach Abschluss des Abiturs begann sie ein wirtschaftswissenschaftliches Studium und im Anschluss hieran arbeitete sie jahrelang bei einer großen deutschen Bank. Bereits in der Grundschule fing sie an, eigene Texte zu verfassen, und hat sich nun wieder auf ihre Leidenschaft besonnen.

Ihren ersten Bestseller-Thriller veröffentlichte sie im April 2012. Als E-Book erreichte »Der Puzzlemörder von Zons« schon nach kurzer Zeit die Nr. 1 der deutschen Amazon-Bestsellerliste. Es folgten weitere Kriminalromane, die alle Top-Platzierungen erzielten. Ihr drittes Buch mit dem Titel »Kalter Zwilling« gewann sogar Platz Nr. 2 des Indie-Autoren-Preises 2014 auf der Leipziger Buchmesse.

Seitdem hat Catherine Shepherd die Zons-Thriller-Reihe fortgesetzt und zudem zwei weitere Reihen veröffentlicht.

Im November 2015 begann sie mit dem Titel »Krähenmutter« eine neue Reihe um die Berliner Spezialermittlerin Laura Kern (mittlerweile Piper Verlag) und ein Jahr später veröffentlichte sie »Mooresschwärze«, der Auftakt zur dritten Thriller-Reihe mit der Rechtsmedizinerin Julia Schwarz.

Mehr Informationen über Catherine Shepherd und ihre Romane finden sich auf ihrer Website:

www.catherine-shepherd.com